공 작 영 애 의 소 양 7

공작부인의 소양

Anna
[안나]

Wels
[벨스]

Enerine
[에널린]

Mellice
[메를리스]

Louis
[루아]

Aurelia
[오렐리아]

목 차

공 작 영 애 의 소 양 7

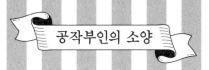

공작부인의 소양

Illustration / 후타바 하즈키

레이아
Reia

루체
LUCE

공작부인의 소양

공작 부인의 소양 편에서는 본편의
주인공 아이리스의 엄마, 메를리스의
소녀 시대를 그린다.

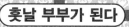
훗날 부부가 된다

메를리스 레제
앤더슨
검술에 천부적인 재능을 지니고 있으며
어떤 목적을 위해 실력을 연마한다.

루이 드
아르메리아
자신의 이상을
실현시키기 위해
재상인 아버지를
돕고 있다.

숙녀 교육 담당

아버지

어머니 **아버지**

숙부

가젤 더즈
앤더슨
구국의 영웅이자
타스멜리아 왕국군의
장군.

벨스 올
앤더슨
가젤의 친동생.

오렐리아 라르
아르메리아
재상의 아내.
사교계의 사정에 정통하다.

로멜로 지브
아르메리아
뛰어난 수완을 지닌
타스멜리아 왕국의 재상.

공작 영애의 소양

메를리스의 딸 아이리스가 주인공.
그녀가 악역 영애라는 역할을
뛰어넘어 행복을 움켜쥐는 이야기.

부부

장남 ♦ **엘피스**
장녀 ♦ **루체**

부모

남매

남매

아이리스 라나 아르메리아
전생의 기억을 지닌 주인공 영애.

알프레드
전 타스멜리아 왕국 제1왕자.

부부

베른 타아시 아르메리아
아이리스에게 가주 자리를 양보하고
레티시아의 남편이 되었다.

레티시아
알프레드의 뜻을 이어
왕위를 계승한다.

✦character✦ 인물소개

파커스 데스 앤더슨	에닐린&안나	에드거 루 타스멜리아
메를리스의 오빠. 군략에 재능이 있다.	가젤이 목숨을 구해 준 쌍둥이 자매.	타스멜리아 왕국 제1왕자.

막간
공작 부인, 평화를 생각하다

"······어머나, 루체. 왜 그런 곳에서 울고 있니?"

메를리스는 훈련소 구석에서 분한 듯이 눈물을 흘리는 사랑스러운 손녀에게 말을 건넸다.

"열심히 훈련하는데 하나도 강해지지 않아. 오늘도 디더한테 싸우자마자 졌어요······."

생각할수록 점점 분한 걸까, 루체의 커다란 눈에서 또다시 눈물이 흘러내렸다.

메를리스는 까르르 웃었다.

"루체, 지금 네 실력으로는 디더를 진짜로 싸우게 할 수조차 없어. 그랬다가는 붕대가 아무리 많아도 부족할걸. 먼저 같은 위치에서 싸울 수 있게 되렴. 디더의 강함을 너의 잣대로 헤아려선 안 돼."

메를리스의 얼굴에는 변함없이 미소가 감돌고 있었지만 그 말은 그야말로 결정타나 다름없었다.

루체는 메를리스의 말에 큰 소리로 울음을 터뜨렸다.

"어머나······. 울지 마, 루체. 너는 속도도 힘도 디더보다 못하잖니? 무엇보다 검의 움직임이 허술한걸……. 만약 디더가 너를 진짜로 상대하면 넌 질 게 뻔해요. 어쩌면 다칠지도 몰라."

당황한 메를리스가 자세히 설명했지만 그것은 오히려 제 무덤을 파는 거나 다름없는 말이었다.

본인 입장에서는 그저 친절한 마음에 정성껏 자세히 설명해 준 것뿐인데.

사교계에서 시달리느라 다른 사람의 기분에 민감한 메를리스도 무술에 관해서는 남들과 살짝 사고가 뒤틀려 있었다.

그 사실을 깨닫지 못한 메를리스는 루체가 왜 울음을 그치지 않는지 몰라 난처해하며 한숨을 쉬었다.

"저어, 루체. 그렇게 울 정도로 힘들면 그만두지 그러니?"

메를리스는 부드럽게 웃으며 말했다.

하지만 루체는 그 말에 곧바로 고개를 저었다.

"안 그만둘 거야! 할머님 못됐어!"

"……어째서? 루체 너는 아르메리아 공작가의 딸이란다. 무술 훈련은 의무가 아니야."

타이르듯 말해도 루체는 계속 고집스럽게 고개를 저었다.

"나는…… 어머님을 돕고 싶어. 그치만 난 오라버니처럼 머리가 좋지 않으니까……."

그렇게 말하며 루체는 시무룩하게 고개를 숙여 무릎에 이마를 비볐다.

"나는 몸을 움직이는 게 좋아. 무술 훈련은 더 좋아! 공부는 못하지만 강해지면 어머님께 도움이 될 수 있잖아? 그래서 무술을 배우는 거야."

"……루체. 아이리스…… 아니, 어머니가 그러든? '나와 아르메리아 공작가에 도움이 되렴. 그렇지 않으면 널 사랑해 주지 않을 거야.'라고 했어?"

"아니. 그치만 다들 그러는걸. 어머님은 굉장한 분이니까 어머님처럼 되라고."

휴우. 루체의 말에 메를리스는 내심 한숨을 쉬었다.

과거의 실적을 통해 아이리스의 수완은 나라 안팎으로 인정받고 있다.

아르메리아 공작가의 번영을 달갑게 여기지 않는 가문도 그 생각을 뒤에서 수군거리는 것조차 꺼려할 만큼.

……하지만 그것은 그녀가 초인적인 힘을 갖고 있기 때문이 아니다.

물론 재능이 없지는 않았을 것이다.

그러나 과거 혹독한 노력으로 힘겹게 역경을 헤쳐 나가는 딸의 모습을 지켜봤던 메를리스는 재능 덕분이라는 한마디로 모든 걸 치부하는 게 몹시 화가 났다.

한 걸음 한 걸음 어둠 속을 헤매며, 몇 번이나 고민하고, 멈춰 서고, 때로는 울고, 괴로워하고…… 그렇게 역경을 넘어 지금에 이르렀다.

그걸 잊고…… 혹은 애초에 알려고도 하지 않고 그저 모든 게 재능 덕분이라고 평가하고, 심지어 루체에게 아이리스의 딸이니 재능이 있는 게 당연하다고 함부로 지껄이고……. 정말 무책임한 어른들이다.

설령 그것이 순수한 기대에서 우러나온 행동이라 해도 루체에게는 그저 부담만 될 뿐이다.

"게다가 아버님을 나쁘게 말하는 사람들이 있어. 내가 아무것도 못하면 아버님을 점점 더 나쁘게 말할 거야. 그러니까 난 힘내야 해."

뒤이어 흘러나온 말에 메를리스는 점점 더 아무 말도 할 수 없었다.

루체의 아버지 딘은 지금껏 한 번도 사교계에 나선 적이 없다.

그 이유는 그가 트와일 국과의 전쟁에서 죽은 것으로 알려진 제1왕자이기 때문이다.

따라서 그가 세상에 모습을 드러낼 일은 앞으로도 결코 없을 것이다.

그런 그와 아이리스의 결혼을 좋지 않게 생각하는 귀족은 아직도 많다.

아르메리아 공작가의 데릴사위를 노렸던 가문은 특히 그렇다.

그런 숨겨진 사실을 루체에게 말해 주기는 아직 이르다.

아직 어리기 때문이기도 하지만 무엇보다 그녀가 그런 무거운 비밀을 짊어지게 할 필요는 없다.

"……루체는 아버지와 어머니를 정말 좋아하는구나."

"응, 너무너무 좋아!"

조금 전까지 엉엉 울던 주제에 루체는 귀엽게 방긋 웃었다.

"그렇다면 더더욱…… 남들이 뭐라던 아버지와 어머니의 말을 믿어 줘야 하지 않겠니? 아버지도 어머니도 아마 이렇게 말할 거야. 도움이 되려고 애쓰지 않아도 된다고……. 안 그래도 너는 사랑스러운 딸이라고."

"굉장해, 할머님! 아버님이랑 어머님한테 진짜로 똑같은 말을 들은 적이 있어요."

"어머, 그야 나도 그렇게 생각하니까 그렇지. 루체가 '도움이 돼야지.' 라고 애쓰는 게 오히려 더 슬퍼. 그러지 않아도 루체는 나의 귀여운 손주니까."

메를리스는 살포시 루체를 끌어안았다.

이윽고 그녀는 천천히 몸을 떼며 루체의 얼굴을 바라보았다.

기쁜 것 같기도 하고 수줍은 것 같기도 한 표정. 하지만 그 눈동자에는 아직도 고민의 빛이 일렁이고 있었다.

"……무엇보다 무술은 호락호락하지 않아, 루체. 심지어 훈련을 하다가도 크게 다치거나 죽을 수도 있어. 진짜 검을 쥐고 싸우면 더더욱 그렇지. 루체한테 무슨 일이 생기면 나도 아버지와 어머니도 슬퍼할 거야."

"……그럼 그렇게 되지 않을 만큼 강해지면 되지."

"후후후…… 아무리 훈련을 해도, 아무리 강해져도 질 때는 지게 되어 있단다."

"할머님은 그런 사람 알아?"

루체의 물음에 메를리스의 머릿속은 한순간 정지됐다.

"응…… 물론이지. 이 나라는 내가 살아 있는 동안 두 번이나…… 다른 나라와 싸운 적이 있단다. 전쟁 중에 수많은 사람이 죽었지. ……그중에는 루체처럼 열심히 훈련해서 강해진 사람도 있었어."

"정……말?"

"그래. 다행히 전쟁은 끝났단다. 많은 사람이 백성들을 지키기 위해 싸우고 목숨을 잃었어. 그리고 겨우 모두가 간절히 바라던 평화가 찾아왔지. 그러니까 평화로워진 이 세상에서 네가 굳이 검을 쥐고 위험에 몸을 던질 필요는 없어요."

메를리스의 말에 루체는 생각에 잠긴 듯 미간을 찡그렸다.

"……조금 어려운 이야기였나? 자, 루체. 이제 눈물도 멈춘 것 같으니까 방으로 돌아가서 목욕이라도 하렴."

"네, 할머님."

골똘히 생각에 잠겼는지 정신이 다른 곳에 팔린 눈치였지만 루체는 예의 바르게 머리를 숙이고 그대로 방으로 돌아갔다.

메를리스는 그런 손녀의 뒷모습을 지켜보다가…… 이윽고 숨을 내쉬었다.

그리고 메를리스도 방으로 돌아갔다.

노크를 하고 방 안으로 들어갔다.

어머님은 의자에 깊숙이 앉아서 생각에 잠긴 듯 물끄러미 시선을 고정하고 있었다.

그 우수 어린 모습은 내 어머님이지만 오싹할 만큼 아름다웠다.

"어머나, 아이리스."

내 모습을 본 순간 그 분위기는 안개처럼 흩어졌다.

"노크를 하고 들어왔는데…… 죄송해요. 뭘 생각하고 계셨던 모양이네요."

"괜찮아. 네가 찾아오면 나한테 허락받지 말고 들여보내라고 일러둔 사람이 바로 나란다."

어머님은 미소를 지으며 말했다.

"그렇군요."

어머님은 말없이 맞은편 자리를 권했다.

나는 그 자리에 앉았다.

"좀 전에 루체와 만났단다."

"훈련이 끝나고 나서 말이죠? 오늘도 열심히 연습했다고 활짝 웃으며 돌아왔어요."

어째서인지 어머님은 놀란 얼굴로 한동안 눈을 깜빡였다.

"……어머님?"

의아해하며 묻자 어머님은 즐거운 듯이 웃음을 터뜨렸다.

"아니. 아무것도 아니야. ……그래, 그랬구나."

결국 그 반응이 무엇을 의미하는지 알 수 없는 이상 어머님의 웃음이 가라앉을 때까지 기다릴 수밖에 없었다.

이윽고 어머님은 웃음을 멈추고 물끄러미 나를 바라보았다.

"생각을 하고 있었어. 너에 대해서, 그리고 루체에 대해서."

"……그게 무슨 뜻이죠?"

"나는 말이지, 예전에 검을 손에 쥐었단다. ……더 이상 아무도 다치지 않기를 바라며. 이 몸에 수많은 피를 뒤집어쓰면서도, 그래도. ……아니, 그러면 그 바람이 이루어질 거라고 믿으면서."

"어머님……."

"……하지만 결국 전쟁은 일어났고 너까지 말려들고 말았지. 손에 쥐었다고 생각하면 어느새 손가락 틈새로 빠져나가 버리는구나. 평화로 가는 길은 어째서 이토록 먼 걸까……."

어머님은 아련한 눈빛으로 말했다.

"한편으로는 내가 그런 길을 걸어 왔기 때문에 너희는 더더욱 검을 쥐지 않았으면 했다. 설령 곧 사라질 일시적인 평화라도 그 평화를 누렸으면 했어. ……아이를 가지고 처음으로 아버님의 마음을 알겠더구나. 자식은 부모 마음을 모른다는 말, 정말 맞는 말이야."

자조하듯 쓴웃음을 짓는 어머님의 모습에 조금 가슴이 아팠다.

평화를 바라며 검을 쥔다.

……그것은 지독히 모순된 행동이다.

어찌 됐든 검은 싸우기 위한 도구니까.

하지만 나는 알고 있다.

평온은 결코 누군가가 거저 주는 게 아니라는 것을.

쟁취하지 않으면, 지키지 않으면 눈 깜짝할 사이에 손가락 사이로 새어 나가 버린다는 것을.

그 모순을…… 그 각오를 과거 디더가 내게 일깨워 줬다.

지키기 위해 적을 죽이라고 명령할 수 있느냐고…… 그 모순을 외면하지 않고 받아들일 수 있느냐고.

직접 검을 들지 않아도 나의 살의에 의해 사람이 죽는 것을 각오할 수 있느냐고.

……그 책임과 의무의 무게에 전율했다.

그 모순에 괴로워했다.

실제로 검을 들었던 어머님도 입장은 다르지만 분명 같은 심정이었을 것이다.

"어머님, 들려주세요."

나의 갑작스러운 말에도 어머님은 이미 예상하고 있었는지 미소를 지었다.

……어머님의 과거 이야기.

지난번에는 "나중에 또 들려주마."라며 중단했지만 결국 그날은 파티 준비를 하느라 얘기를 듣지 못했다.

지금까지 그 뒷이야기가 궁금해서 애를 태우며 지냈다.

"그래, 물론이지. 그 이야기를 들으러 내 방에 온 거지? 아이리스."

그리고 어머님은 또다시 입을 열었다.

제5장
공작 부인, 꿈이 깨지다

"왜죠……? 어째서 검을 버리라고…… 다른 사람도 아닌 아버님께서 그런 말씀을 하시는 건가요!"

나는 아버님께 따졌다.

그러나 아버님은 표정 하나 변하지 않았다.

"어째서라니……. 너는 '후작 영애' 다. 정략결혼은 당연한 의무 아니냐."

어디까지나 냉정한 목소리.

"……윽."

그 지극히 당연한 대답에 오히려 말문이 막힌 것은 나였다.

"지금까지가 평범하지 않았던 거다. 후작 영애면서 검을 드는 것을 허락받았던 지금까지가. ……앞으로는 시댁에서 숙녀의 소양을 배우거라."

"싫습니다……! 저는, 저는…….."

"이미 결정된 일이다! 더 이상 말대꾸하지 마라!"

계속 반항하는 내게 아버님의 불호령이 떨어졌다.

훈련할 때 외에는 처음 보는 아버님의 격노한 모습에 나는 완전히 머릿속이 멈춰 버렸다.

"……아르메리아 공작가와는 일주일 후에 만나기로 했다."

그 말을 남기고 아버님은 가 버렸다.

남겨진 나는 잠시 그 자리에 멍하니 서 있었다.

이윽고 온몸에서 힘이 빠져서 무너지듯 그 자리에 주저앉았다.

……영문을 알 수 없었다.

아버님께 갑작스럽게 불려가서 아르메리아 공작가의 적장자와 약혼이 결정됐다는 말을 들었다.

농담인 줄 알고 웃어넘기자 아버님은 진지한 얼굴로 "이미 결정된 일이다."라고 말했다.

게다가 '후작 영애'로서, 그리고 '미래의 공작 부인'으로서 검술 훈련은 앞으로 절대 금지라는 말까지 들었다.

……정말로 대체 뭐가 어떻게 된 걸까.

와르르. 내 안의 무언가가 무너져 내린다.

지금까지…… 목표를 이루기 위해 정한 길을 걸어왔지만 결국 그 길은 무너지고 말았다.

……마치 그 목표 자체가 환상이었던 것처럼 사라져 버렸다.

그래도 지금껏 해 왔던 노력을 헛되이 하고 싶지 않다는…… 절대 스스로 자신을 부정하고 싶지 않다는 그 마음 하나로 다시 힘을 낼 수 있었다.

하지만 이건 아니다.

나는 언제나 나의 의지로 나의 길을 걸어왔다.

내가 나아갈 미래와 걸어갈 길을 선택한 것은 다름 아닌 나 자신이었다.

……아버님도 그 자유를 인정해 주신 줄 알았는데.

아버님의 말대로 그건 '후작 영애'에게는 있을 수 없는 일이니까.

지금 나는 나의 긍지인 검을…… 무엇보다 미래를 선택할 자유조차 빼앗긴 것이다.

……꿈, 자유. 그런 미래를 향한 희망을 품고 있었기에 그것을 빼앗긴 절망은 더더욱 컸다.

"아, 아…… 아아아아아아!"

덮쳐 오는 절망에 짓눌릴 것 같아서 나도 모르게 큰 소리로 외쳤다.

……왜, 왜, 어째서.

왜 이렇게 된 걸까.

뭐가 잘못이었을까.

자유롭게 지낸 게 잘못이었을까.

꿈을 꾼 게 잘못이었을까.

……아니면 처음부터 전부 잘못된 거였을까.

내 마음속의 물음에 대답해 주는 사람은 당연히 아무도 없었다.

갈 곳 없는 분노가 내 마음을 갉아먹었다.

그 격렬한 감정을 토해 내듯 나는 있는 힘껏 외쳤다.

……그리고 목소리가 완전히 쉬어 버렸을 즈음.

나는 휘청거리며 일어섰다.

마치 전력질주를 하고 뒤처럼 머릿속이 새하얗게 변했다.

나는 멍하니 넋이 나간 채 무의식적으로 내 방으로 돌아갔다.

살며시 창문에 손을 얹었다.

……복수할 상대가 사라졌다는 것을 알게 된 그 때처럼.

손가락 끝으로 전해지는 싸늘한 감촉이 내 마음을 조금 가라앉혀 줬다.

이대로 그때처럼 눈을 감아야 하나.

아무것도 보지 않고, 아무것도 듣지 않고, 모든 것과 단절되길 바라는가.

……아니.

나는 아직 꿈을 꾸고 싶다.

내가 걸어갈 길은 아직 선택하지 못했지만…… 꿈을 꾸는 것을 포기하는 순간 그 길은 진짜로 무너져 버릴 테니까.

그날, 그때…… 발버둥 쳐 보겠다고 루이에게 말하지 않았던가.

꾸욱 주먹을 움켜쥐었다.

그리고 방에 놓아둔 덕분에 아직 압수당하지 않은 애검을 들고 튕기듯이 방을 나섰다.

아직 머릿속은 여전히 혼란스러웠지만 기척을 지우며 재빨리 저택을 빠져나왔다.

그리고 정원을 가로질러 정문이 아닌 고용인들이 사용하는 문으로 향했다.

이제 조금만 더 가면 바깥세상이다……. 가까이 다가갈수록 차츰 커지는 문을 바라보며 문득 생각했다.

결코 계획적인 행동은 아니다. 충동에 몸을 맡긴 결과가 지금 이 광경이다.

……이대로 나 같은 어린 여자아이가 혼자 밖에 나가 봤자 대체 무엇을 할 수 있을까.

그런 의문이 머릿속을 스쳤다.

하지만 나는 곧 그 의문을 머릿속 한구석으로 내몰았다.

……포기하고 걸음을 멈추는 것만큼은 결코 하고 싶지 않았으니까.

그러니까 결국 나는 계속 앞으로 나아갈 수밖에 없다.

일단 이 저택을 빠져나가자. 그다음 일은 나중에 생각하자…….

"……설마 정말로 빠져나올 줄이야……."

하지만 문 앞에 서 있는 낯익은 얼굴을 발견한 순간 나는 깜짝 놀라며 걸음을 멈췄다.

왜 이런 곳에 아버님이 계신 걸까.

마치 내 행동을 간파한 것 같은 그 모습에 나는 무심코 멍하니 서 있었다.

……그리고 그것이 치명적인 실수였다.

온 힘을 다해 싸워도 아버님에게 이길 수 있는 것은 세 번 중 한 번.

그러니 다른 곳에 정신이 팔려 있는 지금 쉽게 검이 튕겨 나간 것도 당연한 일이었다.

검을 놓친 데다 그대로 검을 압수당하는 크나큰 실수를 저지르고 말았다. 무거운 돌이 마음을 짓누르는 듯한 절망감이 또다시 나를 덮쳤다.

"……자, 메리. 방으로 돌아가자. 네가 어떻게 생각하든 결정을 번복할 수는 없다."

결국 나는 그대로 연행되듯 질질 끌려가서 방으로 돌아가게 되었다.

† † †

탈출 미수 사건 이후 검은 압수당하고 훈련용 옷도 전부 처분됐다.

그리고 24시간 내내 감시를 받으며 지내야 했다.

나를 감시하는 자들이 호위대 대원들이라면 가차 없이 기절시키

고 도망쳤겠지만…… 하필 할멈과 시녀들에게 감시를 맡기는 바람에 손을 쓰기 어려웠다.

비전투원인 그녀들을 상대로는 아무래도 어쩔 수가 없다.

자신의 목적을 위해 아무 죄도 없는 그녀들을 공격할 만큼 나는 타락하지 않았다.

틈을 봐서 도망치려고 한 적도 있지만 그녀들의 포위망은 몇 겹이나 펼쳐져 있어서 누군가에게 발각된 순간 "메리 님, 무슨 일이시죠?"라고 일부러 큰 소리로 묻곤 했다.

그리고 우르르 몰려온 그녀들에게 둘러싸여 꼼짝도 못하고 방으로 강제 송환되는 것이다.

보통 나를 감시하려면 훈련받은 강한 호위대 대원을 보내기 마련인데…… 완전히 허를 찔려서 꼼짝달싹 못하는 처지다.

이 방법은 아버님이 생각해 낸 걸까……. 그건 알 수 없지만 아버님이건 누구건 이 방법을 생각한 사람은 내 사고방식을 아주 잘 이해하고 있는 셈이다.

결국 도망치지 못한 채 시간만이 흘러갔다.

오늘도 하는 일 없이 시간만 보냈구나 싶어서 한숨을 쉬며 창밖을 바라보았다.

마침 탑이 서 있는 방향이었다.

"……루이."

문득 그의 이름을 중얼거렸다.

자유를 빼앗긴 데다 미래를 함께할 반려까지 멋대로 정해진 지금…… 머릿속에 떠오르는 것은 그의 얼굴이었다.

……아직 좋아한다는 말도 못 했는데.

그를 생각하는 이 마음이 '좋아한다'라는 감정이라는 걸 겨우 깨달았는데.

자각만 했을 뿐 결국 아무 행동도 하지 못했다.

이 마음을 보답받는 것은 이루어질 수 없다 해도 하다못해…… 이
토록 따뜻한 감정을 가르쳐 줘서 고맙다는 인사쯤은 하고 싶었다.

……그럴 수 없는 게 이토록 괴로울 줄이야.

후작가의 영애로서 정략결혼은 얼마든지 일어날 수 있는 미래였
다.

……그걸 머리로는 알고 있었지만 내게 그 일이 일어나는 것은 전
혀 상상조차 못했다.

그래서. 그렇기 때문에.

나는 꿈을 꿀 수 있었던 것이다.

계속 검을 쥐는 꿈을.

그와 동시에. 그에게 마음을 전하고 그와 함께 걷는 미래를.

"……좋아해."

흘러나온 말은 허무하게 허공을 맴돌 뿐이었다.

그 현실에 쓴웃음과 함께 한숨을 쉬며 창문에 댄 주먹에 이마를 기
댔다.

눈앞으로 바싹 다가온 창밖으로 보이는 풍경.

그 풍경을 바라보고 있노라니 마치 내가 밖에 있는 듯한 기분이 들
었다.

하지만 그건 착각이다.

나와 바깥세계는 창문으로 격리된 채……. 여전히 상황은 아무것
도 달라지지 않았다.

바깥세계는…… 자유는 가까운 것 같으면서도 멀다.

마치 나와 그의 거리 같다고 생각하며 힘없이 웃었다.

그렇게 가까이 있었는데 지금은 이렇게나 멀구나…….

동시에 창문에 손을 댄 채 꾸욱 주먹을 움켜쥐었다.

힘껏 움켜쥐자 손톱이 손바닥을 파고들어 붉은 피가 방울방울 떨어졌다.

툭, 투둑.

붉은 물방울이 창문을 타고 아래로, 아래로 흘러내렸다.

핏방울이 창문에 비친 허상의 뺨을 타고 흘러내리는 모습은 마치 내가 붉은 눈물을 흘리는 것 같았다.

"……포기하기, 싫어."

잔뜩 쉰 목소리로 흘러나온 나의 본심.

후작가의 딸답지 않은 생각이다.

……하지만.

자유를 원하는 건 이기적인 걸까.

꿈을 꾸는 것은 유치한 걸까.

의무를 다해야 한다고 생각하는 이성과 전부 벗어던지라고 권리를 주장하는 본능.

그것들이 내 마음속에서 싸움을 벌이고 있다.

……아니, 싸우고 있다는 표현은 올바르지 않다.

본능으로 기울어져 있는 나를 이성이 필사적으로 막고 있다고 해야 하나.

문득 새삼스레 손바닥에 아픔을 느끼고 창문에서 떨어졌다.

그리 크지 않은 상처가 손바닥에 선명하게 새겨져 있었다.

똑똑똑……. 마침 그때 문에서 노크 소리가 들려왔다.

"아가씨, 파커스 님께서 오셨습니다."

문 너머에서 들려오는 할멈의 말에 손바닥의 피를 닦은 후 이 침실의 유일한 출입구인 문으로 향했다.

　문밖으로 나가면…… 옆방은 '메를리스' 용 응접실이다.

　재빨리 살펴보자 그곳에는 내 감시 역을 맡은 시녀 세 명이 나란히 서 있었다.

　아무래도 계속 침실에서 감시하는 것은 너무 심하다는 이유로 평소 할멈과 감시인들은 이 방에서 대기하고 있다.

　결국 유일한 출입구와 창밖을 지키고 있는 이상 침실에 있어 봤자 도망치지 못하게 감시당하고 있다는 사실은 변함이 없지만.

　복도로 이어지는 응접실 출입구 가까이에 서 있는 할멈에게 눈짓으로 허락하자 할멈이 안쪽에서 문을 열었다.

　"……오랜만이구나, 메리."

　"건강해 보여서 다행이네요. 학원은 어때요?"

　"즐겁게 지내고 있어. 메리 너는…… 안색이 조금 안 좋구나."

　오라버니의 말에 슬며시 고개를 숙였다.

　이제 와서 숨겨 봤자 별수 없지만.

　"……얘기는 들었어."

　"그렇겠죠."

　짜증을 억누르듯 무심코 웃었다.

　"맞선까지 앞으로 3일 남았구나……. 아직도 도망치고 싶어?"

　반사적으로 솔직하게 고개를 끄덕일 뻔했지만 충동을 억누르며 대신 입을 열었다.

　"저야말로 묻고 싶네요……. 왜 아버님은 갑자기 제 맞선을 결정하신 거죠?"

　"아버님의 뜻은 나도 모른다. ……하지만 아마 아주 중요한 이유가 있을 거야."

"……앤더슨 후작가를 위해서인가요."

"글쎄, 단언할 수는 없지만…… 아마 그렇진 않을 거야."

"그럼 대체……."

"그건 나도 몰라. 어디까지나 내 억측이니까. ……하지만 내 생각에 지금까지 아버님의 말과 행동을 보면 메리 너보다 앤더슨 후작가를 더 중요하게 여기실 리 없어."

진의를 파헤치듯 물끄러미 오라버니의 표정을 살폈다.

그 시선에 오라버니는 미소를 지으며 역시 강한 눈빛으로 나를 응시했다.

"메리, 아버님은 너의 검술 재능을 누구보다도 인정하고 자랑스럽게 여기셨어. ……그러니까 더더욱 이번 행동에는 나름대로 이유가 있을 거야."

나는 그 말을 머릿속으로 되새겼다.

"……뭔가 이유가 있다 해도 그 이유를 제가 모르면 의미가 없잖아요? 실제로 저는 전혀 납득할 수 없어요."

어차피 이유를 들어 봤자 쉽게 수긍할 수는 없겠지만.

"……참, 오라버니. 저 요즘 너무 한가해서 책을 읽고 있답니다."

갑작스럽게 말을 돌리자 오라버니는 한순간 당황을 감추지 못했다.

"그중에 아주 흥미로운 책이 한 권 있었어요. 주인공은 어느 마을 촌장의 딸인데 어릴 적부터 재봉사 흉내를 내며 놀곤 했죠. 이윽고 그녀는 드레스 디자이너가 되어 가게를 차리고 싶다는 꿈을 꾸게 됐어요. 그리고 그 과정에서 만난 상인과 사랑에 빠져 결혼하려고 했지만 마을을 위해 다른 혼담을 추진하던 부모님은 그 결혼을 반대했죠. 결국 주인공은 그 상인과 사랑의 도피를 해서 다른 나라에서 디

자녀로 성공하는 이야기랍니다. 오라버니는 이 이야기를 어떻게 생각하시나요?"

지금 말한 것은 실제로 존재하는 이야기다.

귀족 영애가 읽을 만한 책은 아닐지도 모르지만 할멈과 시녀들이 '여성스러움을 키워 보세요.' 라며 항간에 유행하는 책들을 닥치는 대로 긁어모았는데 그 속에 섞여 있던 것이다.

"과연…… 여자들이 좋아할 만한 이야기로구나."

내 물음에 오라버니는 쓴웃음을 지었다.

"솔직히 말하면 자기 인생이니까 어떤 길을 선택해도 좋지 않을까. 그 선택에 '각오와 성의'가 있다면."

"…… '각오와 성의' 말인가요."

가슴에 울려 퍼지는 그 말을 무심결에 중얼거렸다.

…… '각오와 성의', 그건 내 싸움의 신조이기도 하다.

죽임을 당할 각오와 죽일 각오.

그리고…… 결코 되돌릴 수 없기에 희생된 자들을 잊지 않는 성의.

내 안에도 통하는 것이 있기 때문에 오라버니의 말은 더더욱 무겁게 가슴에 울려 퍼졌다.

"그래. 주인공은 원하건 원하지 않건 마을을 다스리는 가문에서 태어났어. 마을의 묘사가 없어서 딱 들어맞지는 않겠지만…… 촌장의 가문에서 태어난 덕분에 마을에서 나름대로 우대받으며 지내지 않았을까? 만약 그렇다면 그건 장래 마을의 발전을 위해 몸을 바쳐야 할 의무가 있기 때문에 그 대가를 받은 거겠지. 그것들을, 지금까지 쌓아 온 것들을 전부 버리고 떠나려면 자신의 선택에 책임을 지지 않으면 안 돼. 그리고 그 때문에 희생이 된 것들을 잊지 않는 성의도. ……그런 마음도 없이 길을 선택하려 드는 건 어린아이의 억지만도 못한…… 말할 가치도 없는 행동이야."

"희생이라니 재미있는 표현이군요."

"그런가? ……사람은 무언가를 얻기 위해서는 무언가를 희생하지 않으면 안 돼. 희생하지 않고 처음부터 얻기를 포기하는 건 어리석은 짓이다만…… 그래도 어쩔 수 없는 일이 생기는 게 세상의 이치지. 그 이야기의 경우에는 가족과의 인연, 마을 사람들이 지불한 대가, 그리고 그녀의 연인인 상인의 미래."

"……상인의 미래?"

"그래. 그 주인공을 택하기 위해서는 상인도 당연히 뭔가 희생을 치렀겠지. 주인공과 마찬가지로. 예를 들어…… 커다란 상점의 후계자라면 그도 약혼녀가 있었을지 몰라. 그 약혼녀를 걷어차고 주인공의 손을 잡았다면 원래 물려받았어야 할 가게로 돌아갈 수 없잖아? 그리고 또…… 새로운 땅으로 떠났다면 지금까지 쌓아 온 상인으로서 필요한 인맥을 잃어버렸을지도 모르지. 뭐 전부 네가 해 준 이야기를 듣고 억측한 거니까 실제 설정은 어떨지 모르지만."

오라버니의 말은 내게 적지 않은 충격을 줬다.

지금까지 자신의 행동은 자신이 책임지면 된다고 생각했다.

하지만 확실히…… 앤더슨 후작가에서 도망친 내가 설령 그와 마음이 통한다 해도 그에게는 무거운 짐밖에 되지 않을 것이다.

앤더슨 후작가의 이름은 그만큼 크니까.

그는…… 이상을 내걸고 그 이상에 도달하고자 노력하고 있다. 내가 만약 그런 그의 족쇄가 된다면 나는 그걸 과연 허용할 수 있을까.

……답은 '아니' 다.

나는 알고 있다.

그가 내게 말해 줬으니까.

그가 얼마나 많은 시간을 들여 스스로 선택한 책임과 의무를 짊어지기에 부족함 없는 사람이 되고자 노력하고 있는지.

그런데 다름 아닌 내가 그 길을 막아 버리란 말인가.

그건…… 그것만은 싫다.

"……메리?"

말없이 미간을 찌푸리는 내게 오라버니가 걱정스러운 얼굴로 물었다.

"아무것도 아니에요. 잠시 생각 좀 했어요."

"그래……?"

"네."

납득하지 못한 눈치였지만 오라버니는 굳게 입을 다물어 버린 내게 더 이상 물어 봤자 소용없다는 사실을 눈치챈 모양이었다.

"……네가 어떤 길을 선택하든 나는 비난하지 않을 거다."

물음 대신 흘러나온 중얼거림에 나는 깜짝 놀라며 고개를 들었다.

"하지만 후회만은 하지 마. 네가 너를 자랑스러워할 수 없게 되는 마. 그걸 저버렸을 때 비로소…… 지금껏 쌓아 온 것들을 모두 버리게 되는 거야."

"오라버니……."

"무(武)의 길에 매진하는 너의 모습은 내게 너무나도 눈부셔 보였어. 아마도 네 안에 확고한 중심이 잡혀 있기 때문이겠지. 나는 그런 너의 모습을 계속 동경했다."

의외의 말에 순간적으로 아무런 반응도 할 수 없었다.

그저 바보처럼 멍하니 입을 벌리고 있을 뿐.

"당연하잖아? 이래 보여도 나는 무가의 명문 앤더슨 후작가의 후계자인걸? 너의 재능을 동경하지 않을 수 없지."

몰랐다. ……오라버니가 나를 그렇게 생각하고 있는 줄은.

"저어, 오라버니는…… 후작가를 계승하는 게 무거운 짐으로 느껴진 적은 없나요? 내던지고 싶거나, 도망쳐서 오라버니가 좋아하는 일…… 예를 들면 군사 전략을 세우는 일을 하고 싶다고 생각한 적은 없나요?"

"……없다고 하면 거짓말이겠지."

내 물음에 오라버니는 쓴웃음을 지었다.

"하지만 진심으로 그렇게 생각한 적은 없어. ……나는 장차 커다란 책무를 짊어지겠지. 하지만 바꿔 말하면 그건 그만큼 커다란 권한을 쥘 수 있다는 뜻이야. 나는 이제 두 번 다시 그런 식으로 소중한 것을 잃고 싶지 않아. 아무도 그런 아픔을 맛보게 하고 싶지 않아. 그 소망을 조금이라도 실현하기 위해서라면 권한이 커서 나쁠 건 없잖아?"

……같다.

오라버니의 소망은 내가 줄곧 가슴에 품어 온 소망과 같았다.

문득 가슴속에 뭐라 말할 수 없는 후회가 밀려왔다.

나는 느닷없이 길이 가로막힌 충격 때문에 꿈에 집착해서…… 시야가 좁아져 있던 건 아닐까.

애초에 내가 품었던 근본적인 소망을 잊고 있었던 것 아닐까…….

『예를 들면…… 그래. 애초에 넌 어째서 왕국군에 들어가기로 결심했지? 먼저 그것부터 생각해 봐. 넓은 관점으로 자신을 돌아볼 좋은 기회 아닐까? 왕국군에 들어가는 게 목적이었는지 아니면 수단이었는지.』

……그래, 그랬었지.

과거 그가 했던 말에 대답하듯 마음속으로 혼잣말을 중얼거렸다.

"고마워요, 오라버니."

갑작스러운 나의 인사에 오라버니는 살며시 손을 뻗어 내 머리를 쓰다듬었다.

오랜만의 그 감촉에 가슴이 따뜻해졌다.

"……조금 전에 한 말은 거짓말이 아니야. 내가 어떤 길을 선택하든 너만 후회하지 않는다면 나는 그걸로 됐다고 생각한다."

그 말을 남기고 오라버니는 방에서 나갔다.

† † †

그로부터 눈 깜짝할 사이에 3일이 흘렀다.

그리고 오늘, 나는 아버님과 함께 아르메리아 공작가로 향했다.

오라버니와 이야기를 나눈 후 나는 도망치는 것을 그만뒀다.

도망치면 과연 후회하지 않을까……. 오라버니와 대화를 나눈 후 나는 그 선택에 자신을 가질 수 없게 되었다.

자유를 바라는 건 이기적인 걸까.

꿈을 꾸는 건 유치한 걸까.

……그렇지 않다. 그럴 리가 없다.

하지만…… 내게는 자유보다, 꿈을 꾸는 것보다 더욱 간절히 이루고 싶은 소망이 있다.

자유도 꿈도 모두 그 소망을 이루기 위해 바랐던 것.

그렇다면 그 소망을 이루기 위해서는 어떻게 하면 좋을까……. 그것부터 다시 생각해 봐야 한다.

아르메리아 공작가와의 혼담은 과연 그 소망과 이어져 있을까……. 솔직히 그건 모른다.

하지만 처음부터 거부하는 것은 그만두자. ……그렇게 결심했다.

나는 검 말고는 아무것도 모른다. 그래서 지금 내게는 애초에 목적을 이루기 위해 고를 수 있는 선택지가 없다. ……한 번쯤 다른 곳에 눈을 돌려 볼 좋은 기회다.

그리고 똑똑히 지켜보고 싶기도 했다.

대대로 이 나라의 재상을 역임해 온 명문 귀족 아르메리아 공작가를.

다만 거기까지 각오를 해도…… 루이의 존재가 미련과 함께 내 마음속에 맺혀 있었다.

만나서 뭘 어쩌겠다고.

……마음을 전해서 뭘 어쩌겠다고.

솔직히 말해서 최악의 경우 아르메리아 공작가와의 혼담은 어떻게든 할 수 있다.

예를 들어 아르메리아 공작가의 자제가 귀족의 존재 의미를 잘못 알고 있는 한심한 인간이고, 혼인을 함으로써 오히려 소망을 이루는 길이 멀어질 것 같으면 이번에야말로 진심으로 도망쳐서 숨어 버리면 된다.

……하지만 설령 도망친다 해도 그와 함께 걷는 길을 선택하지는 않을 것이다.

그의 족쇄만은 되고 싶지 않으니까.

눈에 선히 떠오르는 그의 옆얼굴.

과거 트와일 전쟁에서 치른 희생을 애도하고, 더 이상 빼앗기지 않겠다고…… 나라를 위해 달려 나가겠다고 꿈을 이야기하던 그.

그럴 수만 있다면 나와 같은 꿈을 품은 그와 함께 달려가고 싶었다.

"……준비됐느냐."

노크 소리와 함께 아버님이 나타났다.

아버님은 한 치의 빈틈도 없이 군복으로 몸을 감싸고 있었다.

"……네."

오늘 내 모습은 할멈과 고용인 두 명이 달라붙어서 치장해 준 것이다.

짧게 자른 머리카락에 가발을 붙이고 얼굴에는 엷은 화장을 했다.

그리고 오늘을 위해 맞춘 드레스……. 평소 입지 않는 드레스는 여전히 부담스럽고 거북하다.

어쨌든 거울에 비친 모습을 본 순간 '이게 대체 누구지?' 라고 물어보고 싶을 만큼 평소 내 모습과는 너무나도 달랐다.

꼭 사기 같아……. 할멈과 고용인들의 솜씨를 칭찬하면서도 화장의 무서움에 전율했다.

아버님에게 이끌려 마차에 올라탔다.

숨을 쉬는 것조차 조심스러울 만큼 무거운 정적이 마차 안을 가득 채웠다.

그날 도망치다 잡혀서 싸운 후로 아버님과 제대로 마주한 적이 없었다.

지금 이 자리에서 무엇을 어떻게 이야기해야 좋을지 떠오르지 않았다.

도망치듯 창밖으로 고개를 돌려 흘러가는 풍경을 바라보았다.

시간이 지독히 느리게 흘러가는 듯한 기분이 들었다.

……마음속으로 몇 번이나 무거운 공기에 한숨을 내쉬며 '아직인가, 아직 멀었나.' 라고 조바심을 낸 끝에 겨우 아르메리아 공작가 별저에 도착했다.

문 앞에 도착하자 집사로 보이는 중년의 남자가 우리를 맞이했다.

"……조금 일찍 도착했나?"

아버님이 의외로 마치 몇 번이나 만난 적이 있는 듯한 가벼운 어조로 말했다.

"아닙니다. 가주님께서도 가젤 님과 따님이 도착하시기를 이제나저제나 기다리고 계십니다."

"그래? 다행이군. ……아, 메리. 이쪽은 이 저택의 집사 알프다."

"처음 뵙겠습니다. 메를리스 레제 앤더슨입니다."

"일개 집사에게 이토록 정중하게 대해 주셔서 감사합니다. 저는 왕도의 저택을 관리하는 알프라고 합니다. 부디 잘 부탁드립니다. 그럼 가젤 님, 메를리스 님. 안내해 드릴 테니 이쪽으로 오시지요."

알프 씨가 앞장을 서고 우리는 그 뒤를 따라 걸었다.

저택 안은 화려하지는 않지만 역사가 느껴지는 중후한 가구와 장식품이 여기저기 장식되어 있었다.

"……실례합니다. 가젤 님과 메를리스 님께서 도착하셨습니다."

어느 문 앞에서 걸음을 멈춘 후 알프 씨가 말했다.

끼익. 곧 문이 열렸다.

……드디어 아르메리아 공작과 대면하는 건가. 그렇게 생각하자 한 걸음 내디딜 때마다 긴장해서 다리가 떨렸다.

발밑을 내려다보듯 시선을 아래로 향하며 아버님을 쫓아 걸었다.

아버님의 걸음이 우뚝 멈춘 순간, 긴장도 최고조에 달했다.

이대로 계속 고개를 숙이고 있을 수는 없어. ……나는 이윽고 고개를 들었다.

……그리고 눈앞에 펼쳐진 광경에 한순간 시간의 흐름마저 잊고 말았다.

너무 놀라워서 이 상황을 이해할 수가 없었다.

……왜…… 어째서 로멜르 아저씨가 여기 있는 거지?

그렇게 외치고 싶었지만 입에서 말이 나오지 않았다.

"……어라, 그 표정을 보니 가젤한테 내 얘기 못 들었나."

"……얘기할 틈이 없었어. 자네 예상대로 메리가 도망치려고 해서 말이야. 그걸 잡은 후로 계속 얼굴을 마주치지 못했어."

로멜르 아저씨인 듯한 아르메리아 공작의 말에 아버님이 마지못해 대답했다.

뭔가 잘못 봤거나 혹은 그저 닮은 사람이 아닐까 했지만…… 대화를 들으니 틀림없다.

역시 아르메리아 공작은 로멜르 아저씨였던 것이다!

"놀라게 해서 미안하구나. 새삼스럽지만 내 소개를 하마. 로멜르 지브 아르메리아다."

"어, 어, 어, 어째서……?"

"아니, 어째서고 뭐고…… 그냥 말 그대로야. 지금까지 딱히 거짓말을 한 적도 없고. 아, 덧붙여 말하자면 가젤과 술집에서 만난 건 사실이다."

"자네를 보고 누가 공작가 가주라고 생각하겠나. ……술집 얘기도 그렇지만, 그래, 물론 거짓말을 하진 않았지. 하지만 아무것도 말해 주지 않는 것도 꽤나 심보가 고약해 보인다네."

"……그만해, 쑥스럽게. 난 그냥 가면을 쓰는 게 능숙한 것뿐이야. 그리고 내가 공작가 가주로 보이지 않는 건 뭐…… 지금까지 아가씨한테 보여 줬던 내 모습을 생각하면 어쩔 수 없잖아? 그리고 자네도 남 말 할 처지는 아니지."

"……시끄러워."

두 사람은 평소대로 대화하고 있었다.

아저씨에게는 무척 실례지만…… 저 모습을 보고 누가 믿을 수 있을까.

저 아저씨가 이 나라에서 가장 권세 높은 귀족으로 꼽히는 아르메리아 공작가의 가주라니!

"……아, 슬슬 내 아들이 올 시간이군."

혼란의 한복판에서 완전히 오늘의 목적을 잊고 있던 나는…… 아저씨의 그 말에 퍼뜩 정신을 차렸다.

아저씨의 아들은 대체 어떤 사람일까.

흥미가 생기긴 했지만 만남의 목적을 생각하면 역시 기분이 가라앉았다.

이 방에 들어왔을 때보다 더욱 긴장감이 고조되고 심장 소리가 시끄럽게 울렸다.

그 소리에 겹쳐지듯 문에서 노크 소리가 들려왔다.

아저씨가 고개를 끄덕이자 방 안에서 대기하던 아르메리아 공작가의 고용인이 소리 없이 문을 열었다.

나는 반사적으로 고개를 숙였다.

"……실례합니다."

하지만 문 쪽에서 들려오는 익숙한 목소리에 고개를 들고 그쪽을 바라보았다.

"……아."

얼떨결에 상대를 본 나는 멍하니 입을 벌리며 중얼거렸다.

……로멜르 아저씨를 봤을 때보다 더욱 놀라운 광경에 이제는 더이상 반응조차 할 수 없었다.

문을 열고 들어온 그를 그저 물끄러미 응시했다.

그도 나처럼 놀랐는지 멍하니 나를 바라보았다.

"······멜?"

······역시 다른 사람이 아니다.

내가 알고 있는 그다.

"왜 네가 거기 있는 거지?"

놀란 듯한 그의 말에 확신은 더욱 깊어졌다.

순간 내 몸이 움직였다.

"나야말로 묻고 싶은데. ······왜 네가 여기 있는 거지? 루이······!"

가까운 거리에서 올려다보듯 그를 똑바로 응시하며 따졌다.

"왜긴······ 난 그냥 내 집에 있는 것뿐이야."

그는 놀란 것 같기도 하고 난처한 것 같기도 한 반응을 보이며 말했다.

"뭐? 그럼 혹시······ 네가······."

우리의 대화에 로멜르 아저씨가 느닷없이 웃음을 터뜨렸다.

"하하하······ 역시 그랬군."

"······무슨 영문 모를 소릴 하는 거냐? 그보다 메를리스. 너 루이와 아는 사이냐?"

로멜르 아저씨의 말에 아버님이 노려보듯 눈을 가늘게 뜨며 물었다.

"그냥 혼잣말이야. ······그건 그렇고 가젤. 두 사람은 이미 아는 사이인 것 같은데, 부모들이 같이 있으면 마음 놓고 얘기를 나눌 수 없잖아? 우린 이만 나가지."

"앗, 잠깐 기다려! 말 돌리지 마······."라는 아버님의 목소리가 들려왔지만 로멜르 아저씨는 억지로 입을 틀어막는 것처럼 재빨리 아버님을 끌고 나갔다.

이윽고 방 안에는 나와 우리, 그리고 말없이 구석에 서 있는 아르메리아 공작가의 고용인만이 남았다.

"……알고 있었어? 오늘 내가 여기 온다는 거……."

"몰랐어. 아버님답지 않게 가주 명령 운운하더니…… 설마 멜 네가 올 줄이야."

"그럼…… 너는 앤더슨 후작가의 영애와 약혼할 생각이었어?"

내가 생각해도 비겁한 질문이었다.

그렇게 묻는 나야말로 이 자리에 있으면서.

"……아니. 이 자리에 나오라는 명령은 받았지만 약혼할지 말지는 만나고 나서 결정해도 좋다고 하셨어. 그래서 거절할 생각이었어."

"……뭐?"

그 말의 진의를 해석하려고 애썼지만 자꾸만 나 좋을 대로 생각이 흘러갔다.

그런 내 마음은 아랑곳없이 그는 깊은 한숨을 쉬며 의자에 앉았다.

"……또 당했군. 어차피 아버님은 이렇게 될 걸 예상했겠지……."

그는 불만스럽게 중얼거리며 고개를 숙인 채 머리를 긁적였다.

헝클헝클. 그의 앞머리가 흐트러졌다.

"멜."

또다시 한숨을 쉬며 그는 고개를 들고 나를 똑바로 응시했다.

그 강렬한 시선에 나도 모르게 움찔 몸이 떨렸다.

"널 좋아해."

퍼엉. 머릿속이 폭발하는 듯한 기분이었다.

부끄러움과 기쁨이 머릿속을 점령해서 사고가 현실을 따라잡지 못했다.

"그러니까 앤더슨 후작 영애와의 혼담은 거절할 생각이었어."

그것은 강렬한 사랑 고백이었다.

　그 말은 그가 앤더슨 후작가의 영애가 아닌, 그저 멜이라는 한 사람을 좋아한다는 뜻이나 다름없으니까.

　"……어째서? 너는 아르메리아 공작가의 자제잖아? 아버님을 뛰어넘고 싶다면서. 그렇다면 힘 있는 가문의 영애를 아내로 맞이하는 게 좋을 텐데."

　어차피 소용없는 질문이다.

　내가 앤더슨 후작가의 유일한 딸이라는 것은 바꿀 수 없는 사실.

　지금껏 의식한 적은 거의 없지만 이 몸에 흐르는 피는 대대로 이어져 내려온 무가의 명문 앤더슨 후작가의 혈통.

　무엇보다도 나는 영웅이라 불리는 아버님의 딸이다……. 귀족 사회에서는 나름대로 영향력이 있는 셈이다.

　내가 사교계에서 귀족답게 행동할 수 있다면 말이지만.

　그래도 나는 확인하고 싶었다.

　사실을 바꿀 수 없는 이상 물어 봤자 소용없다는 건 알지만…… 그의 말이 무엇을 의미하는지 어떻게든 확실하게 해 두고 싶었다.

　그래서 이유를 물은 것이다.

　"……아버님의 힘을 뛰어넘고 싶었어. 줄곧 그걸 목표로 삼아 왔어. 하지만 그건 내 힘으로 이루지 않으면 의미가 없어. 그러니까 아내의 집안에 의지할 생각은 처음부터 없었어. ……찾을 생각이었어, 멜 너를. 너를 좋아하고 너와 함께 걸어가고 싶으니까."

　"루이……."

　문득 시야가 눈물로 부옇게 흐려졌다.

　가문의 부속품도 아니고, 영웅으로 이름 높은 아버지의 부속품도 아닌…… 그저 나라는 사람 자체를 좋아한다고, 그는 그렇게 말하고 있는 것이다.

"……사실은 좀 더 확실하게 입지를 다지고 나서 말할 생각이었어. 목표 달성까지는 무리라도 아버님의 뒤를 계승한 다음에. 누굴 약혼녀로 맞이해도 아무도 뭐라고 할 수 없을 만큼 강해져서. 하지만…… 아버님의 책략 때문에 전부 물거품이 됐군."

루이가 살며시 내게 손을 내밀었다.

"널 좋아해. 앞으로 함께 인생을 걸어갈 사람은 너였으면 좋겠어. 이 손을 잡아 줘."

스르륵. 나는 그의 손을 잡기 위해 손을 뻗었다.

하지만 그것을 가로막듯 그는 또다시 입을 열었다.

"……하지만 이 손을 잡기 전에 생각해 줬으면 좋겠어."

움찔. 나는 그 말에 조건반사적으로 손을 멈췄다.

"나는 내가 걸어갈 길을 바꿀 수 없어. 네가 그 길을 함께 걸어 준다면 나는 너에게 많은 것을 바라겠지. 아마 너는 꿈도 포기해야 할 거야. ……네가 얼마나 진지하게 그 꿈을 위해 노력했는지 알고 있으면서."

듣는 이에 따라서는 너무 이기적이라고 생각할지도 모른다.

자신의 길은 바꿀 수 없다면서 남에게는 바꾸기를 요구하다니.

하지만 나는 그 말에서 성의를 느꼈다.

굳이 말하지 않아도 되는데 내게 선택을 맡겨 준 것이다.

무엇보다 '나'를 잘 아는 루이라면 내가 이 결혼이 마음에 들지 않을 경우 도망도 마다하지 않을 성격이라는 것을 잘 알고 있을 텐데.

"……하나만 가르쳐 줘."

"……뭘?"

"너와 함께 걸으면 나는 보호받는 자가 아니라…… 지키는 자가 될 수 있을까?"

"……네가 너인 한."

루이의 말에 무심코 입꼬리가 올라갔다.

나는 살포시 그의 손을 잡았다.

"너의 약혼녀가 되면 나는 왕국군에 입대하는 건 완전히 포기해야 겠지. 그 정도는 나도 알아. 아르메리아 공작가 차기 가주의 약혼녀가 왕국군을 목표로 삼을 수는 없잖아? 검을 드는 것도 허락받지 못할지 몰라. 그래도 나는 내 의지로 이 손을 잡을 거야."

"……멜?"

"생각해 봤어. 너와 그날 탑에서 나눴던 얘기…… 나의 꿈, 나의 소망을. ……물론 이 검으로 누군가를 지키는 게 나의 꿈이야. 하지만 그건 목적이 아니라 수단일 뿐이야. 내 목적은, 소망은, 나처럼 소중한 사람을 잃고 슬퍼하는 사람이 나오지 않게 하는 거야. 그 목적을 이룰 수만 있다면 수단은 아무래도 상관없어."

"……그렇군."

"그러니까 나는 다시 찾을 거야. 소망을 이루기 위해 내가 어떤 방법을 선택해야 하는지. ……네 곁에서. 앞으로 너와 인생을 함께하고 싶으니까. 이 혼담 얘기가 나왔을 때, 너에 대한 마음만은 도저히 정리할 수 없었어. ……널 좋아하니까."

"멜."

그의 손이 살포시 내 뺨에 닿았다. 그의 얼굴이 가까이 다가왔다.

차츰 다가오는 그의 얼굴에 나는 부끄러워서 눈을 감았다.

그리고 가볍게 닿는 입술.

그 따뜻하고 부드러운 감촉이 지금 이 상황에 현실감을 느끼게 줬다. 행복해서 눈물이 흘러내렸다.

"고마워."

입술을 뗀 그가 조금 부끄러운 듯이 웃으며 말했다.

"고맙다는 말을 들을 만한 일은 아무것도 안 했는걸. 나는 내 의지로 그렇게 결심한 거야."

"……너한테는 못 당하겠군."

그의 중얼거림은 너무 작아서 가까운 거리에서도 들리지 않았다. 내가 무슨 말이냐고 묻기 전에 그는 그대로 걷기 시작했다.

"자, 그럼 가젤 장군님께 인사드리러 갈까."

"아버님께?"

"그래. ……너와의 약혼을 허락받아야지."

"허락이고 뭐고 날 여기 데려온 건 아버님인걸? ……허락할 생각이 없다면 애초에 데려오지 않았겠지."

"그래도 확실하게 못을 박아야지. 좋아하는 여자의 부모님…… 장래의 장인어른께 인사드리는 건 당연한 거잖아?"

그의 말에 기뻐서 얼굴이 달아올랐다.

그걸 숨기듯이 고개를 숙이며 잠자코 그의 손에 이끌려 걸었다.

그리고 도착한 방.

그가 노크를 하고 문을 연 순간…… 제일 먼저 느껴진 것은 술 냄새였다.

그 강렬한 냄새에 반사적으로 얼굴을 찡그렸다.

"……아버님, 이런 대낮부터 술을 마시고 계신 겁니까?"

옆에서 루이가 로멜르 아저씨에게 힐문하듯 물었다.

"미리 축하하는 거야, 미·리·축·하! 어느 누군가와 귀여운 메리의 약혼을 말이지."

하지만 로멜르 아저씨의 대답에 그는 수줍어하며 한순간 아무 말도 못 했다.

"나, 나의 메리가…… 나의 메리가—!"

아버님이 엉엉 울며 잔에 든 술을 벌컥벌컥 마셨다.

……조금 기쁘지만 많이 부끄럽다.

"……아버님 대신 사과드려요. 아르메리아 공작님."

"그런 딱딱한 호칭은 집어치우렴. 평소대로 로멜르 아저씨라고 불러다오. 자, 가젤, 진정하고 그만 울게. 그러다 목이 다 쉬어 버리겠군."

"하지만, 메리가……."

"알고 있었으면서 뭘 그래. 다 각오하고 여기 데려온 거 아니야?"

로멜르 아저씨가 한숨 섞인 목소리로 물었다.

"그, 그건 그렇지만……."

"……가젤 장군님."

두 사람의 대화에 끼어들듯이 루이가 가까이 다가가며 말을 건넸다.

방금까지 한심하게 울고 있던 아버님은 갑자기 돌변하여 날카로운 시선으로 루이를 바라보았다.

그 강인함과 두려움마저 느껴지는 위엄은 마치 아버님이 장군으로서 군을 지휘할 때의 모습 같았다.

"……따님 메를리스 레제 앤더슨 영애와 결혼을 허락해 주십시오."

"너는 메리를 사랑하나? 그 몸으로 저 아이를 지켜 주겠노라 맹세할 수 있나?"

"아, 아버님……."

아버님을 말리려고 입을 연 순간 오히려 루이가 그런 나를 막았다.

"네, 사랑합니다. 늘 앞을 바라보며 나아가는 그녀를. ……하지만 이 몸으로 그녀를 지키기는 어려울 것 같군요."

"……뭐?"

"단순하게 말해서 무술 실력은 메를리스 영애가 위일 테니까요. 제 검술 실력은 가벼운 호신술 정도입니다. 여차할 때 이 몸으로는 방패 정도밖에 되지 못할지도 모르죠."

아버님은 냉엄한 얼굴로 루이를 바라보았다.

눈빛이 완전히 서늘하게 가라앉아서 군을 훈련할 때보다 더욱 무서운 얼굴이었다.

"……무술 실력이 뒤떨어지는 제가 그녀를 지키기 위해서, 저는 저의 무기를 갈고닦겠습니다. 그리고 그 무기로 그녀를 지키겠습니다."

루이의 말에 아버님은 잠시 침묵을 지키다 느닷없이 커다란 한숨을 내뱉었다.

"……그런가."

그런 체념의 말과 함께.

"……로멜르! 함께 어울려 주게! 미리 축하해야겠군! 아침까지 사위와 함께 셋이서 마셔 볼까! 자, 루이, 자네도 이리 오게."

그리고 빙글 돌아서서 큰 소리로 외쳤다.

"……좋아! 아침까지 마시자!"

"아, 아버님! 아침까지 마시면 일은 어떻게 합니까?! ……그리고 저는 일이 있어서……."

"아버님! 아침까지 여기 계시면 폐가 되잖아요! 그리고 아버님도 일은 괜찮으신가요?"

"꽉 막힌 소리 하지 마! 축하할 때쯤은 일은 잊어버려!"

나와 루이가 말려 봤자 듣는 시늉도 하지 않았다.

결국 루이까지 끌어들여서 셋이 술을 마시기 시작했다.

……그리고 나는.

아무래도 숙녀가 그런 자리에 끼는 것은 좋지 않다는 이유로 일단 혼자 다른 방에서 기다리기로 했다.

웬만하면 아버님이 적당히 취했을 때를 노려서 모시고 돌아가고 싶었기 때문이다.

……아버님이 나와 루이의 약혼을 축하해 주는 건 기쁘지만 루이는 괜찮을까.

안타깝게도 아버님은 술고래다.

그런 생각을 하며 잠시 멍하니 있었다.

요 근래 느껴 본 적 없는 평온하고 행복한 기분.

나도 모르게 입가에 미소가 번졌다.

고용인이 기다리는 동안 마시라고 끓여 준 홍차에 비치는 내 모습은 조금 부끄럽지만 흐뭇하게 웃고 있었다.

"……어머, 여기 있었네."

노크 소리와 함께 한 여성이 들어왔다.

무척 마르고 전체적으로 색소가 옅은 여성이었다.

그 가냘픈 모습과 분위기에 무심코 시선이 못 박혔다.

그녀는 내 앞 자리에 앉았다.

"만나서 반가워요, 장래의 며느리님. 내 이름은 오렐리아. 오렐리아 아르메리아라고 해요. 로멜르의 아내이자 루이의 엄마랍니다."

멍하니 넋 놓고 그녀를 바라보던 나는 그 말에 겨우 정신을 차렸다.

"처, 처음 뵙겠습니다! 메를리스 레제 앤더슨입니다! 아, 앞으로 잘 부탁드립니다."

오렐리아 님은 내 인사에 쿡쿡 웃었다.

"어머, 기운이 넘치네. ······하지만 감점이에요."

시종일관 부드러운 음색인데도 중간부터 공기가 쩌엉 얼어붙은 것처럼 차가워졌다.

"숙녀가 그렇게 큰 소리를 내는 건 정숙하지 못한 행동이랍니다. 그리고 빠르게 말하는 것도 알아듣기 힘들고 상대방에게 불쾌감을 주죠."

오렐리아 님은 여전히 웃고 있는데도 어째서인지 부르르 한기가 느껴졌다.

하지만 여기서 물러나서는 안 된다는 생각에 나는 배와 눈에 힘을 줬다.

"······큰 실례를 저질렀습니다. 오렐리아 님을 만나게 돼서 기쁜 나머지 저도 모르게 그만."

그렇게 대답하자 오렐리아 님은 부채로 입가를 가리며 또다시 쿡쿡 웃었다.

생각지도 못한 그 반응에 나는 어떻게 해야 좋을지 몰라서 그저 멍하니 그 모습을 바라보았다.

"아아, 재미있어라······. 미안해요, 너무 즐거워서 그만."

오렐리아 님은 웃음을 멈추지 않았다. 마침내 눈가에 눈물이 맺힐 때까지.

"지기 싫어하는 건 좋아요. 하지만 그걸 상대에게 쉽게 들켜서는 안 돼요. 눈은 입만큼 많은 것을 말한다는 말도 있잖아요?"

"······실례했습니다."

"메를리스 영애. 영애 얘기는 남편에게 들었답니다."

즉 지금까지 예법 교육을 전혀 받지 않고 무술에만 전념했다는 사실을 알고 있다…… 라는 뜻이다.

나는 아르메리아 공작가에 시집오기에는 어울리지 않는다는 말이라도 하려는 걸까?

"지금까지 당신이 어땠는지는 묻지 않겠어요. 중요한 건 이제부터죠. ……그러니까 내가 묻고 싶은 건 단 하나. 남편은 내게 당신을 직접 교육하라고 하던데…… 열심히 할 수 있나요?"

어째서일까.

오렐리아 님의 말투와 행동은 시종일관 부드럽고 얼굴에는 온화한 미소를 짓고 있었다.

그런데도 내게는 '아르메리아 공작가에 시집오려면 못한다는 말은 하지 않겠죠? 그 정도 근성은 있겠죠?' 라고 말하는 듯한, 거역할 수 없는 박력이 느껴졌다.

"물론입니다. 부족한 점이 많겠지만 부디 많은 지도 부탁드립니다."

……하지만 질 수는 없다.

아마도 나는 아직 오렐리아 님에게 루이의 약혼녀로 인정받지 못한 모양이다.

그러니까 더더욱 꼬리를 말고 도망칠 수는 없다.

"……좋아요. 그렇다면 당장 내일부터 수업을 시작하죠. 다만 오늘은 늦었으니까 이만 돌아가도록 해요. 가젤 님은 여기서 주무시고 가면 되지만 아직 결혼도 하지 않은 영애는 자칫 잘못해서 좋지 못한 소문이라도 나면 안 되니까요."

아버님을 모시고 가는 건 포기해야 하나. 나는 내심 한숨을 쉬었다.

"……아버님 대신 사과드립니다."

"괜찮아요. 남편이 또 나잇값도 못하고 신나서 벌인 짓일 텐데요,

뭐. 내일부터 찾아와요. 영애가 오기를 기대할게요."

"……저도 기대됩니다. 잘 부탁드립니다."

그리하여 나는 잔뜩 취했을 아버님을 남겨 두고 오렐리아 님이 시키는 대로 앤더슨 후작가로 돌아갔다.

제6장
공작 부인, 장래를 응시하다

다음 날, 나는 또다시 아르메리아 공작가를 방문했다.

덧붙여 말하자면 아버님은 아직 아르메리아 공작가에서 돌아오지 않았다.

어젯밤 내가 집으로 돌아온 후, 아르메리아 공작가에서 심부름꾼이 와서 아버님은 하룻밤 자고 갈 거라는 전갈을 전했다.

술에 취한 상태로 무리해서 돌아오는 것보다는 하룻밤 자고 오는 편이 안전할 것 같아서 뭐 그건 잘하셨다 싶지만…… 이제부터 그곳에 배움을 청하러 가야 하는 입장에서는 부끄럽달까, 거북하기 짝이 없다…….

휴우 한숨을 내쉬며 숙이고 있던 고개를 들었다.

그리고 아르메리아 공작가를 물끄러미 응시했다.

마치 전장에 임하는 듯한 긴장감.

심장 소리가 두근두근 시끄러울 만큼 울려 퍼졌다.

……세차게 뛰는 심장을 진정시키기 위해 깊게 숨을 들이마시고 내뱉었다.

아무래도 거북한 기분을 떨칠 수 없다.

귀족에게 필요한 예법과 교양, 그리고 그 소양을 시험당하는 사교계 자체에 대해서.

지금까지 계속 외면하고 도망쳤다.

'지금'은 '아직' 필요 없다고 문제를 뒤로 미루면서.

그 대가를 치르지 않으면 안 된다.

이제부터 나는 오렐리아 님에게 누구나 당연히 할 수 있는 일을 하지 못하는 꼴사나운 모습을 보여야 한다.

하지만 받아들일 수밖에 없다.

그게 지금 나의 역량이니까.

…… '할 수 없다'라는 사실을 직시하는 건 분명 괴로울 것이다.

그것이 귀족 영애에게는 '당연한' 일이라면 더욱 그렇다.

무술에만 매진했으니까 할 수 없다고 당당하게 굴 수 있다면 마음은 편하겠지만…… 안타깝게도 내 마음은 그리 쉽게 당당해질 수 있을 만큼 강하지 못하다.

……아마도 스스로에게 자신이 없기 때문일 것이다.

무술에 대한 거라면 '할 수 없다'라는 것을 오히려 '발전 가능성'으로 받아들일 수도 있지만, 예법 같은 귀족의 소양에 관해서는 '할 수 없다'란 마치 넘을 수 없는 거대한 벽처럼 느껴져서 기껏 다잡았던 마음이 자꾸만 위축된다.

나는 앞으로 걸어가던 발을 멈췄다.

그리고 다시 한번 깊게 숨을 들이마시고 내뱉었다.

……두려워하지 마.

나의 자존심은 나의 허영심을 지키기 위한 하찮은 게 아니잖아!

……그렇게 계속 멈춰 서 있고 싶어 하는 나약한 자신을 꾸짖고 격

려했다.

"……좋았어."

나는 다시 한번 저택을 바라보며 마음을 다잡은 후 안으로 들어갔다.

"어서 오십시오. 안내해 드리겠습니다."

입구에는 이미 집사 알프 씨가 대기하고 있었다.

"알프 씨……."

"메를리스 님, 부디 저를 알프라고 불러 주십시오."

"……그럼 알프. 아버님은……?"

"가젤 님이라면 오늘도 이곳에서 쉬시겠다고 합니다."

"그렇군……. 아버님이 폐를 끼쳐서 미안해요."

"당치 않은 말씀이십니다. 저의 주인님이신 로멜르 님도 가젤 님이 오시면 무척 즐거워하십니다."

"……그렇군요."

그런 말을 나누며 그가 안내해 준 방으로 들어갔다.

"어서 와요, 메를리스 영애. 그럼 예법 교육을 시작해 볼까요."

"……그 전에 오렐리아 님. 오늘도 아버님이 이곳에서 신세를 지고 있다고 들었습니다. 정말 감사드립니다. 그리고 오늘부터 많은 지도 부탁드립니다."

"괜찮아요. 남편도 즐거워하고 있으니까요. ……오히려 그이가 다망하신 가젤 님을 자꾸 붙잡아서 미안해요. 자, 오늘 수업은 다과회로 할까요. 나와 영애 둘만의 다과회지만 영애에겐 직접 실천해 보는 형식이 좋을 것 같으니까요."

그리고 시작된 다과회.

예전 여왕님의 다과회를 위해 벼락치기로 배웠던 것들을 떠올리며 필사적으로 차를 마시고 대화에 대답했다.

"……기본적은 예법은 갖추고 있군요."

"네?"

생각지도 못한 말에 나는 무심코 어리둥절한 표정을 지었다.

"그런데 메를리스 영애. 다과회의 목적은 뭘까요?"

"……교류, 아닐까요."

"네, 그래요. 귀족들 사이에 친교를 쌓는 것은 매우 중요한 일이죠. 정보를 얻기 위해서도, 뭔가를 해야 할 때 아군을 만들기 위해서도. ……그럼 영애는 얼굴이 딱딱하게 굳어 있는 사람과 생글생글 웃고 있는 사람, 어느 쪽이 더 말을 걸기 쉬울 것 같나요?"

알기 쉬운 말이었다.

대놓고 말한 것은 아니지만 조금 전 자신의 어디가 잘못됐는지 지적하고 있는 것이다.

"……생글생글 웃고 있는 사람."

"그래요."

생긋. 오렐리아 님은 교본 같은 미소를 지었다.

"다과회뿐만 아니라 귀족의 예법은 무척 복잡해서 아무래도 그쪽에 의식이 집중되기 마련이죠. 이해해요. 익숙해지지 않은 동안에는 특히 그럴 거예요. 그렇기 때문에 더더욱 의식하지 않아도 자연스레 몸이 움직이도록 만드는 게 제일 좋아요."

그렇게 말하며 그녀는 찻잔을 들어 차를 마셨다.

그 일련의 동작은 흐르는 듯이 세련되고 우아했다.

"그런데 메를리스 영애. 귀족의 예법은 어째서 복잡하다고 생각하나요?"

"네……?"

생각해 본 적도 없다.

그저 복잡하고 귀찮다는 정도밖에는.

"예법이란 상대를 불쾌하게 만들지 않기 위한 약속이에요. 말과 행동은 하나하나 어떻게 받아들이느냐에 따라 그 의미가 얼마든지 변하죠. 예를 들어 악의 없는 행동이라도 받아들이는 사람에 따라서는 불쾌하게 생각할 수도 있어요. 그렇게 되지 않도록 긴 역사 속에서 수많은 예법이 정해졌죠. 때로는 다른 나라의 고위층 분들을 만나야 할 경우도 있기 때문에 외교상으로도 필요한 일이랍니다."

"그렇, 군요……."

"물론 귀족 중에는 자신의 권위를 과시하고 싶어서 예법에 집착하는 한탄스러운 분도 계시지만……."

그건 알겠다. 무심코 쓴웃음이 떠올랐다.

오히려 지금까지 예법이란 그걸 위한 것이라는 인식이 있었을 정도다.

그래서 더더욱 귀찮다고 생각했던 것이다.

"어쨌든 예법이란 배워서 손해 볼 일은 없답니다. 그러니까 지금 당장 조금 전의 행동을 몇 가지 고치도록 하죠."

생긋. 그녀는 또다시 웃었다.

무척 온화한 웃음인데도 변함없이 거역할 수 없는 위압감이 느껴졌다.

"네…… 네에."

"그럼 힘내 볼까요."

그렇게 오렐리아 님과 농밀한 시간을 보낸 후 나는 방에서 나왔다.

……평소 사용하지 않는 근육을 사용했기 때문일까, 아니면 단순히 정신적으로 피곤한 걸까, 묘하게 몸이 나른했다.

"우……."

저도 모르게 머리를 누르고 신음하며 걸었다.

"……뭐야, 너도 머리가 아파?"

등 뒤에서 들려온 루이의 목소리에 나는 힘껏 뒤를 돌아보았다.

"루이……! 이건, 저어……."

그가 조금 전의 신음 소리를 들었을 거라고 생각하니 부끄러워서 변명을 하려고 했지만 좋은 생각이 떠오르지 않았다.

결국 나는 아무 말도 못 하고 고개를 숙였다.

"괜찮아?"

루이가 그런 내 얼굴을 들여다보았다.

거리가 너무 가까워서 나는 반사적으로 몸을 젖혔다.

……그러고 보니 갑자기 머릿속에 어제 일이 떠올랐다.

『널 좋아해. 앞으로 함께 인생을 걸어갈 사람은 너였으면 좋겠어. 이 손을 잡아 줘.』

『그러니까 나는 다시 찾을 거야. 소망을 이루기 위해 내가 어떤 방법을 선택해야 하는지. ……네 곁에서. 앞으로 너와 인생을 함께하고 싶으니까. 이 혼담 얘기가 나왔을 때, 너에 대한 마음만은 도저히 정리할 수 없었어. ……널 좋아하니까.』

……그 말과 함께 당시의 한 장면이 떠올라서 얼굴이 뜨겁게 달아올랐다.

루이와 서로 마음을 고백하고 약혼했다는 사실이 새삼 떠올라서 부끄러웠다.

감정을 주체할 수 없어서 머리가 잘 돌아가지 않는다.

"……정말 괜찮아?"

"아, 저…… 저기, 괜찮아! 오늘은 이만 가 볼게……!"

동요한 나머지 원래 방향으로 빙글 몸을 돌려 그대로 전선을 이탈하기 위해 허둥지둥 걷기 시작했다.

"메리?"

등 뒤에서 의아한 듯한 목소리가 들려왔지만 부끄러움이 앞서서 걸음을 멈출 수 없었다.

……동요해서 그런지, 아니면 드레스를 입는 게 익숙하지 않은 탓인지, 나는 옷자락을 밟고 뒤로 기울어져서 그대로 넘어질 뻔했다.

하지만 땅에 완전히 부딪히기 전에 루이의 팔이 내 상반신을 붙잡아 줬다.

"……정말 괜찮아? 많이 아프면 의사를 부르라고 할까?"

아……. 나를 여자아이 취급해 주고 있다.

이 자세와 그의 배려에 제일 먼저 떠오른 것은 그런 생각이었다.

부끄럽고 기뻐서 마치 취한 것처럼 마음이 둥실둥실 날아올랐다.

"……고, 고마워. 하지만 괜찮아."

고개를 숙이고 있을 때 그가 손을 뻗어 나의 흐트러진 머리카락을 정돈해 줬다.

살짝 들여다보듯 그의 얼굴이 또다시 다가왔다.

빨개진 얼굴을 들키지 않도록 고개를 돌렸다.

"……괜찮으면 됐어."

작은 한숨과 함께 그의 얼굴이 멀어졌다. 나는 튕기듯이 고개를 들었다.

그의 얼굴이 살짝 굳어 있는 듯한 기분이 들었다.

"……좋아해!"

갑작스러운 나의 외침에 그는 놀란 얼굴로 눈을 동그랗게 떴다.

……부, 부끄러워.

하지만 여기서 물러서선 안 된다.

"………네, 네가 좋아서…… 거리가 가까워지면 부끄러워서 어떡해야 좋을지 모르겠어."

큰 소리로 외친 후 그의 반응이 무서워서 질끈 눈을 감았다.

……잠시 침묵이 이어졌다.

그 무거운 침묵에 점점 그가 어떤 반응을 보일지 무서워졌다.

머뭇머뭇 눈을 뜨자 그가 웃음을 터뜨렸다.

"……루이?"

계속 웃는 그를 저도 모르게 노려보았다. 내 걱정을 돌려줘.

"미안, 미안."

그렇게 말하면서도 그는 계속 웃고 있었다.

이러니까 나도 계속 노려보게 되잖아.

"나랑 똑같구나 싶었어."

"……똑같아?"

"응. 나도 너와 어느 정도 거리를 둬야 할지 잘 모르겠거든. 마음대로 닿았다가 미움받지 않을까 해서."

그렇게 말하며 수줍어하는 그의 모습에 나도 무심코 웃음을 터뜨렸다.

"……웃지 마."

수줍은 표정이 퉁명스러운 표정으로 돌변했다. 그 표정의 변화에 더욱더 웃음이 멈추지 않았다.

이토록 휙휙 표정이 바뀌는 그는 처음 보는 듯한 기분이다.

"뭐 좋아."

후련한 듯이 말하며 그도 또다시 웃었다.

살포시 그에게 기대는 것처럼 품 안으로 뛰어들었다.

그의 고동은 나의 고동과 마찬가지로 빠르게 뛰고 있었다.

잠시 그 자세로 그의 심장 소리에 귀를 기울이고 있을 때 그의 팔이 내 등을 감았다.

조금 전까지 그토록 부끄러워서 어쩔 줄 모르고 위축되어 있었는데 지금은 그 부끄러움조차 기분 좋고 안심이 된다.

"……아마 앞으로 이렇게 조금씩 너를 알아 가겠지."

"응, 그래."

살짝 얼굴을 움직여 위를 올려다보자 그의 얼굴이 보였다.

미소를 짓자 그도 또다시 부드럽게 웃었다.

† † †

창문에서 새어 들어오는 햇살에 가젤은 눈을 가늘게 떴다.

"아…… 머리 아파."

혼잣말을 중얼거리며 손을 머리에 대고 고개를 숙였다.

안색이 좋지 않았다.

원인은 별것 아니다. ……숙취 때문이다.

침대 옆 테이블에 놓인 물병을 들어서 컵에 물을 따른 후 단숨에 그 물을 마셨다.

그리고 옷을 갈아입은 후 평소보다 조금 느긋한 걸음걸이로 객실에서 나왔다.

"잘 잤나, 가젤."

"그래, 자네도 잘 잤나."

응접실에 도착하자 그곳에는 이미 로멜르가 앉아 있었다.

"안색이 형편없군……. 영웅님도 세월은 이기지 못하는 걸까?"

"누가 할 소리. 자네 안색도 만만치 않거든?"

가젤의 말에 로멜르는 대답 대신 쓴웃음을 지었다.

"……지금쯤 메리는 이곳에 와서 자네 부인에게 혹독한 가르침을 받고 있겠지."

"그래. 내 아내는 굉장해. 정신력이 정말 강하거든."

"자네를 계속 휘어잡고 있는 것만 봐도 알 것 같군."

"하하하…… 그건 그래. 뭐 메리라면 아내의 가르침을 따라갈 수 있을 거야."

"흥…… 당연하지."

조금 자랑스럽게 동의하며 가젤은 소파에 깊숙이 앉아서 위를 올려다보았다.

또다시 머리가 아픈 걸까, 그가 문득 얼굴을 찡그렸다.

벽 쪽에서 대기하고 있던 고용인이 물이 담긴 컵을 테이블에 올려놓았다.

차가 아닌 물을 가져온 것은 두 사람의 몸 상태를 염려해서일 것이다.

"잠깐 물러가라."

로멜르의 지시에 고용인은 머리를 숙인 후 그대로 방에서 나갔다.

"이거 고맙네."

가젤은 싱긋 웃으며 그 자세 그대로 고개만 고용인이 있는 문 쪽으로 돌려서 손을 흔들었다.

그 말에 고용인은 걸음을 멈추고 또다시 머리를 숙인 후 이번에야말로 방에서 나갔다.

"……자, 그럼. 농담은 이쯤 해 두고 진지한 얘기를 해 볼까."

로멜르의 말을 들은 순간 그때까지 실실 웃고 있던 가젤의 얼굴이 갑자기 진지한 표정으로 변했다.

"벨스 얘긴가."

날카로운 눈빛은 컨디션이 좋지 않다는 것을 조금도 느끼지 못할 만큼 위압감을 풍겼다.

"······그래, 자네 동생 얘기일세."

"그 후로 뭔가 움직임은 없나?"

"아직까지는 조용해. 뭐 한마디로 딱히 움직임은 없어."

"그렇군······."

"자네 동생, 제법 솜씨가 좋더군. 광석의 자취를 파악하려고 조사를 계속하고 있지만 유감스럽게도 아직 확실한 건 알 수 없어."

"······흐음."

"그리고 용병들 말인데, 확인해 본 결과 아직까지 다른 영지로 흘러들어 가는 흔적은 없어."

"어떤 방법으로 확인했지?"

"이 나라로 흘러들어 온 용병들은 기본적으로 경비직에 취직하거나 인력소 같은 알선업자에 등록해서 일을 받곤 하지. 그 등록업자에게 비밀리에 확인했다네. 인원이 증가하지 않았다는 사실을."

알선업자는 본래 트와일 국과 전쟁이 한창일 때 용병들이 유입되는 바람에 생긴 직업이다.

전쟁 후에도 각지에서 복구 작업을 하느라 인원이 부족해서 항상 일손을 필요로 했고, 용병업을 하는 자들도 하루하루 먹고살 돈을 벌기 위해 일자리를 찾아 입국했다.

이윽고 늘어난 용병을 효율적으로 활용하기 위해 생긴 직업이 바로 알선업자다.

"호오······."

"그리고 각지의 관문에서 모은 자료도 확인했어. 뭐 결과적으로 사람의 흐름에 수상한 점은 발견하지 못했다…… 라고 하더군. 더불어 각지의 상업 길드에 물류·물가 조사를 의뢰하고 확인해 봤는데…… 시장으로 흘러가는 물건의 양은 변함이 없고 물가도 상승하지 않았어. 한마디로 물자 소비량은 변하지 않았다는 뜻이야. 사람이 늘었다면 그렇진 않겠지?"

"……자네, 그걸 전부 직접 조사했나?"

그 조사 내용을 듣고 가젤은 저도 모르게 물었다.

아마 누가 들어도 같은 생각을 했을 것이다. ……듣기만 해도 확인이 필요한 자료가 상당한 양일 거라는 사실은 쉽게 상상할 수 있으니까.

"기대에 응하지 못해서 미안하지만 루이가 한 거야. ……나는 좀 다른 일이 있어서."

"루이가!"

예상과는 다른 대답에 놀라서 무심코 목소리를 높였다.

순간 숙취에 시달리던 머리가 지끈거린 걸까, 가젤은 얼굴을 찡그리며 단숨에 물을 마셨다.

"그래. 물론 확인할 겸 나도 조사보고서는 훑어봤지만. 필요한 조사는 전부 루이가 지시하고 지휘를 맡고 있지."

그렇게 말하며 로멜르는 쓴웃음을 지었다.

"그 젊은 나이에…… 그것참 굉장하군."

가젤 또한 메마른 미소를 지었다.

"그건 그렇고, 그렇다면 인가와 멀리 떨어진 곳에 잠복해 있을 가능성도 없지는 않겠군. ……하지만 이걸 조사하려면 각지에 인원을 파견하지 않으면 안 돼. 물론 표면적으로는 다른 이유로 이미 각지에 파견했지만 시간이 걸릴 거야."

"……그렇겠지."

"그것과는 별개로 자네 동생이 왜 그런 짓을 저질렀는지 동기를 생각해 봤지. ……원래는 자네 남동생이 후작가 가주가 될 예정이었다지?"

"……그래, 자네 말대로일세."

"그렇다면 제일 먼저 생각할 수 있는 건 가주 문제. 용병을 모으는 건 앤더슨 후작가 영지 안에서 내분을 일으키기 위해서겠지. 즉 용병은 앤더슨 후작령 안에 잠복하고 있을 가능성이 높다……라는 게 내 생각이야."

"……전에 자네는 나와 동생이 공모했을 가능성도 생각해 봤다고 했지? 그게 무슨 뜻인가?"

"……어디까지나 상상일 뿐이야. 영웅인 자네가 나라에 미치는 영향력…… 특히 군에 미치는 영향력은 상당하지. 그러니까 뭐…… 사실대로 말하자면 왕가에 모반을 일으키지는 않을지 경계하고 있다네. 다른 영지의 용병 유입은 유지되거나 감소하고 있는데 앤더슨 후작가만은 부자연스럽게 조금씩 늘어나고 있으니까 말이야."

"그렇군……."

"그건 그렇고…… 뭐 자네 영지의 문제는 자네가 결판을 짓게 하고 싶지만…… 나도 자네를 잃고 싶지 않아서 말이야. 앞으로도 조사는 계속하겠네."

"고맙네."

"하지만…… 이대로 벨스를 내버려 둬서 좋을 건 없어. 자네가 움직이지 않겠다면…… 이쪽에서 병사를 움직여서 죽이도록 하지."

조금 전까지의 경쾌한 분위기를 벗어던지고 재상의 가면을 쓴 로멜르가 나타났다.

그 박력은 조금 전의 가젤과 비교해도 전혀 손색이 없었다.

"그건……!"

가젤은 반발하듯 고개를 들고 그를 노려보았다.

팽팽한 긴장감이 실내를 가득 채웠다.

두 사람에게서 뿜어 나오는 압박감은 그야말로 나라의 중책을 짊어지기에 부족함이 없었다.

서로가 서로에게 양보할 수 없다고 말하듯이 두 사람은 잠시 말없이 상대의 반응을 살폈다.

"……왜 감싸는 건가? 자네 아내를 죽이고 딸과 아들을 해치려고 한 인물이지 않나?"

후우. 로멜르가 한숨을 내쉬며 물었다. 순간 지금까지 뿜어 나오던 압박감이 어느 정도 누그러들었다.

그래도 아직 말투가 궁전에서 사용하는 말투인 것을 보면 재상의 가면은 벗지 않은 모양이다.

"……가, 감싸는 게 아니라……."

"감싸고 있잖아? 영주의 권력을 사용하든, 암살하든, 자네의 압도적인 무력을 사용하든…… 방법은 뭐든지 좋아. 자네가 그를 죽이면 얘기가 빠르지."

그 지적에 가젤은 부들부들 떨리는 손으로 머리를 감싸 쥐었다.

"……현재 벨스의 혐의는 앤더슨 후작 부인 살해 교사 및 방조, 앤더슨 후작가 자녀 살해 교사, 그리고 왕도에서 발생한 연쇄 유괴 사건 방조. 자네도 알다시피 앤더슨 후작 부인과 아이들을 살해 교사한 증거는 발견됐지만…… 언제부턴가 수법이 교묘해져서 왕도 연쇄 유괴 사건은 아직 상황 증거뿐이야."

"그러니까 왕국법으로 재판하긴 어렵단 말인가?"

"아니, 왕도 연쇄 유괴 사건 외에는 재판으로 입건할 수 있어. ……하지만 내겐 자네의 명예를 지키는 게 더 중요해. 이 사건이 세간에 드러나면 앤더슨 후작가는 물론 영웅인 자네의 이름에도 흠집이 나겠지."

"……하하. 법보다 평판인가."

"웃고 싶으면 웃어. 하지만 이대로 놈을 내버려 둘 수 없는 건 사실이잖아? 자네 후작령 안에서 내분을 일으키기 전에 빨리 처리해야 해. 게다가 자네는 자네의 평판을 좀 더 신경 쓰는 게 좋을 거야."

"내 평판 따위……."

"……부탁인데 아무래도 상관없다는 말은 하지 말아 주겠나?"

번뜩. 로멜르는 가젤을 날카로운 눈빛으로 노려보았다.

"알겠나? 전에도 말했지만 자네 이름은 그것만으로도 다른 나라에 견제가 된다네. ……이 나라는 트와일 국과의 전쟁 때 입은 상처가 아직 회복되지 않았어. 알겠나? 아직 전혀 낫지 않았단 말일세! 그러니까 더더욱 다른 나라에 허점을 보여서는 안 되는데……. 그걸 모르는 바보가 얼마나 많은지. 영웅이라는 이름을 질투해서 자네를 함정에 빠뜨리려고 호시탐탐 노리는 자들이 있어! 그런 상황에 자네 영지 안에서 내분이 일어난다면……. 자네를 왕국 재판에 세울 수는 없어. 절대로!"

쾅. 로멜르는 책상을 내리쳤다.

미적지근한 태도의 가젤에 대한 짜증이 났다기보다는…… 트와일 국과의 전쟁 때 입은 이 나라의 상처가 아물지 않았다는 사실이 가슴 아픈 듯했다.

사실 그는 그 말을 할 때 특히 얼굴을 찡그리고 있었다.

"……왜 자네가 그렇게 분한 표정을 짓는 거지?"

가젤도 그 사실을 눈치채고 무심코 그렇게 물었다.

……로멜르는 곧 그 의미를 눈치채고 마치 자조하듯 입가를 일그러뜨렸다.

"당연하지. 내 역할은 나라를 지키는 거야. ……백성들의 안정된 삶을 지키는 것이 나의 책무. 즉 전쟁이 일어나지 않도록 막는 것이 내 역할이지……. 그런데 나는 전쟁을 막지 못했어. 정말 무능한 재상 아닌가."

"그건…… 어쩔 수 없잖아. 누구도 모든 걸 예견할 수는 없어."

"어쩔 수 없어? 어쩔 수 없다는 말로 끝나기엔 너무 많은 피를 흘렸어. 그때 나는 책무를 다하지 못한 거야. ……그러니까 나는 더더욱 잊으면 안 돼. 그때 그 희생을. 그리고 잊지 않는다는 것은 앞으로 다시는 일어나지 않게 하겠다는 것과 같은 뜻이야!"

로멜르의 기백은 소름이 끼칠 정도였다.

그만큼 그의 생각이 진심이라는 것을 싫어도 알 수 있을 만큼.

그 기백에 압도당한 것처럼 가젤은 또다시 고개를 숙였다.

그의 몸은 조금 떨리고 있었다.

"……어째서일까."

잠시 침묵이 이어지던 가운데, 작은 중얼거림이 흘러나왔다.

평소의 가젤에게서는 상상조차 할 수 없을 만큼 약하고 작은 목소리였다.

"나는…… 멜리루다의 죽음에 관여한 놈들을 남김없이 지옥으로 보낼 생각이었어. 그게 살아가는 의미였지. 자네가 말하는 흑막이라는 놈도 물론 그럴 생각이었어."

말을 거듭할수록 가젤의 몸은 더욱 세차게 떨렸다.

얼굴은 보이지 않았지만 그는 마치 온몸으로 울고 있는 것 같았다.

"벨스 또한 미워. 죽여 버리고 싶을 만큼! 내게서 멜리루다를 빼앗은 장본인이니까⋯⋯!"

로멜르는 뭐라 말할 수 없는 표정으로 그를 바라보았다.

그 눈동자에 비치는 것은 연민이었다.

평소에는 강하고 용맹한 가젤이 지금은 너무나도 유약해 보였다.

"자넨 아나? 사랑하는 여자의 기억이 시간과 함께 옅어져 가는 그 공포를! 그녀의 웃는 얼굴, 그녀의 부드러운 목소리⋯⋯! 그토록 선명하게 기억하고 있었는데⋯⋯. 이토록 사랑하고 있는데⋯⋯. 시간과 함께 가차 없이 기억을 빼앗겨 가는 거야⋯⋯! 그런데도 그녀의 피투성이 모습만은 싫어도 기억에 남아 있어⋯⋯. 나는 그녀를 지키지 못한 나 자신을 용서할 수 없어!"

⋯⋯그렇다면 어째서.

그렇게 물으려고 입을 열었던 로멜르는 말을 꺼내기 전에 입을 다물었다.

입을 여는 것 자체가 망설여질 만큼 지금 가젤에게서는 팽팽하게 긴장된 공기가 뿜어 나오고 있었다.

그것은 조금 전 로멜르에게서 뿜어 나왔던, 상대를 짓누르는 듯한 공기가 아니었다.

마치 그의 정신을 그대로 말해 주는 듯한⋯⋯ 끊어지는 순간 그 자신이 어떻게 되어 버릴 것 같은, 그런 비애를 머금은 긴장감이었다.

"그런데도⋯⋯ 내 안에 남아 있는 벨스와 쌓아 온 기억이, 정이, 그걸 망설이게 만들어⋯⋯! 그 녀석이 어떻게 생각하든 내게 그 녀석은 소중한 가족이었어⋯⋯!"

그 외침은 마치…… 쥐어 짜내는 것처럼 비통했다.

"자네야말로 웃고 싶으면 웃어. 그렇게나 복수를 하겠다고 큰소리를 쳐 놓고…… 막상 중요한 순간에는 이토록 한심하게 구는 나를."

가젤이 자조하듯 말했다. 그러나 로멜르의 눈동자는 기이할 만큼 잔잔했다.

"……우습군."

로멜르가 작게 중얼거렸다.

그 말에 가젤은 한순간 움찔 몸을 세차게 떨었다.

"나는…… 항상 머릿속 한구석으로 취사선택을 하고 있어. 뭔가를 판단할 때 어느 것이 리스크가 작은지…… 그걸 위해서 뭘 포기하고 뭘 택할지 선택하지. 모든 걸 손에 넣는 게 이상적이라고 생각하면서, 한편으로는 현실적으로 그건 무리라고 생각하기 때문이야. 어느 정도 선에서 그걸 판별할지 항상 머릿속 한구석으로 계산하고 있지. 그 생각 자체가 포기인데 말이야. ……설령 그만큼 소중하다고 생각한 기억이 있어도, 필요하면 아주 쉽게 잘라 내 버리지."

로멜르의 자세는 결코 비난할 것이 못 된다.

재상으로서 책무를 다하기 위해 그는 지금까지 몇 번이나 선택하지 않으면 안 되는 상황과 맞닥뜨렸다. 개중에는 선택지가 한정된 데다가 선택하기 매우 곤란한 적도 있었다.

……오히려 그편이 더 많았다.

그때마다 모든 이해관계자가 납득할 수 있는 길은 없을까 몇 번이나 모색했다.

뭔가…… 자신에게 보이지 않는 것뿐 다른 길이 있는 것은 아닐까

하고.

하지만 그런 길을 찾는 경우는 정말로 지극히 드물었다.

냉혹한 가면을 쓰고 대다수를 택하는 대신 소수를 버리는 선택을 해 왔다.

……그 소수 중에 '소중한' 것이 있다 해도.

"대체 얼마나 많은 것을 버려 왔던 걸까. 물론 나는 그걸 후회한 적은 없어. 그리고 후회하지도 않지만…… 때때로 이런 생각을 할 때가 있어. 그때 버리지 않았더라면 어떻게 됐을까 라는 생각을. 분명히 내가 자네 입장이라면 나는 재빨리 어느 한쪽을 포기하고 선택했겠지. ……하지만 자넨 포기하지 않아. 쉽게 잘라 내지 않지. 소중하다고, 과거의 기억마저 사랑하면서. 그 태도가 자네다워서 웃음이 나는군."

좋은 의미로 마치 소년이 그대로 자란 듯한 가젤의 모습.

마치 보물을 하나하나 애지중지하며 자신의 보물 상자에 집어넣는 것처럼 가젤은 과거와 기억을 끌어안는다.

남기지도 않고, 흘리지도 않고…… 끌어안으려고 한다.

반면 로멜르 안에 있는 것은 신념이라는 이름의 하나의 기둥.

그 기둥 앞에서 소중한 것들은 그 모습을 얼마든지 바꾼다.

때로는 자비롭게, 하지만 필요하다면 때로는 지독히 냉혹하게 잘라 버린다.

그만큼 그 안에서 그 기둥은 절대적이다.

……전혀 다른 두 사람의 방식.

자신의 상황 때문에 지금껏 택해 온 선택지를 아쉬워한 적은 없어도 그런 가젤의 모습은 로멜르에게 매우 눈부셔 보였다.

그래서 로멜르는 그렇게 말하며 미소 지은 것이다.

……가젤은 살짝 고개를 들었다.

마치 매달리는 듯한 표정을 지으며.

"……뭐 원래 자네 집안 문제니까. 일단 이 문제는 자네에게 맡기지."

휴우. 한숨을 내쉬며 로멜르는 말을 이었다.

그 말투는 조금 전까지의 궁전에서 사용하는 말투와는 달라져 있었다.

"하지만…… 내가 다음에 조금이라도 움직임을 눈치채면 나는 망설임 없이 사병을 움직일 거야. 일정 기간 동안 자네가 움직이는 기색이 없으면 그때도 내 마음대로 움직이겠네."

"……그래. 미안해."

더 이상은 말하지 않고 가젤은 고개를 숙였다.

……로멜르 입장에서는 말도 안 될 만큼 양보를 해 준 거라는 사실을 알고 있었기 때문이다.

"반드시 내가 처리하겠네. ……어떠한 형태로든."

그 때문일까, 아직 나약한 모습이면서도 가젤의 눈동자에는 각오의 빛이 깃들어 있었다.

† † †

"……좋아요, 그만."

손뼉을 치는 소리에 움직임을 멈췄다.

"메를리스 양은 자세가 아주 좋군요. 무술 덕분인가?"

오렐리아 님의 말에 나는 미소를 지으며 애매하게 고개를 갸웃거렸다.

안타깝게도 나 역시 그 물음에 대답을 할 수 없었기 때문이다.

"하지만 움직임이 지나치게 민첩하네요. 빠르게 움직여야 한다면 그것도 괜찮겠지만…… 사교계에서 요구되는 것은 우아함이랍니다. 움직임을 하나하나 끊지 말고 흐르듯이 이어지도록 신경을 쓰세요. ……이런 식으로."

그렇게 말하며 오렐리아 님은 자리에서 일어서서 예를 표하는 자세를 취했다.

……내가 좀 전에 했던 것과는 전혀 달랐다.

지금 오렐리아 님은 낮에 응접실에서 비교적 편안한 차림을 하고 있지만 내 눈에는 마치 파티장을 배경으로 아름답게 치장한 그녀의 모습이 보이는 것 같았다.

오렐리아 님은 모범을 보여 준 후 또다시 자리에 앉았다.

"그럼 다시 한번 처음부터 해 보겠어요?"

오렐리아 님의 지시에 나는 옷자락을 추스르는 데 애를 먹으며 또다시 움직였다.

……오전에는 외국어 수업, 그리고 낮에 휴식을 취한 후에도 예법 수업을 계속했다. 정신을 차리고 보니 이미 밖에는 해가 저물고 있었다.

집중하고 있었던 탓에 시간의 흐름이 의외로 빠르게 느껴졌다.

……솔직히 처음에는 익숙하지 않은 수업을 하다 보니 하루가 끝날 무렵에는 정신적으로 몹시 피로했다.

그런데 지금은 아무리 집중하고 있었다지만 시간이 흐르는 걸 깨닫지 못할 줄이야…….

의외로 오렐리아 님의 수업에 익숙해진 걸까.

"수고했어요. 자, 그럼 잠시 쉬도록 하죠."

"네, 오늘도 감사했습니다."

천천히 그녀가 내준 차를 입 안에 머금었다.

"이 차는 영애의 가문…… 앤더슨 후작가 남부 사루비아산 차랍니다."

위로 겸 반성이라는 명목으로 교육을 마친 후 티타임을 즐길 때조차 오렐리아 님은 반드시 이렇게 아낌없는 가르침을 주신다.

……그건 그렇고 우리 가문이 관리하는 영지인데도 앤더슨 후작령에서 홍차를 재배한다는 사실은 처음 알았다. 부끄럽다.

지금까지 나는 대체 무엇을 배운 걸까. ……무술인가.

스스로를 나무라면서도 지금은 시무룩해 봤자 소용없다는 생각에 고개를 들었다.

"정말 맛있어요. 부끄럽지만 우리 영지에서 홍차를 재배한다는 건 처음 알았습니다."

"그랬군요. 앤더슨 후작가는 벌꿀과 광석으로 유명하죠."

"네, 그렇습니다."

"이 홍차는 최근 왕도에서 인기를 얻었답니다. 원래는 한 지방에서 근근이 재배되었다고 해요. 특히 앤더슨 후작령의 벌꿀과 함께 마시면 아주 훌륭하다는 평판이죠."

"그렇군요."

"그런 유행을 만들어 내는 것도 사교계의 존재 이유이자 아내와 딸의 책무랍니다."

오렐리아 님의 눈동자에는 그 부드럽고 우아한 모습에서는 상상조차 되지 않을 만한 강인함이 깃들어 있었다.

"예를 들면 이 홍차. 이 홍차가 유행함으로서 산출지에서는 차 밭이 확장되고 새로운 고용이 발생하죠. 백성들이 안정된 수입을 얻으면 그만큼 그 땅의 치안은 좋아지고, 그 이익으로 새로운 산업을 벌이기 위한 투자도 할 수 있어요. ……우리는 우리의 영지를 부유하기 만들기 위한, 영업이라는 중요한 직무를 담당하고 있는 거예요."

"……치안이 좋아진다는…… 말인가요?"

저도 모르게 그 말에 혹해서 물었다.

"그래요. 생활을 하기 위해서는 반드시 안정적인 수입이 필요하죠. 하지만 수입을 얻을 수 있는 일자리가 없으면 살아갈 방도가 없어요. 결국 영지민들은 다른 지역으로 돈을 벌러 가거나 도둑질 같은 범죄를 저지를 수밖에 없죠. 필연적으로 인구가 유출되고, 절도 등 범죄가 증가하고, 살아가기 위해 선악의 개념 따윈 사소한 일이 되어 버릴지도 몰라요. 치안도 악화되고, 사람들의 마음은 점점 더 황폐해지고…… 그렇게 악화는 더욱 심한 악화를 불러오죠. …… 물론 원인이 그것 하나뿐만은 아니겠지만 아주 큰 요인 중 하나이긴 해요. 치안 유지도 중요하지만 그 근본 자체를 뿌리 뽑는 것…… 그걸 할 수 있는 게 바로 영주고 그 일을 돕는 게 아내의 역할이에요."

근본을 뿌리 뽑는다.

그 한마디가 내 안에서 찰칵 맞물린 듯한 기분이 들었다.

지금까지 루이와 오라버니에게 들었던 말과 내 소망을 이루는 길이.

"그러려면 최신 유행에 민감해지지 않으면 안 돼요. 시장이 무엇을 요구하는지, 뭐가 부족한지, 그걸 아는 것부터 시작해야 한답니다. 싸움에 이기기 위해서는 적을 알고 나를 알라……라고 하던가요? 한마디로 그런 거죠."

"……하나만 여쭤봐도 될까요?"

내 말에 오렐리아 님은 말없이 미소 지었다.

그 미소를 긍정으로 받아들인 나는 말을 잇기 위해 입을 열었다.

"아시다시피 저는 아직 사교계에 데뷔하지 않았습니다. 어머님도 이미 돌아가셨고 아버님은 따지자면 유행에 어두운 분이죠. 오라버니가 있긴 하지만 오라버니도 학원에 다니느라 사교계에 자주 얼굴을 내밀지는 않아요. ……최근에 주목을 모았다고 하셨는데, 대체 누가 이 찻잎을 퍼뜨린 건가요?"

내 물음에 오렐리아 님의 웃음은 더욱 깊어졌다.

"……남편에게 물어봤어요. 뭔가 당신의 교제로 삼을 만한 게 없을까 하고. 우연히 시장에서 원하는 것과 내가 원하는 게 맞아떨어진 것뿐이에요."

오렐리아 님이 '누구' 라고 명확하게 대답한 것은 아니다.

하지만 그 말만으로 충분했다.

"그랬군요. ……멋진 가르침을 주셔서 감사합니다."

내 말에 오렐리아 님은 그저 부드러운 미소를 지었다.

수업이 끝난 후, 나는 방에서 나와 현관을 향해 걸었다.

훤히 꿰고 있는 정도는 아니지만…… 아무래도 매일 방문하다 보면 어지간한 구조는 알게 되는 법이다.

이미 나를 안내해 주는 안내인은 없었다.

그게 마치 약혼자로…… 장래의 가족으로 인정받고 있는 것 같아서 기뻤다.

"오, 메리 아니냐."

귀에 익은 어조와 목소리에 뒤를 돌아보자 예상대로 로멜르 아저씨가 서 있었다.

"로멜르 아저…… 로멜르 님."

나도 모르게 익숙한 호칭으로 부르려다 곧 정정하며 예를 표했다.

"로멜르 아저씨라고 불러도 된다니까. 이제 와서 깍듯하게 굴면 쑥스럽지 않느냐."

여전히 아저씨가 이 저택에 계시는 게 지독하게 위화감이 드네. 그런 생각에 내심 살짝 쓴웃음을 지었다.

"……제가 아직 미숙해서 방금처럼 무심코 아저씨라는 호칭이 튀어나오곤 한답니다. 그러니까 '로멜르 님'이라는 호칭에 익숙해질 때까지 용서해 주시겠어요?"

"……그렇다면 할 수 없지. 그건 그렇고 메를리스, 아주 많이 변했구나. 오렐리아가 많이 혹독하게 구나?"

"어머…… 오렐리아 님의 가르침이 훌륭하다는 건 동의하지만 혹독하다는 말씀은 어폐가 있네요."

"그래? ……하긴 네 근성은 알아주긴 하지."

"칭찬해 주셔서 감사합니다."

"푸하하하…… 이젠 아주 잘하는구나. 오렐리아가 배우는 속도가 빠르다고 칭찬할 만해."

"어머나……."

생각지도 못한 곳에서 들은 칭찬에 무심코 웃음이 번졌다.

"그 녀석은 예법에 꽤나 엄격해서 말이야. 하지만 즐거워하며 네 얘기를 하더구나. '강한' 아가씨라고."

오렐리아 님이 말한 '강함'이란 물론 전투력이 아니라 정신적으로 강하다는 의미일 것이다.

그걸 평가받은 것이 순수하게 기뻤다.

지금 내가 가진 무기는 그것밖에 없으니까.

"뭐 열심히 해라. 너라면 분명 그곳에서도 강자가 될 수 있을 거야. ……그럼 난 이만 실례하마. 붙잡아서 미안하다."

그렇게 말한 후 로멜르 님은 싱긋 웃으며 내가 왔던 길로 걸어갔다.

나는 다시 인사를 하고 아저씨를 배웅했다.

바쁘신가 보네. 나는 그 뒷모습을 멍하니 바라보며 생각했다.

이전과 다름없이 쾌활한 모습이었지만 눈 밑에 엷은 다크서클 같은 것이 드리워져 있었다.

역시 로멜르 님도…… 자신이 전장이라고 결정한 곳에서 계속 싸우고 있는 걸까.

분명 그렇겠지.

……아르메리아 공작가를 똑똑히 지켜보긴 뭘 지켜본단 말인가.

과거…… 약혼자와 맞선을 보기 전에 잘난 척하던 나 자신을 때리고 싶다.

설령 지금 내가 보고 있는 모습이 그들의 극히 일부분에 지나지 않더라도, 그래도 그들은 충분하고도 넘칠 만큼 '귀족'이었다.

내가 그리던 모습과는 전혀 다른, 그러나 분명 귀족 본연의 모습.

그럴 수만 있다면…… 나도 이 집안에 어울리는 여성이 되고 싶다.

아니, 그렇게 되지 않으면 안 된다.

그렇게 되고 말겠다고 다시 한번 결의했다.

"메리, 이런 곳에 우두커니 서서 뭐 하는 거야?"

또다시 귀에 익숙한 목소리가 들려왔다. 나는 문득 상념에서 깨어났다.

"루이! ……미안, 잠깐 생각을 하고 있었어."

"그래? 별문제 없다면 됐어."

루이도 학원에 입학해서 기숙사에서 지내고 있기 때문에 내가 매일 아르메리아 공작가를 방문해도 사실은 맞선을 본 후로 한 손에 꼽을 정도밖에 만나지 못했다.

……그게 조금 쓸쓸하다.

뭐 루이는 루이대로 열심히 노력하고 있으니까 멋대로 떼를 쓸 수는 없지만.

"……시간 있어?"

"아…… 마차가 기다리고 있긴 한데 그 후의 예정은 딱히 없어."

"그래? 그럼 잠깐만 시간을 내줘."

그리고 루이는 내 손을 잡고 앞장서서 걷기 시작했다.

언젠가 거리에서 잠시 떨어졌다가 다시 만났을 때 잡았던 것과 같은 손.

그 손에서 전해 오는 따뜻함에 자연스레 미소가 번졌다.

동시에 뺨이 조금 뜨거워졌다.

루이의 손에 이끌려 도착한 곳은 안뜰이었다.

그는 정원 구석에 있는 긴 의자로 나를 에스코트한 후 그곳에 앉혔다.

그리고 자신도 내 옆에 앉았다.

"……이 주변에 핀 꽃은 마침 지금이 제일 아름다운 시기야. 언젠가 너에게 보여 주고 싶었는데 그게 이루어져서 다행이다."

그 말에 내 뺨은 점점 더 뜨겁게 달아올랐다.

"수업은 어때?"

"글쎄. 훈련…… 아니, 수업은 굉장히 공부가 돼. 매일매일 지금까지 몰랐던 것들을 알게 돼서 생각했던 것보다 훨씬 즐거워."

"그래, 그건 확실히 즐겁지."

그렇게 말하며 루이는 작게 미소를 지었다.

"루이한테 모르는 게 있다니 상상이 안 되네."

"무슨 소리야. 나도 모르는 것투성이인걸. ……실제로 메리가 앤더슨 후작가의 영애라는 것도 몰랐잖아."

"……그렇게 말하면 수긍할 수밖에 없잖아."

"하하하…… 그렇군."

조금 뾰로통해진 나를 달래 주려는 것처럼 루이는 내 머리를 쓰다듬었다.

"학원은 어때?"

"뭐…… 흥미로워. 동세대 귀족들이 모두 모이는 곳은 아마 학원 말고는 없을 테니까. 파커스 선배도 잘해 주셔."

"어머…… 오라버니랑 자주 만나?"

"학년이 달라서 그렇게 자주 만나진 않지만 너와 약혼하고 인사를 드리러 간 후로 가끔 얘기를 나누곤 해."

"그렇구나……."

나는 오라버니와 학원에서 만날 기회가 없다.

내가 입학하기 전에 오라버니는 졸업해 버리기 때문이다.

오빠로서 내게 보여 주는 모습과 학원에서 오라버니의 모습은 역시 다를까.

가족으로서 오라버니를 존경하고 좋아하기 때문에 조금 궁금하다.

그런 생각을 하고 있을 때 루이가 내 머리카락으로 손을 뻗었다.

"……머리 길었구나."

"응, 지금은 기르고 있으니까. ……어때?"

루이에겐 계속 머리가 짧은 모습만 보여 줬기 때문에 솔직히 신경 쓰인다.

"……어울려. 짧은 머리도 긴 머리도."

"후후후……. 기뻐. 고마워."

바람이 불어와 어깨에 드리워진 머리카락을 살랑살랑 흔들었다.

살짝 가까워진 그의 뺨에 손을 대고 그 얼굴을 응시했다.

"……루이 너는 잘 자고 있어?"

……그렇게 물으면서도 그의 눈 밑에 로멜르 아저씨 같은 다크서클이 보이지 않아서 안심했다.

"왜 그래? 갑자기."

"로멜르 님의 눈 밑에 생긴 다크서클이 마음에 걸려서. ……그분이 바쁘다면 루이 너도 그렇지 않을까 걱정됐거든. 특히 루이는 학원에 입학한 후에도 계속 로멜르 님을 돕고 있는 것 같으니까."

"……괜찮아, 나는 아버님과는 달리 젊으니까. 조금 무리해도 몸이 버텨 줄 거야."

"그런 소리 하지 마. 전에도 말했지만 건강이란 잃고 난 후에는 너무 늦거든?"

"충고는 고맙게 받아들이지."

"어머, 받아들이기만 하면 안 돼. 내 말 명심해."

내가 말꼬리를 잡는 것처럼 핀잔을 주자 루이는 또다시 웃었다.

"한 방 먹었군. ……그래, 명심하도록 노력할게."

"하여간. ……내게 귀족들이란 좀 더 쓸데없이 자존심이 강하고 거들먹거리는 이미지였어. ……나도 귀족의 일원이면서."

나는 쓴웃음을 지으며 말을 이었다.

"하지만 이곳에 와서 그 이미지가 많이 바뀌었어. 오히려 그렇게 생각했던 나 자신이 부끄러울 만큼. 인상만으로 모든 걸 안다고 믿으면서 그걸로 판단했던 내가 어리석었어."

"네가 생각하는 그런 귀족도 개중에는 있겠지. 게다가 우리도 다른 입장에서 보면 또 다른 모습으로 보일지 몰라. ……인상이란 무서운 거야. 일부만 알면서 모든 걸 안다고 착각하면 큰 오인을 하게 되거든."

확실히 그렇다.

다 안다고 착각하고 그걸 기준으로 판단을 내리는 건 얼마나 무서운 일인가.

다른 사람에게서 들은 이야기를 곧이곧대로 받아들여 스스로 생각하는 것을 게을리하거나, 집단으로 일반화해서 개개인의 차이에 눈을 돌리지 않거나…… 그렇게 내린 판단이 올바르다고 과연 훗날 후회 없이 가슴을 펴고 말할 수 있을까.

……앞으로 다양한 사람들과 어울리며 그 속에서 뭔가 판단을 내릴 때를 위하여 이 교훈은 결코 잊어서는 안 된다.

"그래. 바로 그걸 통감했어."

"하지만 지금은 훈련 중이잖아? 그렇다면 '새롭게 배워서 잘됐다' 정도로 생각하면 되지 않을까?"

"후후후, 그건 그래. ……저어, 루이. 한 가지 이상한 질문이 있는데……."

잠시 말을 끊고 루이를 살펴보았다.

그는 딱히 내 말을 막으려 하지 않았다.

"아르메리아 공작가 사람들은 어째서 그렇게까지 귀족답게 행동하려고 노력하는 거야?"

"어째서라니……. 애초에 네가 생각하는 귀족의 정의란 뭐지?"

"……그러고 보니 뭘까?"

지금 내 안에서 귀족다운 귀족을 꼽자면 바로 오렐리아 님이다.

자신이 지닌 권위를 잘 이해하고, 그것을 백성들에게 도움이 되게 만드는…… 그 자세.

하지만 그게 귀족의 전부냐고 묻는다면 조금 다른 것 같은 기분이
든다.

……아직 내 안에서 귀족이라는 것 자체의 정의가 확고하게 자리
잡지 않았다는 증거다.

"미안, 다시 말할게. ……어째서 백성들을 위해 생각하고 행동할
수 있는 거지?"

"어째서일까? ……우리 집안에서는 이게 보통이니까 라는 대답
밖에 못하겠군. 굳이 말하자면 내 경우에는 백성들을 알라며 이리
저리 끌려 다닌 적이 있기 때문일까."

"뭐……? 아르메리아 공작가 사람들은 모두 그런 거야?"

의아해하면서도 머릿속 한구석으로 납득했다.

로멜르 님과 아버님이 만난 곳은 거리의 술집이라고 들었다. 루이
와 나도 거리에서 만났다.

주위의 상황이 정신없이 변하는 바람에 찬찬히 생각해 본 적은 없
지만 두 사람의 정체가 아르메리아 공작가의 일원이라는 사실을 알
게 된 지금 그 만남은 확실히 부자연스럽다.

대귀족의 가주와 차기 가주를 거리를 돌아다니다 만나다니……
보통은 있을 수 없는 일이다.

……나도 남 말 할 처지는 아니지만.

"현재 상황을 모르면 새로운 시책을 낼 수도 없고 개정하기도 어
렵잖아? 그래서 그래. 사실 내가 자신의 길을 결정한 건 트와일 전
쟁 당시 전장이었던 곳에 갔을 때였어."

하지만 정치를 위해서라면 확실히 고개가 끄덕여진다.

나도 거리에 나가서 그들과 접하고…… 그러면서 알게 된 것들이
잔뜩 있으니까.

"그렇구나……."

"하지만 네가 신기하게 생각하는 게 난 오히려 신기해."

"어라, 어째서?"

"나와 같은 슬픔을 맛보게 하고 싶지 않다, 지키고 싶다…… 그렇게 결심하고 가혹한 가젤 장군의 훈련을 이겨 낸 귀족 영애가 너 말고 세상에 어디 있겠어?"

루이의 물음에 무심코 쓴웃음이 흘러나왔다.

"나야 뭐…… 제일 혹독한 훈련을 받을 때 원동력이 되어 줬던 건 다른 거였으니까."

"그랬었지. ……뭐 그때부터 나는 너를 존경했지만."

"……뭐?"

"목적은 어쨌든 저 가젤 장군의 훈련을 이겨 낸 사람이 대체 얼마나 될까……. 가젤 장군의 훈련은 확실히 인기가 많지만 그 반면 가혹하고 엄격하기로 유명하거든."

훈련을 시작한 후 계속 아버님의 가르침밖에 받은 적이 없는 내게는 좀처럼 실감이 나지 않는 말이었다.

솔직히 다른 사람의 훈련은 대체 어떤지 궁금했다.

……이제 그걸 알 기회는 없겠지만.

"그래서 가젤 장군 휘하에는 정예들만 모이는 거라고 납득하기도 했어. ……그런데 나보다 어린 여자아이가 그 강한 의지로 다 큰 남자들도 도망칠 만큼 혹독한 훈련을 받고 있다니. 그 사실을 알고 나는 너를 존경하게 됐어. 그리고 그런 너의 존재 자체에 많은 힘을 얻었지."

"……고마워."

내 말에 루이는 부드럽게 웃으며 머리를 쓰다듬었다.

루이의 웃는 얼굴은 정말로 심장에 안 좋다. 그에게서 시선을 피하며 나는 내심 한숨을 쉬었다.

평소 날카로운 분위기를 풍기는 만큼 가끔 부드럽게 웃는 모습을 보면 아직도 심장이 빠르게 뛰어서 어떻게 하면 좋을지 알 수 없게 된다.

"……그런데 루이 넌 여기 자주 오는 편이야?"

"글쎄. 아버님께 보고를 하러 갔다가 잠깐 시간이 나면 휴식을 취할 겸 종종 여기 오곤 해. ……식물을 보면 마음이 차분해지잖아? 피곤할 땐 보통 그렇게 기분 전환을 하지."

살며시 눈을 감고 바람의 속삭임에 귀를 기울였다.

그에 맞춰 꽃들이 춤추고 나무들이 노래한다.

홀린 듯이 눈을 뜨자 태양의 빛이 아름다운 꽃들을 비추고 있었다.

마치 스포트라이트가 배우를 비추는 것처럼.

"정말 그러네. 무척 아름답고…… 굉장히 마음이 차분해져."

살며시, 이번에는 루이가 내 뺨에 손을 댔다.

"웃는 얼굴이 근사해졌어."

"뭐……?"

한순간 그 말의 의미를 파악하지 못한 채 멍한 표정을 지었다.

"어머님 곁에서 예법을 배우면서 너에게서 풍기는 분위기가 달라졌어. 다른 사람에게도 느껴질 만큼 잔뜩 긴장되고 웃는 얼굴도 어두워 보였지. 아마 네가 새로운 지식이나 기술을 익히려고 애쓰고 있었기 때문일 거야. ……하지만 원래 네가 지닌 너의 장점을 잃을 필요는 없어."

"나의 장점?"

"잔뜩 있잖아? 목표를 향해 일직선으로 나아가는 점. 솔직하게 마음껏 울고 웃는 점. 네가 익힌 무술 실력도 그렇지.”

“하지만…… 예전과 똑같이 지낼 수는 없어. 그렇잖아?”

……이 조금 자란 머리카락처럼.

“그건 그래. 앞으로 많은 사람과 어울려 지내며 집단에서 튕겨 나가지 않도록, 사람들 속에 녹아들기 위해 자신을 억눌러야 할 때도 있겠지. 그리고 두꺼운 가면을 만들어서 계속 쓰고 지내야 할 거야. ……하지만 내 앞에서까지 긴장하진 말아 줘. 괜히 격식을 차리며 가면 따윈 쓰지 마. 있는 그대로의 너를 보여 줘.”

“루이…….”

생각지도 못한 말이었다.

오렐리아 님에게 가르침을 받은 후 내 모습이 얼마나 평범한 귀족 영애와 동떨어져 있었는지…… 그 사실을 잘 알게 되었다.

그래서 나는 지금까지의 나 자신을 억누르지 않으면 안 된다고 생각했다.

그게 내가 가는 길을 위해서도 필요한 일이라고 생각했다.

그런데 루이가 그걸 부정해 준 것이다.

지금까지의 나를 긍정해 줬다. ……그런 모습까지 전부 좋아한다고.

“……오만한 바람이지만.”

그러나 루이는 그렇게 쓴웃음을 지었다.

“오만? 어째서?”

“너를 이 길로 끌어들인 장본인 주제에 변하지 말라고 부탁하는 셈이니까. 변하지 않는 것 따윈 없는데 말이야.”

“……그래, 변하지 않는 건 없어.”

나는 그의 손에 내 손을 겹쳤다.

"하지만 나는 지금…… 구원받았어. 있는 그대로도 좋다고, 다름 아닌 네가 그렇게 말해 줘서. 지금까지 쌓아 올려왔던 것들을 버리지 않아도 된다고…… 그렇게 말해 줘서."

귀족의 소양은 무기 중 하나.

오렐리아 님도 그렇게 말씀하셨건만.

어느새 나는 내가 써야 할 가면만 생각했던 것 같다.

살포시 그의 손에 입을 맞췄다.

"고마워, 루이."

루이는 겹쳐진 손을 움켜잡고 고개를 기울여 입술을 겹쳤다.

"……먼저 이 집에 훈련소를 만들까."

입술이 떨어진 후, 코와 코가 맞닿을 만큼 가까운 거리에서 얼굴을 멈추며 그는 그렇게 중얼거렸다.

"정말?!"

"……방금 내가 한 말, 안 믿었던 거야?"

"그럴 리가. 그치만 그래도 괜찮아?"

"물론이지."

"고마워! 루이!"

너무 기쁜 나머지 그대로 루이를 끌어안았다.

"……앞으로도 널 잔뜩 고생시키게 될 거야. 하지만 속에 쌓아 두지 말고 뭐든지 말해 줘. 나도 이렇게 널 의지할 테니까."

루이의 머리가 내 어깨에 얹혔다.

그 무게와 따뜻함이 지독히 기분 좋았다.

"응……."

힘낼 수 있다는 생각이 들었다.

힘내고 싶다고, 그렇게 생각했다.

그의 옆에서 그와 함께 걸어가기 위해서.

† † †

그로부터 며칠 후.

오랜만에 아버님을 만나기 위해 나는 아버님의 집무실로 향했다.

최근 아버님이 바쁜 데다 나도 매일 아르메리아 공작가를 방문하느라 좀처럼 얼굴을 볼 기회가 없었다.

나는 오늘도 오렐리아 님의 수업이 있지만 아버님이 보기 드물게 휴가였다.

"……아버님, 잠깐 시간 있으세요?"

노크를 한 후 문을 열고 얼굴을 내밀며 물었다.

본래는 가족이라도 미리 기별을 하고 찾아가는 것이 예의지만…… 우리 집은 언제나 이런 느낌이다.

오랫동안 군에 몸담고 있는 아버님이 보기에 일일이 기별을 하고 찾아가는 건 쓸데없는 시간낭비라나.

하긴 시시각각 전황이 변화하는 와중에 일일이 먼저 방문하겠다고 연락한 후 기다리다가는 정보가 뒤늦게 도착하고 말 것이다.

그 방식에 완전히 익숙해진 아버님은 어느 샌가 집 안에서도 미리 알리고 찾아오는 걸 없애 버렸다.

참고로 아르메리아 공작가에서도 찾아가기 전에 미리 기별을 할 필요는 없는 모양이다.

집무에 쫓기던 선선대 가주가 시간을 유용하게 활용하기 위해 없애 버렸다고 한다.

"……들어오거라."

"실례합니다."

방으로 들어가자 웬일로 산더미 같은 서류에 둘러싸인 아버님이 보였다.

평소 책상에는 영지에서 보낸 보고서나 군대 자료가 조금 놓여 있는 정도였는데.

"무슨 일이냐? 메리."

"여쭤볼 게 있어요."

그렇게 말하자 아버님은 자리에서 일어서서 내 맞은편으로 이동했다.

"아버님은…… 어째서 저와 아르메리아 공작가의 약혼을 그토록 강경하게 밀어붙이신 건가요?"

"뭐냐, 뜬금없이."

"계속 궁금했어요. 아버님이 그토록 강경하게 밀어붙인 이유가. 아버님은 가문을 위해서라거나, 그런 건 별로 신경 쓰지 않는 분이니까요."

"왜 그렇게 단언하는 거지? 나도 귀족의 일원이다."

"……그렇지만 아버님. 역시 제가 아는 아버님은 그런 분이 아닌걸요. 분명히 뭔가 이유가 있지 않을까 해서요."

"딱히 이렇다 할 이유는 없다. 그저 로멜르의 아들이라면 너를 맡길 수 있다…… 그렇게 생각한 것뿐이다."

"……정말요?"

"끈질기구나. 혹시 루이와 약혼한 게 불만이냐?"

"그럴 리가요! 지금은 그와 결혼할 날이 너무너무 기다려져요."

내 말에 아버님은 안심한 것처럼 숨을 내쉬며 입을 열었다.

"그럼 됐지 않느냐? ……계기가 무엇이든 널 그런 표정으로 만드는 남자의 반려가 되는 거니까."

그런 표정? 대체 어떤 표정이지?

의아해하며 더듬더듬 얼굴을 만졌다.

하지만 역시 얼굴을 만진 것만으로는…… 거울을 보지 않는 한 내가 어떤 표정을 짓고 있는지 알 수 없었다.

"참, 아버님. 저 다시 훈련에 참가하겠어요."

"무슨 소리냐? 그런……."

"루이가 인정해 줬어요. 나답게 지내도 된다고……. 그러니까 오랜만에 멜이 되어서 훈련에 참가할래요."

"루이한테는 못 당하겠구나. 그런 걸 인정해 주는 사람은 루이뿐일 거다."

"그렇겠죠……."

고위 귀족의 딸이 검을 휘두르다니 나 말고 그런 사람이 있다는 말은 들어 본 적도 없다.

무술을 숭상하는 앤더슨 후작가라면 몰라도 아르메리아 공작가에서 그걸 허용해 줄 줄은 생각도 못 했다.

"……설마 그걸 예견하고 루이와 혼담을 권하신 건가요?"

"아직도 그 소리냐. 답은 '아니' 다. 애초에 나는 루이를 몰랐으니까. 그러고 보니 메리 너는 루이와 아는 사이인 것 같더구나. 언제 만난 거냐?"

"마침 왕도에 왔을 무렵이었어요. 왜 그때…… 제가 슬럼프였잖아요? 모의 시합에서 계속 지고 훈련 성과도 지지부진하고. 그런 우울한 시기에 도널티에게 져서 폭발하는 바람에…… 집을 뛰쳐나가서 거리로 나갔어요. 그때 그와 만났죠."

"호오, 그래서 '멜' 의 모습인 너를 알고 있었던 거냐?"

"네, 뭐."

"그렇단 말이지. ……틀림없이 로멜르는 그걸 눈치채고 있었겠군. 그 성격 나쁜 녀석."

욕설을 내뱉으면서도 아버님은 즐거운 듯이 웃고 있었다.

"루이가 허락해 줬다면 뭐, 훈련을 해도 좋다. 하지만 모처럼 가르침을 받고 있으니 오렐리아 님의 수업도 결코 소홀히 해서는 안 된다."

"알고 있어요."

"……뭐 너라면 괜찮겠지. 누가 뭐래도 네 피의 절반은 멜리루다에게 물려받은 거니까."

아버님은 어딘가 쓸쓸한 눈빛으로 말했다.

"……아버님과 어머님은 어떻게 만나셨나요?"

"대체 오늘 너는 어떻게 된 거냐? 그런 쓸데없는 질문만……."

"뭐 어때요. 제가 약혼이 결정되고 나니까 지금까지 들어 본 적 없는 어머님과 아버님 얘기가 궁금해져서 그래요."

"……그렇구나. 내가 멜리루다가 만난 곳은 전쟁이 휩쓸고 간 땅이었지. 나는 전쟁 후 뒤처리를 하고 있었고, 멜리루다는 그 땅에서 부상자들을 돌보며 구호활동을 하고 있었다."

"……남작 영애가 부상자 구호를?"

"그래……. 의료 공부를 한 적은 없지만, 그래도 붕대를 갈거나 식사 배급 등 할 일은 잔뜩 있었지. 그녀는 현장에서 솔선수범해서 그런 일들을 하고 있었다. 화장기 없는 얼굴로 열심히 사람들을 간호하고, 밤에는 아무도 시키지 않았는데 악몽에 시달리는 사람들 곁을 지키곤 했지. 정신을 차리고 보니 나는 그런 그녀를 눈으로 좇고 있었다. 당시 나는 장군이라는 거창한 직함 따윈 없는 일개 대장이었고 종종 대원들을 병문안하러 가곤 했지. 그러다 그녀와 여러 가지 얘기를 나누게 됐다. 내 대원들 중에서도 멜리루다에게 꽤나 열을 올리는 놈들이 있었다더군."

"그래서 어머님께 고백하셨나요?"

"아니, 고백이 아니라 프러포즈를 했다."

"어머나, 적극적이시네요……!"

"나는 멜리루다밖에 생각할 수 없었으니까. 멜리루다도 내 청혼을 받아들였고 우리는 무사히 약혼했지. ……하지만 그 후 돌아와 보니 갑자기 날 장군으로 임명하지 않나, 앤더슨 후작가를 계승하라고 하지 않나. 그래서 나와 멜리루다의 결혼을 방해하는 놈들이 나타나는 바람에 꽤 힘들었단다. 특히 우리 가문의 반대는 무시무시했지. 뭐 당시에는 앤더슨 후작가 내부도 꽤나 살벌했으니까."

아버님은 일부러 가벼운 어조로 말했지만 그 내용은 꽤나 무거웠다.

"……그녀에게 앤더슨 가문은 무거운 족쇄일 뿐이고 후작가는 답답한 감옥 같은 곳이었겠지. 그때까지 마음껏 자유롭게 살아온 그녀를 나는 그런 세계로 끌어들인 거다. ……하지만 그래도 그녀는 나와 함께 걷는 길을 선택해 줬다. 그리고 그자들을 입 다물게 하기 위해 후작 부인으로서 부끄럽지 않도록 열심히 노력했지."

아버님은 살며시 내 머리를 쓰다듬었다.

그 손길은 부드럽고 그 웃음은 슬퍼 보였다.

"너는 그런 멜리루다의 피를 절반이나 이어받았다. 내가 홀딱 반한, 불합리함에 지지 않는 강한 정신을 지닌 그 상냥하고 아름다운 여인의 피를, 절반이나……. 그러니까 괜찮아. 앞으로 아무리 괴로운 일이 생겨도 너라면 극복할 수 있을 거다. 나는 그렇게 확신한다."

"고맙습니다, 아버님."

……결국 정말로 묻고 싶은 것은 물어보지 못했지만 그래도 나는 내가 모르는 어머님 얘기를 들을 수 있어서 적잖이 만족했다.

† † †

다음 날, 수업을 쉬는 날이라 오랜만에 훈련장으로 향했다.

물론 멜의 모습으로.

"어라? 멜, 오랜만이다!"

"슈레 씨! 오랜만입니다! ……어라, 오늘은 이게 다인가요?"

주위를 둘러보며 고개를 갸웃거렸다.

평소에는 많은 사람으로 붐비는 이곳이 오늘은 꽤나 한산했기 때문이다.

"아, 오늘은 호위대에만 훈련장이 개방됐거든. ……크로이츠 녀석, 오늘 멜이 왔다는 걸 알면 꽤나 분해하겠군. 요즘 왜 통 보이지 않는 걸까, 승부를 겨뤄서 내 실력이 얼마나 늘었는지 보여 주고 싶다, 라며 투덜거렸거든."

"후후후. 아마 지금 저는 상대도 안 될 거예요. 요즘 훈련을 통 못했거든요."

"훈련을 못 하다니…… 어디 아프기라도 했냐?"

"아뇨, 그건 아니지만……."

차마 약혼이 정해졌다는 말은 할 수 없어서 말꼬리를 흐렸다.

"뭐 그게 아니라면 다행이다만……. 둔해진 몸을 혹독하게 단련해 줄 테니까 각오해라."

"기꺼이!"

오랜만의 훈련에 내 몸은 일찌감치 비명을 질렀다.

기초 훈련을 마친 시점에서 피로감으로 몸이 나른하고 숨이 차올랐다.

게다가 전에는 머릿속으로 움직임을 그리면 몸이 어렵지 않게 그 움직임을 따라 줬는데 지금은 반응하는 것이 몇 초 늦었다.

그 몇 초의 오차가 싸움 중에는 치명상이 될 수 있는데.

몸이 커지는 바람에 이미지와 현실에 어긋남이 생긴 것일 수도 있지만.

"역시 안 되겠네. 잠시라도 훈련을 쉬면 감이 둔해지고 무엇보다도 몸의 움직임이 안 좋아."

땀을 닦으며 무심코 혼잣말을 중얼거렸다.

루이의 허락도 떨어졌으니 이제 조금씩 훈련 시간을 늘려야지……. 그렇게 결심했을 때였다.

"……이봐, 그거 진심으로 하는 말이냐?"

어이없는 듯한 한숨과 함께 등 뒤에서 목소리가 들려왔다. 나는 반사적으로 뒤를 돌아보았다.

"크로이츠 씨! ……어라, 오늘은 호위대에만 훈련장을 개방했다고 들었는데……?"

"장군님께 볼일이 있어서 왔다. 돌아가는 길에 한잔하러 가자고 슈레를 꼬시러 들렀는데…… 설마 네가 있을 줄이야."

"오랜만입니다, 크로이츠 씨."

"그래, 오랜만이다. ……아니, 그보다, 너 정말 훈련은 오랜만인 거 맞지?"

"네, 크로이츠 씨도 알고 계실 텐데요? 저 요즘 여기 안 왔잖아요."

"그래…… 그렇긴 하지. 그럼 저건 뭐지?"

크로이츠 씨가 가리킨 내 등 뒤에는 겹겹이 쌓인 시체들.

그 속에는 슈레 씨도 있었다.

"저어, 모의훈련을 상대해 주신 분들인데요……."

"실력이 하나도 녹슬지 않았잖아!"

"그렇지 않아요. 저랑 싸운 분들은 아시겠지만 공격 하나하나가 너무 가볍고 반응도 둔해요. 여러분과는 예전부터 싸우는 데 익숙하기 때문에 간신히 싸울 수 있었지만 처음 싸우는 상대와는 아마 힘들 거예요."

"……아니, 너. 앤더슨 후작가 호위대와 싸울 수 있을 정도면 충분한 것 같다만."

"그렇지 않아요. 실제로 예전에 연쇄 유괴 사건을 벌인 범인의 수하 중에는 강한 자가 있었으니까요. ……세계는 넓어요. 자신의 힘을 과신하면 언젠가 큰코다치기 마련이죠."

"넌 대체 어디를 목표로 삼고 있는 거냐……."

크로이츠 씨는 내 말에 질린 듯이…… 어딘가 피곤해 보이는 쓴웃음을 지었다.

"제 소원은 옛날부터 변함없어요. ……그 이전에 검을 쥔 이상 그에 상응하는 각오가 필요하잖아요? 어중간한 실력과 각오로 검을 쥐면 오히려 주변 사람들을 위험에 빠뜨리기 마련이죠. 그러니까 검을 쥔 이상 어중간한 실력과 각오는 용납되지 않아요. 계속 검을 쥐고 싶다면 그에 상응하는 훈련을 쌓는 게 필수 아닐까요."

그 연쇄 유괴 사건을 통해 나는 그 사실을 겨우 깨달았다.

알고 있었다…… 알고 있다고 생각했다.

힘없는 자를 지키기 위한 검은 결코 꺾여서는 안 된다는 것을.

하지만 실제로는 이해하지 못하고 있었다.

줄곧 내 등 뒤에 있던 사람들…… 함께 싸워 온 사람들이 모두 나름대로 강자였기 때문이다.

……그러나 그 사건 때는 달랐다.

등 뒤에는 자신의 손으로 자신의 몸조차 지킬 수 없는 사람들.

왕국군과 함께 싸우고 있다 해도 그 자리에 나 이외의 왕국군 사람은 존재하지 않았고, 나는 홀로 그녀들을 지킬 수밖에 없었다.

……그때 내가 그녀들을 지키지 못하고 쓰러졌다면?

그녀들은 결코 무사하지 못했을 것이다.

오히려 내가 반항하는 바람에 그녀들은 더욱 비참한 꼴을 당했을지도 모른다.

그렇기 때문에 더더욱.

나는 그때 그곳에서 쓰러질 수 없었다.

그것이 검을 손에 쥔 나의 책임이며 행동에 나선 나의 의무였다.

……사람을 지키는 것의 무게와 어려움을 나는 그 사건을 통해 비로소 깨달았다.

"……뭐 멜이 강한 것도 각오가 대단한 것도 알고 있지만, 그래도 네 말에는 가끔 깜짝 놀라게 되네."

"그러게. 역시 네가 돌아오니까 훈련에 긴장감이 도는걸."

슈레 씨가 아야야, 하고 중얼거리며 몸을 일으켰다.

"너희! 수련이 부족해서 이런 결과가 나온 거다! 당분간 훈련 두 배다!"

그리고 아직 뒤에 쓰러져 있는 자들에게 큰 소리로 외쳤다.

"너무해……."

"그건 아니죠! 슈레 씨!"

여기저기서 비명 소리가 들려왔지만 슈레 씨는 씨익 웃으며 무시했다.

"그런데 크로이츠 씨. 뒤에 계신 분은⋯⋯."

문득 크로이츠 씨 뒤에 한 청년이 서 있는 것을 깨달았다.

흑발에 단정한 얼굴, 그리고 균형 잡힌 체격.

거리에서 언뜻 스쳐 지나가기만 해도 눈길을 끌 법한 그는 나를 제외하면 이곳에 있는 그 누구보다 젊었다.

아마 오라버니와 비슷한 또래 아닐까.

"아, 오늘 여기 온 용건 중 하나지. 아까 보고를 드릴 겸 이 녀석을 장군님께 소개하러 갔었는데⋯⋯."

"처음 뵙겠습니다. 저는 에이블이라고 합니다. 왕국군 제1사단 소속입니다. 실례지만 당신은⋯⋯."

"저는 멜이라고 합니다. 앤더슨 후작가 영애 메를리스 님의 호위를 맡고 있습니다. 잘 부탁드립니다."

"이 녀석은 이번에 왕국군에 입대한 녀석이야. 원래 내근 담당이지만 올해도 각 부대마다 최소 한 명씩 수습 단원을 받으라는 지시가 내려와서 말이야. 그래서 우리 부대에서는 이 녀석을 맡게 된 거다. 뭐 실력은 아직 수련이 필요해서 당분간 이 훈련장에 드나들게 될 것 같다만."

왕국군 하면 싸우는 집단이라는 이미지가 강하지만 내근으로 배속되는 자도 적지 않다.

왕국군 자체가 하나의 집단이기 때문에 예를 들면 예산 관리·각 설비 관리, 그리고 물자 관리 등이 필요하기 때문이다.

단 내근에 배속된다고 해도 어디까지나 군 소속.

어느 정도 전투력이 필요하다는 것과, 부대 운용이나 전선에서 싸우는 사람들의 감각을 알아 둘 필요가 있다는 이유로 해마다 일정

기간 동안 각 부대에서 내근에 배속된 자들을 받아들여 함께 훈련이나 임무를 하는 것이 관례다.

"흐음…… 크로이츠 씨 부대에 배속된 걸 보면 실력이 상당한가 보군요."

부장 직속 부대 소속……. 만약 그에게 장래성이 없다고 판단했다면 결코 그런 곳에 배속하지는 않았을 것이다.

아버님과 크로이츠 씨는 그런 성격이다.

에이블 씨는 내 말에 조금 쑥스러운 듯이 얼굴을 붉히며 허둥지둥 손을 저었다.

친근감을 불러일으키는…… 그런 부드러운 표정이었다.

"아뇨, 아뇨, 전 아직 멀었습니다. ……정예 중의 정예로 이름 높은 앤더슨 후작가의 호위대를 제압하는 멜 씨에 비하면 도저히……."

"저도 아직 멀었는걸요. 실제로 오늘은 이제 더 이상 못 싸울 것 같네요."

자신의 몸 상태는 자신이 제일 잘 안다.

오늘 더 이상 싸우는 건 무리다.

"그래서 저도 앞으로 이 훈련장에 드나들 생각입니다. ……앞으로 또 마주칠 기회가 있을지 모르겠네요. 잘 부탁드립니다."

"인사 고맙습니다. 저야말로 잘 부탁드립니다."

"우리 지금 밥 먹으러 갈 건데, 멜 너는 어떻게 할래?"

에이블 씨와 인사를 마치자 크로이츠 씨가 말을 건넸다.

"죄송하지만 저는 이만 실례할게요. 그럼 여러분, 오늘 감사했습니다."

나는 크로이츠 씨의 제안을 거절하고 그 자리를 떠났다. 그리고 내 방으로 돌아와서 곧장 땀을 닦고 옷을 갈아입은 후 그대로 침대에 앉았다.

오랜만의 훈련에 이미 피로감이 내 몸을 괴롭히고 있었다.

"……다행이다."

하지만 마음속에 퍼지는 충족감.

역시 훈련은 좋다.

몸을 움직이는 것도, 검을 휘두를 때마다 느껴지는 그 긴장감도.

이제는 불가능할 거라고 생각했던 것만큼 순수하게 기뻤다.

……만약.

만약 앞으로 루이가 습격당하는 일이 생기면 나는 망설임 없이 검을 뽑을 것이다.

틀림없이 그의 곁에는 많은 호위가 함께하고 있겠지만…… 그렇다고 절대적이지는 않다.

……내 어머니 때처럼.

그 사건을 통해 소중한 사람을 잃는 아픔을 알게 되었기에 다시는 그 괴로움을 맛보고 싶지 않다는…… 그를 잃고 싶지 않다는 생각이 더욱 절실하게 느껴지는 모양이다.

……내일도 열심히 훈련해야지, 그런 생각을 하며 눈을 감은 순간 내 의식은 곧 어둠에 녹아들었다.

† † †

"……아버님, 림멜 공국 조사는 그 후 어떻게 됐습니까?"

"아…… 제법 수비가 철통같아서 힘들구나."

로멜르는 휴우 한숨을 내쉬며 서류를 툭 책상에 던졌다.

루이는 그것을 집어 들고 팔락팔락 넘겨 보았다.

"온건파와 강경파……. 각각 내부 사정을 계속 조사하면서 접촉을 시도하고 있는 겁니까."

"뭐 그렇지……. 하지만 어느 파벌도 경계심이 강해서 애를 먹고 있다. 역시 권력투쟁에 목숨을 건 나라라 그런가……."

림멜 공국……. 그곳은 타스멜리아 왕국 북부, 그리고 트와일 국 동부와 각각 인접한 나라다.

"현재 강경파…… 즉 영토 확장을 주장하는 일파는 상층부 일부. 림멜 공국 내부의 권력투쟁에 패하면 이 나라의 위협도 사라지겠죠."

"그래, 그 선에서 공작할 수 있도록 강경파의 약점을 우선적으로 조사하고 있다. ……하지만 만에 하나라는 것도 있지. 상황이 변하면 순식간에 싸움으로 발전하는 게 전쟁이야."

"트와일 전쟁을 말씀하시는 겁니까? ……확실히 그 전쟁은 트와일 국의 흉작이 방아쇠가 되어 눈 깜짝할 사이에 시작됐습니다만…… 림멜 공국은 트와일 국과 마찬가지로 타스멜리아 왕국 북부에 위치해 있지만 토양이 비옥해서 곡물류 생산량은 안정적이라고 들었습니다. 상황의 변화라면 대체 어떤 변화를 예상하시는 겁니까?"

"뭐 내가 생각해도 지나친 생각인 것 같다만……. 너는 권력다툼으로 인해 분열된 나라를 하나로 만들 수 있는 손쉽고 효과적인 방법을 알고 있느냐?"

로멜르의 말에 루이는 한순간 망설인 후 입을 열었다.

"……공통의 적을 만드는 겁니까."

"그래. 뭐…… 아직 권력다툼이 표면화되지도 않았고 이 나라에는 영웅님이 있으니까 단순한 기우일 가능성이 높다만. ……그건 그렇고 너야말로 용병 문제는 진척이 있느냐?"

"진척이 있다기보다는…… 움직임이 없습니다. 지난번에 말씀드린 대로 앤더슨 후작가의 영지에 모인 자들은 여전히 앤더슨 후작가에 머물고 있습니다."

"그렇군."

"그래서입니까?"

"……뭐가 말이냐?"

루이의 질문에 로멜르는 날카로운 시선을 던졌다.

"메리와 약혼을 추진한 이유 말입니다. 아르메리아 공작가에 시집가면 표적에서 벗어나고 싸움에서도 멀어질지 모른다…… 라고 생각하신 것 아닙니까."

"네 첫사랑이지? 아버지로서 그걸 도와준 것뿐이다."

"……아버님이 그렇게 다정한 성격이신 줄은 몰랐군요."

"바보 같은 놈. 나는 원래 다정해. 그 증거로 귀여운 아들을 놀리고 싶어서 견딜 수 없단다."

즐거운 듯이 웃는 로멜르에게 이번에는 루이가 어이없어하면서도 날카로운 시선을 던졌다.

"뭐 좋습니다. 확실히 다정한 성격이시군요. ……친우에게는."

"하하하…… 뭐 그렇지. 어차피 그 꼬마 아가씨라면 싸움에 말려들어도 괜찮을지 모르지만."

"농담하지 마십시오. 물론 그녀는 강합니다. 하지만…… 그 때문에 앞장서서 달려 나가 다른 사람을 지키기 위해 양팔을 한껏 펼치려 하겠죠. 그런 지독히 위험한 강함입니다."

"뭐야, 정말로 반했구나."

그 진지한 로멜르의 감상에 드물게도 루이가 당황한 것처럼 얼굴을 새빨갛게 물들였다.

이윽고 루이가 마음을 다잡듯이 콜록 기침을 했다.

그런 루이의 모습을 로멜르는 히죽히죽 웃으며 지켜보고 있었다.

"……그래서요? 가젤 님은 뭐라고 하십니까?"

"죽이고 싶지 않다더군."

커다란 한숨을 내쉬며 로멜르는 대답했다.

그 대답에 루이는 눈썹을 치떴다.

"설마 아버님은 그걸 용인하신 겁니까!"

"할 수 없잖아. 그만큼 기백이 엄청났어. 섣불리 손대면 같은 편인 나를 물어뜯을 만큼……."

"하지만 그러면……."

"물론 그자가 움직이면 이쪽도 멋대로 행동할 거라고 전해 뒀다. ……루이, 어떤 정보도 놓치지 마라. 네 아내의 가문을 지키고 싶다면."

"원래 그럴 생각이었습니다."

"……그렇겠지. 림멜 공국은 계속 내가 살펴보마. ……이번에야말로 전쟁의 불길에서 이 나라를 지키자꾸나, 루이."

"네."

순간 강한 각오를 담은 두 사람의 시선이 교차했다.

그리고 루이는 방에서 나왔다.

방을 나온 후 루이는 서둘러 자신의 방으로 돌아갔다.

그리고 자신의 자리에 털썩 앉았다.

"……많이 피곤하신가 보군요, 루이 님."

측근 같아 보이는 청년이 그런 루이의 모습에 쓴웃음을 지으며 말했다.

"그렇게 보이나? ……그렇다면 나도 아직 멀었군."

"엄격하시기는."

청년이 조용히 차를 따라 루이 앞에 놓았다.

"……내가 보기엔 너야말로 엄격한 것 같다만? 특히 자기 자신에게……."

"그렇지 않습니다. 아무래도 저는 진짜로 아직 먼 것 같으니까요."

쓴웃음을 지으면서도 청년은 어딘가 즐거운 듯이 말했다.

"호오…… 흥미롭군. 네가 그렇게 생각하게 된 계기가 뭔지."

"뭐 특별히 큰일이 있었던 건 아닙니다. ……세상은 넓다는 걸 새삼 깨달은 것뿐이죠."

뭔가를 생각하는 것처럼 잠시 시선을 떨구며 루이는 청년이 따라 준 차를 마셨다.

그러나 곧 다시 시선을 들며 말했다.

"……뭐 좋아. 잠시 혼자 있게 해 주겠나? 베른."

"알겠습니다. 그럼 실례합니다."

루이는 청년이 방에서 나가는 모습을 지켜본 후 천천히 서류를 훑어보기 시작했다.

제7장
공작 부인, 동지를 거두다

아르메리아 공작가에서 수업을 마치고 마차에 올라탔다.

낯익은 풍경을 바라보며 집에 도착하기를 기다렸다.

앤더슨 후작가와 아르메리아 공작가는 가깝다.

하긴 왕도에서 귀족의 저택은 왕궁 근처에 집중되어 있기 때문에 가까운 게 당연하지만.

머지않아 저택에 도착했을 때, 문득 저택 앞이 소란스러운 것을 눈치챘다.

"……마차를 멈춰라."

창문을 열고 마부에게 지시를 내리자 마차는 세차게 흔들리며 즉시 멈췄다.

소란의 원흉…… 나보다 나이가 많아 보이는 두 여자와 문지기가 자신들 옆에 멈춰 선 마차를 놀란 듯이 올려다보았다.

"수고가 많구나."

창문 너머 문지기에게 말을 건네자 문지기는 허둥지둥 자세를 바로잡았다.

"메를리스 아가씨……! 어서 오십시오!"

"그래, 다녀왔다. 꽤나 소란스러운 것 같은데 대체 무슨 일이지?"

문지기를 향해 묻자 그는 난처한 듯이 한순간 입을 다물었다.

"저어, 그게……."

"……혹시 앤더슨 후작가의 아가씨인가요?!"

문지기가 입을 열기도 전에 두 소녀 중 한 명이 큰 소리로 물었다.

자세히 살펴보니 그들 두 사람은 얼굴도 체격도 완전히 똑같았다.

내가 그 사실에 놀라서 정신이 팔려 있는 동안 문지기는 여자의 행동에 당황해서 그녀의 입을 막으려고 애썼다.

……보통 귀족에게 이런 식으로 굴었다가는 처벌을 받을 수도 있기 때문이다.

"네, 그런데요……. 대체 무슨 일이죠?"

하지만 나는 무례를 신경 쓰지 않는 성격이기 때문에 그대로 대화를 이어 나갔다.

"가젤 장군님을 만나게 해 주세요!"

"……아버님을?"

무슨 부탁을 하려나 했더니…… 설마 아버님을 만나게 해 달라고 할 줄이야.

아버님은 영웅이라는 명성과 공적 때문에 백성들에게 두터운 신임을 받고 있다고 한다.

개중에는 열광적인 팬도 있다…… 라고 크로이츠 씨에게 들은 적이 있다.

하지만 자세히 살펴보니 그것뿐이라고는 생각할 수 없을 만큼 그녀들의 기백은 무시무시했다.

"이유가 뭐죠?"

"저희는 가젤 장군님을 동경해서 왕국군 제1사단에 입대할 뜻을 품었습니다. 하지만 여자는 왕국군에 들어갈 수 없다는 얘기를 듣고……. 제발, 제발 저희를 왕국군에 입대하게 해 주십사 하고 이렇게 찾아온 겁니다."

그녀들의 간절한 모습에 나는 예전의 자신을 떠올리고 말았다.

예전의 나도 같은 소망을 품고 있었으니 당연한 일이다.

잠시 눈을 감고 망설였다.

이윽고 결정을 내린 나는 내가 생각해도 정말 물러빠졌구나…… 라고 한숨을 쉬며 마차 문을 열었다.

"……들어와요. 오늘 아버님이 집에 돌아오실지 어떨지 나는 모르지만…… 그 소망, 아버님께 직접 말씀드리세요."

"가, 감사합니다……!"

두 사람은 내 말에 힘차게 머리를 꾸벅 숙였다.

그 자세로 언제까지나 움직이지 않는 두 사람을 재촉해서 마차에 태운 후 마차는 또다시 움직이기 시작했다.

저택으로 돌아가서 고용인들에게 두 사람을 안내해 주라고 지시하고 호위대에게 감시를 명령한 후 나는 내 방으로 돌아갔다.

그때 할멈이 내 방으로 들어왔다.

"아가씨, 얘기 들었습니다. 수상한 자를 저택 안에 들이셨다면서요."

"어머, 저택 사람들에게 피해가 가지 않도록 호위대 두 명에게 감시를 맡겼어. 여차하면 그들만으로도 제압할 수 있을 거야. ……어차피 기우로 끝나겠지만."

거짓말이라기에는 그녀들의 말과 행동은 기백으로 가득 차 있었다.

그래서 나는 그녀들의 소망이 진짜라고 판단하고 저택에 들인 것이다.

"그런 말씀을 드리는 게 아닙니다. 왜 아가씨께서 그런 일을……."

"……어머, 내가 거절할 수 있을 것 같아? 예전에 그들처럼 왕국군에 입대하는 것을 꿈꿨던 이 내가?"

내가 작게 웃으며 할멈을 바라보자 그녀는 기가 막힌 듯이 미소를 지었다.

"네, 네. 알다마다요. 아가씨가 한 번 내뱉은 말은 웬만해서는 굽히지 않는다는 것도 잘 알지요."

"후후후, 역시 할멈이네. 그런데 아버님은 오늘 저택에 돌아오셔?"

"……그 아가씨들은 운이 좋네요. 조금 전에 주인님께서 곧 돌아오실 거라는 보고를 받았답니다."

"어머, 정말 운이 좋네. 그럼 할멈. 아버님과 그녀들의 대면을 지켜보고 싶으니까 옷 갈아입는 걸 도와줄래?"

"알겠습니다. 그럼 실례합니다."

할멈의 도움을 받아 옷을 갈아입은 후 나는 응접실로 향했다.

"어머, 아버님……."

도중에 운 좋게 아버님과 마주쳤다.

"'어머, 아버님'이라는 말이 나오느냐? 하여간 멋대로 굴기는……."

"네, 그래요. 그래서 이렇게 함께 이야기를 들으러 왔어요."

"그런 문제가 아니지 않느냐! 너는 앞으로 내게 직접 담판을 지으러 올 자들을 한 명 한 명 죄다 내게 데려다줄 셈이냐?"

"아뇨, 그럴 생각은 없어요."

"그럼 왜 그자들만……."

"감이에요."

단호하게 대답하자 아버님은 한순간 굳어 버렸다.

"가, 가, 감……."

"네, 그래요. 실제로 만나 보면 아시겠지만 아주 무시무시한 기백이었어요. 게다가 여기까지 직접 담판을 지으러 온 자가 지금껏 있었나요?"

"그건……. 하지만 여자 아니냐? 날 찾아와 봤자 왕국군에 입대할 수 없다는 건 알고 있을 텐데."

아버님의 말은 내게 '다른 사람도 아닌 너라면 잘 알 텐데.' 라고 들렸다. ……그렇다.

그리고 그렇기 때문에 나는 그녀들을 저택에 들인 것이다.

안 될 거라는 걸 알면서도 계속 소망하는 이유를. 그곳이 이르기까지의 여정을.

"네. 어쨌든 그녀들의 소망을 그 눈으로 보고 그 귀로 들어 보세요."

"……5분만이다."

"이야기를 듣기에는 그 정도면 충분하죠."

그리고 우리는 그녀들이 기다리는 응접실 안으로 들어갔다.

우리가 방에 들어서자 의자에 앉아 있던 두 사람은 퍼뜩 고개를 들고 이쪽을 바라보았다.

"……자네들이 나를 찾아왔다는 두 사람인가."

아버님과 나는 두 사람의 맞은편에 앉았다.

반대로 두 사람 중 한 명이 아버님의 말을 듣고 허둥지둥 일어섰다.

다른 한 명도 곧 뒤따라 일어섰다.

"무례하게 갑자기 찾아와서 죄송합니다. 용서해 주세요!"

"용서해 주세요."

"……됐으니까 앉아서 얘기해 봐라."

아버님의 허락에 두 사람은 다시 자리에 앉았다.

"저는 안나라고 합니다. 이쪽은 쌍둥이 여동생……."

"에널린입니다."

"저희는 펠로타 마을에서 왔습니다."

생소한 마을 이름에 나는 고개를 갸웃거리며 아버님의 표정을 살피듯 옆으로 시선을 던졌다.

옆에 앉아 있는 아버님은 한순간 재미있을 만큼 동요를 드러냈다. 물론 초면인 그들은 눈치채지 못할 만큼 아주 짧은 순간이었지만.

"아시다시피 우리 마을은 트와일 전쟁 당시 전장이 되었던 곳 중 하나입니다. 아버지와 어머니는 전쟁으로 돌아가셨습니다."

"그건 안타깝게 됐군. ……그래서 복수를 위해 군에 입대하고 싶나?"

"아뇨, 그건 아닙니다. 물론 아버지와 어머니를 잃은 원한과 슬픔이 없는 것은 아니지만……. 그 이상으로 저희는 가젤 장군님께 감사하고 있습니다. 왜냐하면 저희는 그때 죽었을 테니까요. 가젤 장군님, 당신이 마을이 오시지 않았다면."

"……그런가. 그 마을에 있었다면……."

"네. 아시다시피 당시 트와일은 침략한 마을에서 물자를 강탈했습니다."

"거역하는 주민은 모두 죽였죠. 그때 살아남은 주민들도 모든 물자를 빼앗겨서 살아갈 방도가 없었습니다. 게다가 트와일 왕국군은 우리 마을을 거점으로 삼기 위해 계속 점령한 채 물러가지 않았죠……."

한순간 안나는 말을 잇지 못했다.

에널린이 달래듯이 안나의 등을 쓰다듬었다.

침묵이 내려앉은 그때 나는 타스멜리아 왕국의 지도를 머릿속에 떠올렸다.

아버님이 출정했던 곳이라면 펠로타 마을은 아마도 구 세즌령 또는 먼로 백작령.

어느 쪽이든 변경으로 가면 갈수록 마을과 마을이 멀리 떨어져 있는 경우가 많다.

그 때문에 군에 포위당하면 자력으로 원군을 부르러가기는 불가능하다.

그리고 적군도 그걸 용납하지 않았을 것이다.

주민들을 놓치면 자신들의 위치를 적에게 가르쳐 주는 것이나 다름없으니까.

"당시 어렸던 저희는 부모님이 죽임을 당해 울부짖다가…… 그 울음소리에 짜증이 난 트와일 병사의 손에 죽을 뻔했는데…… 그때 가젤 장군님이 저희를 구해 주셨습니다."

"가젤 장군님의 강함은 압도적이었습니다. 그 폐쇄되고 절망적인 상황을 깨부수는 강함에 저희는 경탄하고 매료됐습니다. 그리고 목숨을 구해 주신 가젤 장군님을 존경하게 됐습니다."

"그때부터 저희는 가젤 장군님께 도움이 되고 싶다, 가젤 장군님 휘하에서 가젤 장군님처럼 누군가를 구하고 지키고 싶다…… 그런 소망을 품었습니다. 그러니까 제발 부탁드립니다! 저희를 가젤 장군님의 군대에 입대시켜 주세요!"

……아아, 이건가.

나는 마음속으로 중얼거렸다.

과거 아버님이 하셨던 말씀.

『어느새 내 뒤에는 길이 생겼더구나. 그 길로 드문드문 내 뒤를 따르는 자들이 생기기 시작했지. 다름 아닌 백성들 중에서.』

아버님이 구한 생명이 아버님의 뒤를 잇고.

그리고 그 원이 점점 퍼져 나가는 것을…… 실감할 수 있었다.

"너희의 뜻은 잘 알겠다. ……하지만 너희도 알다시피 왕국군에 입대할 수 있는 건 남자뿐이다. 내 독단으로 그걸 바꿀 수는 없어. 안타깝지만……."

"왜 여자는 안 되는 겁니까! 우리는 웬만한 남자들에게 지지 않습니다! 게다가…… 여자라서 안 된다면 저희는 여자로 살아가는 것을 포기하겠습니다!"

"실력 때문이라면 포기할 수 있습니다. 하지만 성별 때문이라니……. 실력 이전에 선천적인 문제 때문에 인정받지 못하다니 포기할 수 없습니다."

두 사람은 아버님의 말에 필사적으로 반박했다.

그 필사적인 모습은 마치 예전의 나를 보는 것 같았다.

"……당신들은 그 꿈을 위해 얼마나 훈련을 했나요?"

얘, 얘야……. 아버님이 말리는 것도 아랑곳없이 나는 말을 이었다.

"누군가를 지키고 싶다. 그 뜻은 아주 훌륭해요. 하지만 그 뜻을 이루기 위해서는 훈련을 쌓지 않으면 그건 단순히 꿈같은 얘기에 불과하죠."

그 말에 쌍둥이 여성은 날카로운 시선으로 나를 바라보았다.

"물론 훈련했습니다. 전부 독학이지만…… 매일 빠짐없이."

"……그래요? 그럼 당신들, 일단 이 저택에서 일하지 않을래요?"

"네?"

"아, 그거 좋군. 마침 메리의 시녀를 찾고 있었는데. 게다가 여기서 일하면 호위대 훈련에도 참가할 수 있지. ……왕국군 입대를 인정하게 만들기 위해서는 시간이 걸릴 거야. 그렇다면 여기서 훈련을 하며 때를 기다리는 게 좋지 않을까. 단 훈련을 게을리 하면 즉각 쫓아내겠다. 그럼 되겠느냐, 메리?"

"네, 아버님. 저는 이의 없어요."

"어떤가? 두 사람."

"저희는……!"

또다시 따지려는 안나를 저지하듯 에닐린이 그녀 앞으로 손을 내밀었다.

"……받아들이자, 안나."

"하지만 에닐린!"

"……여기서 훈련을 쌓으면 꿈을 이룰 가능성이 높아져. 가젤 장군님의 훈련은 왕국군 병사들도 좀처럼 받기 힘들다고 들었어. 그렇다면 여기 남아서 훈련을 하며 국가에 계속 탄원하는 게 좋을 거야."

"……알겠습니다. 앞으로 잘 부탁드립니다."

그리고 두 사람은 호위대를 따라 방에서 나갔다.

"……너는 왜 저 두 사람을 도우려는 거냐?"

"잘 아시면서 그러세요?"

살짝 웃으며 자리에서 일어선 아버님을 올려다보자 아버님은 겸연쩍은 듯이 시선을 피했다.

"……실언을 했구나."

"그리고 그 말, 아버님께도 똑같이 돌려드릴게요. 펠로타 마을이라는 이름을 들었을 때 상당히 동요하셨죠? 시녀가 되는 걸 허락한 것도 그 이름을 들었기 때문 아닌가요? ……대체 펠로타 마을과 무슨 관계가 있으신 거죠?"

"그냥 감상에 젖은 것뿐이야. 멜리루다와 만난 마을…… 그곳이 구 세즌령 펠로타 마을이다."

"호오……. 그럼 혹시……."

내 안에 어떤 생각이 떠올랐다.

있을 수 없는 일이야……. 머리로는 그렇게 부정하면서도 그 생각을 떨쳐 버릴 수 없었다.

……그럼 귀족 영애가 위험을 무릅쓰면서까지 다른 영지, 그것도 전장이었던 곳에 가는 건 있을 수 있는 일일까? 라는 의문 때문이었다.

애초에 아무리 구호활동을 위해서라지만 귀족 영애가 전장에 가는 것 자체가 극히 드문…… 아니, 있을 수 없는 일이다.

그런데 왜 굳이 다른 영지의 전장으로 간 걸까.

"그래, 너희 엄마 멜리루다는 세즌 백작가의 생존자다."

털썩. 아버님은 조금 전까지 안나와 에닐린이 앉았던 내 맞은편에 앉으며 대답했다.

"어째서……. 세즌 백작가는 트와일 전쟁으로 모두 목숨을 잃지 않았나요……?"

"착각한 거다. 그때 저택으로 피난해 있던 사촌 동생과 그녀를. 네 엄마는 그때 가족의 반대를 무릅쓰고 우리가 해방한 마을들을 돌아다니며 사람들을 간호했다더구나."

"……그 사촌 동생의 가족은?"

"구 세즌령에 머물며 광대한 영지의 일부를 관리하고 있었다더군. 하지만 그녀의 가족은 전쟁이 시작되자마자 바로 죽었다. 그래서 오갈 데 없는 그녀를 세즌 백작가에서 일시적으로 거둬 준 거지……."

"저어, 엉뚱한 질문이지만…… 사실은 사촌 동생이 어머님이고 역시 전쟁으로 죽은 건 직계 쪽 아닌가요?"

"뭐냐, 그 질문은……."

"그치만…… 그게 아니면 왜 어머님은 세즌 백작가를 계승하지 않은 거죠?"

"그녀의 집에서 미완성 초상화 스케치를 봤다. 세즌 백작 부부와 함께 그려져 있던 그녀의 모습을. 덧붙여 말하자면 초상화에 그려진 세즌 백작과 그녀는 꼭 닮았단다. 보고 싶으면 나중에 찾아 보거라. 멜리루다의 방에 지금도 보관되어 있으니까. ……뭐 나야 멜리루다가 사촌이건 직계건 아무래도 상관없지만. 어차피 나는 그녀가 세즌 백작가의 일원이라는 걸 모르고 프러포즈 했으니까."

"그럼 대체 왜……."

"너야말로 왜 그 문제에 집착하는 거냐?"

아버님의 물음에 나는 퍼뜩 정신을 차렸다.

그렇다…… 이제 와서 뭘.

어머님이 누구든 내 어머니라는 사실에는 변함이 없는데.

"뭐 한마디로 말하자면 왕가의 판단이었다. 당시 그 땅은 가급적 빨리 복구하고 방위진을 구축할 필요가 있었지. 특히 왕가에서는 왕국 북부의 수비 강화를 간절히 바랐다. 그래서 여성인 그녀는 영주 자리에 오를 수 없었지. 데릴사위를 맞이하는 방법도 있지만……. 실은 내가 데릴사위가 되려고 했는데 왕도에 그걸 보고하러 갔더니 어느새 나는 앤더슨 후작가를 계승하기로 결정되어 있더구나. 그래서 심하게 반대를 당했다. 하지만 나는 멜리루다와 함께

할 수 없다면 앤더슨 후작가를 계승할 생각은 없었기 때문에 진심으로 군을 그만두고 데릴사위가 되기로 결심했지. 그래서 한동안 대화는 평행선을 달렸지만…… 내가 군을 그만두길 바라지 않는 왕가와, 내가 앤더슨 후작가를 계승하길 바라는 가문, 영지를 위해 국가의 복구 지원과 왕국군의 방위진 구축을 원하는 멜리루다, 그런 멜리루다와 함께하길 원하는 나. 이 넷의 뜻이 맞아떨어져서 이런 형태가 된 거다."

생각지도 못한 장대한 이야기에 나는 한동안 멍한 표정을 짓고 있었다.

"……정말 장대한 이야기로군요."

"으음, 뭐……. 아무튼 얘기가 딴 길로 샜다만 그 두 사람이 구 세즌령, 그것도 멜리루다와 만났던 펠로타 마을 출신이라는 얘기를 들으니 그만 마음이 약해지더구나."

"그렇게 된 거였군요……."

"……그래서? 너는 그 두 사람을 통해 네가 듣고 싶은 말을 들었느냐?"

그 말에 겨우 안나와 에닐린의 존재를 떠올렸다.

애초에 이 이야기를 시작한 이유를 잊어버릴 만큼 어머님 얘기는 충격적이었다.

"네, 뭐. 그러니까 이제부터는 그저 지켜보기만 할 거예요. …… 아무래도 그 두 사람은 좀 더 수련이 필요한 것 같으니까요."

"그래. 이 방에서 나갈 때의 움직임을 보면 훈련이 필요할 것 같더구나. 너라면 나를 만나게 해 주기 전에 눈치채고 있었겠지? 그런데 어째서……."

"보고 싶으니까요."

"보고 싶어?"

'네. 방에 들어오기 전에 아버님께 말씀드렸잖아요?' '그 눈으로 보고 그 귀로 들어 보세요.' 라고. 그녀들의 소망은 '들었으니까' 다음은 '보고' 싶어요. 그녀들의 소망이 얼마나 간절한지. ⋯⋯그리고 의지의 힘으로 인간이 얼마나 강해질 수 있는지."

내 말에 아버님은 어이없다는 듯이 웃었다.

"⋯⋯뭐야, 솔직하게 말하면 되지 않느냐. 그 두 사람이 마음에 들었다고. 어차피 나와 만나게 해 주기 전에 이미 마음속으로 그들을 집에 들이기로 결정했지?"

"네, 그래요. ⋯⋯그것도 소위 감이라는 걸까요?"

"하하하, 그래, 맞다."

"그럼 전 이만 실례할게요. ⋯⋯아버님, 시간을 내주셔서 감사합니다."

내가 일어서서 인사하자 아버님은 신경 쓰지 말라는 듯이 휘적휘적 손을 저었다.

그 손짓에 무심코 미소를 지으며 나는 방을 나왔다.

내 방으로 돌아간 후 책을 읽기 위해 책상에 앉았다.

다양한 외국어로 쓰인 책이나 역사서를 읽는 것도 오렐리아 님이 나에게 내준 과제 중 하나다. 요즘은 그 밖에도 최근 화제가 되는 책을 읽으려고 노력 중이다.

⋯⋯책을 읽는 데 익숙하지 않은 탓일까, 한 권을 끝까지 읽으려면 꽤 많은 시간이 걸린다.

그리고 훈련을 할 시간도 필요하기 때문에 요즘 내 방에 있을 때는 거의 책상에 앉아서 시간을 보낸다.

한동안 조용히 책을 읽고 있을 때 문에서 노크 소리가 들려왔다.

"……아가씨, 실례합니다."

방으로 들어온 것은 할멈과 안나, 그리고 에널린 세 사람.

안나와 에널린은 옷을 갈아입었는지 이 집의 고용인 제복을 입고 있었다.

……그건 그렇고. 멍하니 두 사람을 바라보며 생각에 잠겼다.

이렇게 같은 옷을 입혀 놓으니 얼굴이 완전히 똑같아서 누가 누군지 구분할 수가 없다.

조금 전까지는 옷이 조금 달라서 그걸로 알아볼 수 있었지만…… 앞으로는 둘 다 완전히 똑같은 제복을 입게 된다.

앞날을 위해서라도 어떻게든 두 사람의 다른 점을 찾을 수 없을 까……. 그렇게 생각하며 물끄러미 두 사람의 얼굴을 응시했다.

나이는 오라버니보다 조금 위, 아마도 20대 정도. 서늘한 눈매가 특징인 두 사람.

……안 되겠다, 어디가 다른지 도저히 모르겠다.

내심 한숨을 쉬며 나는 입을 열었다.

"나는 메를리스 레제 앤더슨. 앞으로 잘 부탁해요."

"저, 저희야말로 잘 부탁드립니다!"

"……잘 부탁드립니다."

"두 사람의 지도는 제가 맡겠습니다. 하루빨리 아가씨께 도움이 될 수 있도록 저도 최선을 다하겠습니다."

두 사람을 지켜보던 할멈이 그렇게 말하며 마치 교본처럼 예를 표했다.

"할멈이 그렇게 말해 주니 마음이 놓이네. ……두 사람 다 익숙하지 않은 일을 하느라 처음에는 힘들지도 모르지만 힘내요. 그리고 아버님의 훈련은 내일 저녁부터 참가할 수 있어요. 그러니까 필요한 게 있으면 빨리 이 저택의 누군가에게 말하세요."

"네, 네에!"

"……알겠습니다."

같은 얼굴이지만 재미있게도 두 사람은 전혀 다른 반응을 보였다.

"……그럼 아가씨. 독서를 방해해서 죄송합니다. 두 사람의 인사가 끝났으니 저희는 이만 실례하겠습니다."

"그래."

세 사람이 방에서 나간 후 나는 곧 책으로 시선을 되돌렸다.

그 후로는 오로지 눈앞의 책에 집중했다.

팔락팔락 페이지를 넘기는 소리만이 귓가에 울려 퍼졌다.

……지독히 조용했다.

마치 책의 세계에 빠져든 것처럼 몰두했다.

"……실례합니다, 아가씨. 저녁 식사기 준비됐습니다."

시간을 잊고 독서에 빠져 있을 때 똑똑 하는 노크 소리와 함께 방 밖에서 할멈의 목소리가 들려왔다.

책에서 눈을 떼고 문을 열었다.

"첫날, 어땠어? 그 두 사람."

"익숙하지 않은 일이라 어쩔 줄 몰라 하는 것 같더군요."

"뭐 그렇겠지. ……후후, 그 마음 알아."

"그럼 아가씨도 좋은 교본이 되어 주세요. 저도 그 아이들이 어디 내놔도 부끄럽지 않도록 지도하겠지만, 역시 좋은 교본이 많을수록 빨리 성장하는 법이니까요."

"……더 열심히 노력할게."

식당에서 저녁 식사를 마친 후 나는 내 방이 아닌 어머님 방으로 향했다.

문을 열자 지금도 이곳에 어머님이 지내고 있는 건 아닐까 착각할 만큼 방 안은 구석구석 깨끗하게 청소되어 있었다. 어머님의 살아 계실 적의 흔적도 곳곳에 남아 있었다.

"……어머님……."

마치 시간이 멈춘 것 같은 그 방 앞에서 나의 시간도 멈췄다.

이윽고 정신을 차린 나는 방 안을 뒤지기 시작했다.

내가 찾으려던 물건…… 초상화 스케치는 곧 찾을 수 있었다.

책상 안에 마치 보물처럼 소중하게 보관되어 있는 그림.

세즌 백작 부부인 듯한 인물과 함께 젊은 시절의 어머님이 그려져 있었다.

무척 행복해 보이는 웃는 얼굴.

……하지만 그것이 지독히 슬펐다.

이 행복한 광경이 그리 머지않은 미래에 전쟁으로 산산조각 날 거라는 사실을 알고 있으니까.

지금껏 그저 하나의 지식으로만 알고 있던 과거의 전쟁이 갑자기 생생하게 피부에 와 닿았다.

어머님의 상냥하게 웃는 얼굴 뒤에는 대체 얼마만큼의 슬픔이 감춰져 있던 걸까.

그 마음속에는 얼마만큼의 아픔과 안타까움을 품고 있었던 걸까.

다시 한번 눈에 새겨 넣듯 그 스케치를 바라본 후 조심스럽게 그림을 집어넣고 방을 나왔다.

† † †

"뭐…… 그건 영애에게 좋은 경험이 되지 않을까요?"

수업 도중 잠시 쉬는 시간, 이야기를 나누다가 안나와 에닐린 얘기를 꺼내자 오렐리아 님은 그렇게 반응했다.

"남의 교본이 되는 것은 생각보다 훨씬 공부가 된답니다. 어중간해서는 절대 안 되니까요."

오렐리아 님의 말에 무심코 메마른 웃음이 흘러나왔다.

"그러니까 앞으로도 열심히 배우도록 해요."

그런 내 반응 따윈 아랑곳없이 오렐리아 님은 생긋 미소를 지었다.

"아, 네에……"

"그럼 휴식은 여기까지. 다시 한번 처음부터 해 볼까요."

그 말과 함께 피아노곡이 연주되었다.

음악에 맞춰 눈앞에 서 있는 알프와 함께 스텝을 밟기 시작했다.

"그래, 좋아요. 소리를 의식하면서…… 그래요, 움직임은 우아하게."

오렐리아 님의 말에 귀를 기울이며 의식을 발에 집중했다.

안 그러면 스텝이 꼬여서 넘어질 것 같았기 때문이다.

음악에 맞춰 몸을 움직이는 것은 꽤나 어려운 일이라고 절실하게 통감했다.

유일하게 자랑할 만한 거라면 지금까지 무술을 연마한 덕분에 체력 하나는 충분하다는 점일까.

"발밑을 쳐다보지 말아요! 항상 미소를 지으면서…… 그래요. 좀 더 흐름을 의식하세요."

오렐리아 님의 조언에 나는 생긋 미소를 지었다.

내가 생각해도 꼭 경련하는 것처럼 보일 법한 미소였지만.

"자세는 그대로 유지하세요. 그래요, 좋아요."

그 곡이 끝날 때까지 나는 알프와 함께 계속 춤을 췄다.

"오늘도 감사했습니다."

수업이 끝나고 오렐리아 님과 알프에게 인사를 한 후 공작가를 떠나 마차를 타고 집으로 돌아왔다.

그대로 내 방으로 돌아와서 옷을 갈아입었다.

그리고 저택 안의 훈련장이 보이는 곳으로 이동해서 훈련하는 모습을 살폈다.

안나와 에닐린은 간신히 기초훈련을 따라가고 있는 눈치였다.

아버님의 훈련을 처음 받는 자들 중에는 기초훈련을 하다가 우는 소리를 하는 사람도 적지 않다.

그렇게 생각하면 두 사람은 제법 착실하게 수련을 했던 모양이다.

……하지만 이미 지칠 대로 지쳐서 숨을 헐떡이는 모습을 보니 좀 더 지구력을 키우는 게 좋을 것 같았다.

그 후 두 사람은 호위대 대원들 틈에 섞여 검 휘두르기 연습을 시작했다.

두 사람 말대로 확실히 독학으로 배운 검술답게 검의 움직임이 거칠고 조잡했다.

"어떤가요? 아가씨. 두 사람의 훈련은."

"어머, 할멈. 할멈도 관심 있어?"

자리에 앉아 있는 내게 차를 건네며 할멈이 물었다.

"아뇨. ……전 무술은 잘 몰라서요. 하지만 두 사람이 어떤지는 궁금하네요."

"음. 둘 다 착실하게 아버님의 훈련을 따라가고 있어. ……지금 두 사람의 실력으로는 함께 싸울 수는 없겠지만. 그래도 두 사람이 앞으로 얼마나 성장할지 기대돼."

"그런가요. ……그런데 아가씨. 안나와 에닐린이 이 저택에 처음

왔을 때부터 두 사람의 역량을 파악하고 계셨던 것 같은데…… 혹시 저택에 오기 전부터 두 사람을 알고 계셨나요?"

"그럴 리가 없잖아? 진짜로 이 저택 앞에서 처음 만났어. 그런데 내가 할멈한테 그런 얘길 했었나."

"직접 말씀하진 않았지만…… '저택 사람들에게 피해가 가지 않도록 호위대 두 명에게 감시를 맡겼다.', '여차하면 그들만으로도 제압할 수 있을 거다.' 라고 하셨잖아요. 두 사람의 역량을 파악하지 못하면 그렇게 단언할 수 없을 테니까요."

"아, 그렇구나……. 후후후, 그건 감이야, 감."

내 말이 의외였던 걸까, 할멈은 멍한 얼굴로 눈을 깜빡거렸다.

그 모습에 또다시 웃음이 치밀어서 그 웃음을 삼키듯 차를 마셨다.

"걸을 때 중심을 두는 법, 시선의 움직임 등 행동을 보고 판단했어. 아버님이 종종 '일상적인 움직임을 보고 상대의 역량을 알아차려라.' 라고 말씀하셔서 옛날부터 훈련할 때 신경 써서 관찰했거든. 그리고 오렐리아 님의 가르침 덕분일까?"

"……오렐리아 님? 아르메리아 공작 부인의 가르침으로 어떻게……?"

"몸에 밴 움직임은 좀처럼 감추기 힘들거든. 덕분에 나도 툭하면 오렐리아 님께 움직임을 지적받곤 해. 그래서 움직일 때마다 신경을 쓰다 보니까 평소 상대의 움직임을 관찰하게 됐어."

물론 어디까지나 그것은 내 경험을 바탕으로 내린 판단이기 때문에 직감의 영역을 벗어나지 못하지만.

그래도 나는 내 경험을 믿는다.

"그렇군요……. 아가씨, 지금 얘기를 듣고 한 가지 깨달은 게 있답니다."

"어머, 뭔데?"

"주제넘지만 아르메리아 공작가에서 예법 수업을 받은 후로 아가씨의 성장은 눈이 휘둥그레질 정도랍니다. 물론 아가씨가 그만큼 노력하고…… 또 아르메리아 공작 부인의 가르침이 훌륭하기 때문이기도 하겠지요. 하지만 무엇보다도 지금까지 길러 온 관찰력 덕분인 것 같네요. 관찰하고, 차이점을 이해하고, 그리고 그 차이점의 좋은 점을 자신의 것으로 만들고……. 아가씨는 그걸 자연스럽게 할 수 있기 때문에 빠르게 성장하신 거예요."

"어머…… 할멈한테 예법을 칭찬받다니 기뻐라."

확실히 얼핏 생각하기에는 관계없어 보이지만…… 어디선가 서로 이어져 있을지도 모른다.

할멈의 말에 문득 그런 생각이 떠올랐다.

"별말씀을요. 앞으로도 계속 아가씨의 성장을 기대하겠습니다."

"응, 열심히 할게, 할멈."

그 대답에 할멈은 생긋 부드러운 미소를 지었다.

"……그러고 보니 저 두 사람이 훈련을 받는 동안 난 어떻게 훈련해야 하나?"

하지만 내가 곧이어 그렇게 말하자 웃음을 싹 거두고 기가 막힌 듯이 한숨을 쉬었다.

"멜인 척하고 인사하면 어떨까요?"

"어머, 할멈. 안 말리네."

"제가 벌써 몇 년이나 아가씨를 모셨는데요."

"후후후. 그건 그래. ……멜인 척하고 인사하는 것도 좋지만 앞으로 두 사람이 내 곁에서 시중을 들다 보면 멜과 내가 동일인물이라는 걸 금방 알아차리지 않을까."

"······숨길 생각이신가요?"

할멈은 의외라는 듯이 조금 놀란 표정을 지었다.

"······들통 나도 우리 가문의 고용인이니까 괜찮지만······ 솔직히 별로 여기저기 알리고 싶지 않아."

무술 훈련을 하는 것은 전혀 부끄러운 일이 아니지만······ 역시 귀족 영애로서는 이단이다.

그 사실이 소문나면 평판에도 지장이 생기기 때문에 귀족들에게는 절대 비밀이다.

비밀은 아는 사람이 적으면 적을수록 새어 나갈 위험도 줄어든다. ······그러니까 우리 가문의 사람들에게도 대대적으로 퍼뜨릴 생각은 전혀 없다.

"······그렇군요. 그럼 훈련을 포기하시면 어떨까요?"

"그건 싫어. 한동안 훈련을 멀리했더니 순식간에 몸이 둔해져서 반성했거든. 그러니까 훈련은 하고 싶은데······."

하루의 훈련 메뉴를 떠올려 보았다.

요즘은 거의 하루 종일 아르메리아 공작가에서 예법 수업을 받기 때문에 애초에 사람들과 함께 훈련에 참가하기도 어렵다.

"······어차피 훈련에 참가하긴 어려우니까 혼자 훈련하면 되지 뭐. 두 사람이 저택 안에서 일하는 동안 호위대 사람들한테 적당히 부탁해서 상대해 달라고 하면 돼."

"그럼 메를리스 님이 훈련을 하실 땐 제가 그 아이들에게 훈련장 근처에 가지 않을 만한 일을 맡기도록 하죠. 그 아이들에게는 아직 가르칠 게 아주 많답니다. 당분간 제가 곁에 붙어 있을 테니까 일찍 들통 나진 않을 거예요."

"응. ······고마워, 할멈."

"별말씀을요."

내 인사에 할멈은 부드럽게 웃으며 대답했다.

"……그러고 보니 할멈. 그 얘기는 생각해 봤어?"

'그 얘기'란 할멈의 가족 얘기다.

할멈은 이미 남편을 잃었지만 그 남편과의 사이에 자식 한 명이 있다.

이미 독립해서 생활하던 그는 할멈이 나와 함께 왕도에 오기로 결정했을 때 영지에 남을 것을 선택했고 그래서 두 사람은 지금껏 떨어져 지냈다.

……그리고 왕도에 온 후로 할멈은 한 번도 장기휴가를 얻지 않았고 당연히 영지로 돌아가서 가족들을 만나지도 못했다.

그게 마음에 걸려서 몇 번인가 휴가를 내고 고향으로 돌아가라고 제안했지만 전부 거절당했다. 그렇다면 아예 가족들에게 일자리를 소개해 줄 테니 왕도에 와서 같이 살자고 말해 보면 어떠냐고 권하자 할멈은 이렇게 대답했다.

"아가씨, 부족하기 짝이 없는 저를 걱정해 주셔서 정말 감사합니다. 하지만 정말 괜찮아요. 저는 앤더슨 후작가에 충성을 맹세한 몸. 여기서 일하는 게 제일 좋답니다."

"……정말? 내가 온 후로 한 번도 영지로 돌아가지 않은 것 같던데."

"네. 괜찮습니다."

그 단호한 대답과 미소에 내가 무슨 말을 해도 할멈은 의견을 바꾸지 않으리란 사실을 깨달았다.

할멈은 나더러 한 번 말을 꺼내면 절대 굽히지 않는다고 했지만 그건 할멈도 마찬가지다.

"마음이 바뀌면 언제든지 말해."

"네, 그러겠습니다."

"……그럼 어제 읽던 책을 마저 읽어 볼까. 할멈, 뜨거운 차를 내 방으로 가져다줘."

"알겠습니다."

† † †

두 사람이 온 뒤로 어느 정도 시간이 흘렀다.

이제는 두 사람도 저택에 제법 익숙해져서 내 옆에서 시중을 드는 일도 차츰 그들에게 맡기게 되었다.

지금도 책을 읽는 내 옆에서 안나가 차를 끓이고 있었다.

책을 읽으며 그녀가 끓여 준 차를 마셨다.

"……이 차, 너무 뜨거워."

"네?"

"필리덴 산 차는 조금 미지근한 물로 끓이지 않으면 떫은맛이 우러나서 풍미가 떨어지거든. 본래의 달콤함을 즐기기 위해서는 좀 더 미지근한 물로 끓여야 해."

차를 제대로 마시게 된 것은 아르메리아 공작가에서 예법 수업을 시작한 후부터다.

세상에 널린 물건들 중에서 '좋은 물건'과 '진품'을 가려낼 줄 아는 것은 당연한 귀족의 소양이다.

요즘 수업 도중 휴식을 취하며 차를 마시는 것도 그 공부의 일환 아닐까.

……그건 그렇고.

차 종류도 그렇지만 그 차를 가장 맛있게 끓이는 방법도 가문의 안주인으로서 알아 두면 손해는 없다…… 라는 이유로 역시 함께 공부 중이다.

솔직히 예법 수업을 받기 전에는 차를 느긋하게 즐긴 적도 없고, 언제나 훈련으로 땀을 흘린 후 마실 것을 찾았기 때문에 '마시기만 하면 된다.' 라는 인식이 뿌리 깊게 박혀 있었다.

물론 맛이 있다, 없다 라는 의식은 있었지만.

"아, 네, 네에! 죄송합니다……."

훗날 안나와 에널린이 어디서 무엇을 하고 지낼지는 몰라도 지식을 익혀서 손해 볼 일은 없을 것이다.

그래서 너무 세세하고 쓸데없는 지적이라고 생각하면서도 주의를 준 것이다.

"괜찮아. 지금은 일을 배우는 중이니까. 다음부터 조심하렴."

책에서 시선을 떼고 안나의 눈을 바라보며 말했다.

그녀는 당황한 듯 몇 번이나 머리를 숙인 후 일단 포트를 들고 방에서 나갔다.

나는 또다시 책으로 시선을 되돌렸다.

그 후 한동안 계속 책을 읽다가 해가 기울기 시작할 무렵 앉은 채로 기지개를 켰다.

그리고 방으로 할멈을 불렀다.

"……아가씨, 무슨 일이신가요?"

"지금부터 훈련하러 갈 거야. 돌아와서 옷을 갈아입고 나면 또 부를게."

"알겠습니다."

문득 거울에 비친 내 모습이 괜히 신경 쓰여서 시선을 던졌다.

……익숙한 옷.

그래서 문득 눈에 들어온 거울 속의 내 모습에 위화감이 느껴졌다.

계속 사내아이처럼 짧은 머리였는데 지금은 제법 길어서 머리카락이 어깨 아래까지 닿았다.

아무래도 이대로는 훈련하기 힘들 것 같아서 하나로 묶었다.

그리고 검을 들고 저택을 나섰다.

먼저 저택 주위를 몇 바퀴 뛰었다.

한 바퀴를 돌았을 때부터 땀이 주룩주룩 흐르기 시작했다.

달리기를 마친 후 이번에는 검을 들고 허공 베기를 했다.

……역시 검은 좋다.

한 번 휘두를 때마다 쓸데없는 잡념이 사라지고 마음이 차분해진다.

하지만 반대로 머릿속은 맑게 깨어난다. 그 적절한 긴장감이 지독히 기분 좋다.

그대로 무심하게 계속 검을 휘둘렀다.

오후가 지나 방으로 돌아와서 옷을 갈아입은 후 식사를 했다.

예법 수업을 받으면서 훈련을 멀리했다가 오랜만에 다시 훈련을 시작했을 때 몸이 몹시 둔해진 것을 실감하고 반성했다.

그 후 계속 훈련을 한 덕분에 몸 상태가 많이 예전처럼 돌아온 것 같다.

적어도 훈련을 마치고 방으로 돌아오자마자 주저앉지 않을 정도는.

지속은 힘이다, 라는 말도 있지 않은가.

그런 생각을 하며 식사를 마친 후 거울 앞에서 몸단장을 했다.

옷 합격, 머리 합격.

왜 이렇게 매무새에 신경을 쓰는가 하면 오늘은 루이가 볼일이 있어서 이 근처에 왔다가 앤더슨 후작가에 들르기로 했기 때문이다.

매일같이 아르메리아 공작가에 드나들고 있지만 루이를 만나기는 좀처럼 어렵다.

대신 종종 편지를 주고받고 있다.

처음에 루이는 사적인 편지를 쓴 적이 없다며 꽤나 딱딱한 문체로 편지를 보냈다.

사실은 나도 편지를 써 본 적이 없어서 현재 오렐리아 님에게 가르침을 받고 있지만.

아무튼 막상 그를 만나면 기쁘지만 의외로 불안하기도 하고…… 어쩔 줄을 모르겠어서 차림새를 가다듬으며 마음을 진정시키려는 것이다.

"……아가씨, 루이 님이 오셨습니다."

거울 앞에서 안절부절못하는 내게 에널린이 말을 건넸다.

……지금 내 상태를 보이는 게 조금 부끄러워서 멈칫 굳어 버렸다.

한동안 뻣뻣하게 굳은 채 그녀를 쳐다봤지만 그녀는 표정 하나 변하지 않고 내 다음 말을 기다렸다.

"그래…… 알았어. 그를 방으로 안내해 줘."

"알겠습니다."

마지막 발버둥을 치듯 다시 한번 머리를 정돈한 후 방을 나섰다.

빠른 걸음으로 복도를 걸어서 그가 있는 방으로 향했다.

문 앞에서 대기하던 안나에게 문을 열라고 지시했다.

"기다리게 해서 미안해요, 루이."

"아니야, 전혀."

가볍게 머리를 숙이자 루이는 부드러운 미소를 지으며 손을 저었다.

"안나와 에닐린은 그만 물러가 주겠어?"

"하지만……."

두 사람은 당황한 듯이 나와 루이를 번갈아 바라보았다. 나는 그들을 설득하기 위해 또다시 입을 열었다.

"루이라면 괜찮아. 그리고 할멈이 곧 이쪽으로 올 거야."

"……알겠습니다."

두 사람은 내 말에 마지못해 고개를 끄덕였다.

"저 두 사람이 그 소문으로 듣던 신입이야?"

안나와 에닐린이 밖으로 나가자마자 루이가 물었다.

"응, 맞아. 저택 일도 훈련도 양쪽 다 열심히 하고 있어."

"그렇군……."

"저어, 루이. 두 사람이 종종 왕궁에 찾아가고 있다는 얘기, 들은 적 있어?"

"응, 안 그래도 향방을 주시하고 있거든."

"그 말은…… 주시하지 않으면 알 수 없을 정도밖에 화제성이 없다는 뜻이야?"

"안타깝지만 그래. 상부에는 보고도 안 되고…… 솔직히 다들 장난이라고 생각하고 있어."

"그렇구나……."

"뭐 실제로 받아들이더라도 군부 제도를 정비하지 않으면 안 되니까 장벽이 높긴 하지."

"응, 화가 나지만 그렇긴 해."

"하지만 나도 두 사람의 근성은 진짜라고 생각해. ……아니면 그렇게 몇 번이나 탄원서를 들고 오진 못할 거야."

"응……."

그의 말에 기뻐서 그만 미소를 짓고 말았다.

두 사람이 정말로 군에 입대하고 싶다면 스스로 그 결과를 쟁취하지 않으면 안 된다.

아버님은 군부 안에서 강력한 발언력을 갖고 있고, 재상이신 로멜르 님은 왕궁 안에서 강력한 발언력을 갖고 있다.

……두 분에게 부탁하면 의외로 제도를 바꾸는 것도 꿈은 아닐지 모른다.

'강제로' 라는 단서가 붙긴 하지만.

하지만 그래서는 불필요한 반발이 그녀들을 향할 가능성이 높다.

아니, 그녀들뿐만이 아니다. ……앞으로 나타날지도 모르는 군에 입대를 꿈꾸는 모든 여성에게 그 반발이 향할 가능성이 높다.

그녀들이 무너지면 여성이 왕국군에 입대하는 길은 완전히 막히고 말 것이다.

어쩌면 두 번 다시 열리지 않을지도 모른다.

그렇게 되는 것을 막기 위해서라도 두 분의 힘으로 억지로 밀어붙이는 게 아니라 왕궁에서 심의하고 제도로 정비되어야 한다.

"관계자들에게 넌지시 얘기해 놓을게."

"고마워, 루이."

"인사는 필요 없어."

까딱까딱, 루이가 손짓을 했다.

고개를 갸웃거리며 맞은편에 앉아 있는 그에게 다가갔다.

그런 내 뺨에 그가 살며시 입을 맞췄다.

"미안, 이제부터 또 볼일이 있어."

그렇게 말하며 그는 자리에서 일어섰다.

"아……."

미안한 듯이 쓴웃음을 짓는 그를 차마 가지 말라고 붙잡을 수는 없었다.

"또 만날 수 있을까?"

"응, 물론이지."

고개를 끄덕이는 그에게 달려가서 와락 끌어안았다.

그는 내 갑작스러운 행동에 놀라지도 않고 웃으며 등을 쓰다듬었다.

……화가 난다.

꼭 나만 쓸쓸해하는 것 같잖아.

아니야, 바쁜 와중에 일부러 얼굴을 보여 주러 왔는데 이런 생각을 하면 안 되지.

하지만 나만 점점 좋아하는 마음이 커지는 것 같아서 여유 있어 보이는 그가 원망스럽다.

그를 당황하게 만들고 싶다.

나밖에 안 보일 만큼 그의 머릿속을 나로 가득 채우고 싶다.

그런 욕망이 내 안에서 세차게 고개를 치켜들었다.

이번에는 내가 그의 뺨에 키스를 한 후 한 걸음 뒤로 물러섰다.

"다음에 봐. 다음에 또 이 저택에 올 기회가 있으면 안내해 줄게."

"그래, 기대할게."

† † †

"……오랜만이구나, 벨스."

가젤은 혼자 왕도에서 앤더슨 후작령으로 돌아갔다.

그리고 곧장 호위대를 거느리고 동생 벨스 올 앤더슨의 집으로 향했다.

벨스는 앤더슨 후작가 본가 저택에서 떨어진 영지 북동부의 별저에서 지내고 있다.

"오랜만입니다, 형님."

벨스는 체격이 좋은 가젤보다 더욱 키가 큰, 마치 길고 가느다란 막대기 같은 마른 체형이다.

햇볕에 타지 않는 체질이라 피부가 하얗고 지금은 몸이 안 좋은지 안색이 창백했다.

"안색이 안 좋은데 어디 아픈 거냐?"

"아뇨…… 요즘 잠을 잘 못 잔 것뿐입니다."

그는 쓴웃음을 지으며 가젤 맞은편에 앉았다.

"그러고 보니 늦었지만 축하드립니다."

"……뭐?"

가젤은 무슨 소리냐는 듯이 의아한 표정을 지었다.

"메를리스의 약혼 말입니다."

"아…… 그렇군……."

"정말 부럽군요. 제 딸도 빨리 좋은 사람과 약혼할 수 있었으면 좋겠습니다."

벨스는 흐음 하고 작게 중얼거리며 차를 마셨다.

가젤은 한동안 그런 벨스를 물끄러미 바라보다가 한숨을 쉬며 함께 차를 마셨다.

"……그런데 형님, 무슨 일이죠? 형님이 여기 오는 건 드문 일 아닙니까."

"그런가?"

"네."

가젤은 잠시 눈을 감았다.

그에게서는 무거운 공기가 흘러나오고 있었다.

"……너에게 묻고 싶은 게 있다."

"뭡니까?"

그렇게 물은 순간 벨스의 목덜미에 검이 닿았다.

그의 눈으로는 좇을 수 없을 만큼 빠른 속도로 가젤이 검을 뽑아 휘두른 것이다.

벨스는 놀란 듯이 눈을 크게 뜨고 머뭇머뭇 자신의 목에 닿아 있는 검과 그 검의 주인인 가젤을 번갈아 바라보았다.

"……대, 대체…… 이게 무, 무슨……."

당황한 듯 더듬거리는 벨스를 바라보며 가젤은 코웃음을 쳤다.

"나는 답답한 건 딱 질색이다. ……벨스. 왜 내 가족을 습격했느냐?"

"……네……?"

"대답해라, 벨스. 이미 너와 용병들이 연결되어 있다는 증거를 갖고 있다."

검이 닿은 목덜미에 붉은 선이 생기고 그곳에서 핏방울이 투둑투둑 떨어졌다.

가젤의 눈동자는 날카롭고 그에게서 뿜어 나오는 기운은 그 이상으로 험악했다.

당장이라도 베어 버릴 것 같은 그 상황에서…… 벨스는 숨을 삼키며 웃었다.

"형님, 검을 거둬 주시겠습니까?"

그 말에 가젤은 더욱 날카로운 눈빛으로 눈을 가늘게 떴다.

조금 전까지 당황하던 모습은 어디로 갔는지, 벨스는 그런 가젤의 반응에도 동요하는 기색을 보이지 않았다.

양쪽 다 움직이지 않고 서로 상대를 조용히 노려보았다.

"지금 왜냐고 물을 겁니까……."

숨 막히는 침묵 속, 벨스의 중얼거림이 작게 울려 퍼졌다.

"그게 뭐가 우습지?"

"당신은 제멋대로입니다…… 형님. 멋대로 굴다가 장남으로서 의무를 팽개치고 집을 나가더니 영웅으로 추앙받고 약삭빠르게 가주 자리에 올랐죠. ……거기 휘둘리는 내 입장을 조금이라도 생각해 본 적 있습니까?"

움찔. 가젤의 검이 떨렸다.

"그건……."

한순간, 가젤은 죄책감을 느낀 듯 벨스에게서 시선을 뗐다.

"……줄곧 미웠습니다. 다들 형님과 저의 검술 재능을 비교하고 저를 보며 실망했죠. 그렇다면 차라리 공부를 하자, 그렇게 생각하고 필사적으로 노력했는데…… 부모님이 바라보는 것은 언제나 검술 재능이 뛰어난 형님뿐이었습니다. 형님이 앤더슨 후작가를 팽개치고 떠났을 때는 마음속으로 기뻤습니다. 이제야 겨우 다들 나를 봐주겠구나, 하고. 계속…… 멋대로 구는 형님이 아니라 노력하고 지식을 쌓아 온 나야말로 영주에 어울린다고 생각했습니다. 그때 저는 앤더슨 후작가의 발전을 위해 몸 바쳐 일하려고 생각했습니다. ……그런데 전쟁이 끝나고 형님이 돌아오자마자 저는 단번에 버림받고 말았죠……."

"벨스……."

"……제 인생은 대체 뭡니까?! 저는 형님의, 앤더슨 후작가의 편리한 장기짝이 아닙니다! 그런데 아무도 저 같은 건 생각도 안 하고 자기들 멋대로 계속 절 휘둘렀습니다!"

"그래서 가족을 습격한 거냐?"

"네. 사실은 형님을 습격하고 싶었습니다만…… 결과적으로 형님이 괴로워하는 모습을 볼 수 있어서 무척 만족스러웠습니다."

살짝 떨어졌던 검이 또다시 그의 목덜미에 닿았다.

"왜 내가 아닌 내 가족을……!"

으드득. 마치 뭔가를 참는 것처럼 가젤은 자신의 입술을 깨물었다.

"형님을 죽일 수 있을 만큼 강한 자가 없었습니다. 형님의 검술 실력만큼은 대단하니까요. 뭐…… 타협을 한 셈이지만 의외로 형님의 괴로워하는 모습을 볼 수 있어서 아주 즐거웠습니다."

그에 비해 벨스는 어디까지나 담담하게 대답했다.

그런 그의 반응에 드디어 가젤의 인내심도 바닥났는지 손에 쥐고 있던 검을 재빨리 휘둘렀다.

……하지만 벨스는 꼼짝도 하지 않았다.

다가오는 운명을 조용히 기다리는 것처럼 그저 물끄러미 가젤을 바라볼 뿐.

쉬익. 검이 허공을 가르며 일으킨 바람이 벨스의 목에 닿았다.

하지만 가젤은 그 이상 검을 움직이지 않았다.

"……네가 저지른 짓을 내가 알게 된 시점에서 너는 끝이다. 그런데 왜 일부러 너에게 불리한 방향으로 자백한 거냐?"

칼날이 살갗을 파고들기 직전에 가젤은 검을 멈췄다.

그리고 벨스에게 또다시 물었다.

"글쎄요…… 저도 모르겠습니다."

그렇게 말하며 벨스는 메마른 미소를 지었다.

"계획이 어중간하게 끝났다면 분했을지도 모르지만…… 형님께

제 마음을 털어놓을 수 있어서 만족했나 봅니다.”

가젤은 여전히 날카로운 눈빛으로 살짝 검을 거둬들였다.

그 모습을 벨스는 담담하게 바라보았다.

“……너에게 근신 처분을 내리겠다. 앞으로 다시는 밖으로 나올 수 없을 거다.”

순간 방 밖에서 대기하던 호위대 대원들이 벨스를 구속했다.

“형님은 꽤나 물러 빠졌군요.”

벨스는 당황하는 기색도 없이 조용히 웃었다.

그리고 호위대가 시키는 대로 일어서서 문을 향해 걸었다.

“……벨스.”

반대로 가젤은 얼어붙은 것처럼 꼼짝도 하지 않은 채 고개도 돌리지 않고 동생의 이름을 불렀다.

“나는 사과하지 않을 거다. 설령 네가 비뚤어진 것이 내 잘못 때문이라도. 너는 나의 소중한 사람을 빼앗았으니까.”

뭘 새삼스럽게, 라고 말하는 것처럼 벨스는 어깨를 으쓱했다.

“……하지만 나는 너를 사랑했다. 가족으로서.”

“형님은 정말 물러 빠졌네요.”

벨스는 여전히 웃으며 호위대에게 끌려갔다.

† † †

그날 나는 아버님의 부름을 받고 집무실로 향했다.

어지간히 중요한 일인지 오라버니도 학원에서 돌아와서 함께 부름을 받았다.

“……왔느냐.”

방 안으로 들어서자마자 눈에 보이는 아버님의 초췌한 모습에 그만 할 말을 잃었다.

마치 어머님이 돌아가셨을 때처럼 온몸에 어두운 그림자를 두르고 있는 것 같았다.

"거기 앉거라."

우리는 시키는 대로 아버님을 마주 보며 의자에 앉았다.

"……오늘 벨스 올 앤더슨에게 영구 근신 처분을 내렸다."

근신 처분이란 저택 안에 감금되는 처분.

게다가 영구 근신 처분이라면 살아 있는 한 지정된 저택에서 밖으로 나올 수 없는 매우 가혹한 벌이다.

"숙부님을 말입니까? 어째서 그런……."

나와 마찬가지로 당황한 듯한 오라버니가 보기 드물게 그 감정을 밖으로 드러내며 아버님에게 물었다.

"왜냐하면 그 녀석이 멜리루다를 죽이고 너희를 습격하라고 지시한 장본인이니까."

그 말에 우리는 한순간 말을 잃었다.

"왜…… 숙부님이……."

"그만큼 그 녀석은 나를 용서할 수 없었다더군. ……미안하다, 내 과거의 잘못 때문에 너희까지 말려들게 해서."

자조하는 듯한 아버님의 웃음에 마음이 아팠다.

……가장 사랑하는 사람이 가족에게 살해당한 고통은 과연 얼마나 무거울까.

내게는 상상조차 되지 않는다.

사랑하는 사람을 잃은 아픔은…… 그나마 공감할 수 있다.

왜냐하면 그건 우리 모두 마찬가지니까.

설령 그것이 가족애건 부부애건, 우리 세 사람 모두에게 그 무엇과도 바꿀 수 없는 소중한 존재였다.

그 상실감은 분명 같을 것이다.

하지만 그토록 잃고 싶지 않은 사람을 또 다른 소중한 사람에게 빼앗긴 아버님의 심정은 결코 상상할 수 없다.

아니, 상상조차 하고 싶지 않다.

오라버니의 손에 루이가 죽는…… 그런 말도 안 되는 상황은.

그래서 아무 말도 할 수 없었다.

숙부님과의 추억이 거의 없는 내 입장에서는 아버님의 말에 제일 먼저 숙부님에 대한 분노와 증오가 밀려왔다.

솔직히 영구 근신 처분이라는 자비로운 처분도 참기 힘들다.

하지만 아버님의 심정을 생각하면…… 아무 말도 할 수 없었다.

예전처럼 내 기분만 앞세워서 아버님과 오라버니…… 내 곁에 있는 소중한 사람들의 마음을 소홀히 하고 싶지는 않으니까.

무겁고 숨 막히는 공기가 실내를 감쌌다.

나도 오라버니도 그리고 아버님도 입을 열지 않았다.

다들 뭔가 말을 하려다가도 곧바로 입을 다물어 버렸다.

……그로부터 얼마나 시간이 지났을까.

아버님이 또다시 입을 열었다.

"……얘기는 이상이다."

움찔. 그 말에 나와 오라버니는 몸을 떨었다.

……묻고 싶은 게 있는데. 하고 싶은 말이 있는데.

하지만 복잡한 상념과 당혹감이 그 모든 것을 덧칠해 버려서 아무 말도 할 수 없었다.

결국 나는 말없이 자리에서 일어섰다.

동시에 옆에 앉아 있던 오라버니도 몸을 일으켰다.

그리고 우리는 누가 먼저랄 것 없이 방에서 나왔다.

그대로 말없이 복도를 걸었다.

목적지는 없었다.

아버님에게 호출되어 집무실로 향할 때는 다음 일정이나 해야 할 일들이 머릿속에 차례차례 떠올랐는데…… 조금 전의 충격으로 모조리 날아가 버렸다.

"……잠깐 같이 쉬지 않을래?"

오라버니가 힘없이 웃으며 말했다.

나는 말없이 고개를 끄덕이며 오라버니와 함께 응접실로 향했다.

방에 도착한 후 나와 오라버니는 의자에 앉았다.

고용인이 차를 준비해서 우리 앞에 각각 내려놓았다.

천천히 찻잔을 들어 따뜻한 차를 꿀꺽꿀꺽 마셨다.

그 따뜻함이 무엇보다도 마음을 진정시켜 줬다.

"……많이 변했구나."

"고마워요. 오렐리아 님의 가르침 덕분이죠."

"그런 뜻이 아니야. ……조금 전 아버님 얘기를 들었을 때 너는 좀 더 흥분해서 화를 낼 줄 알았다."

"어머나…… 전 이제 아버님의 마음을 헤아릴 수 없을 만큼 어린애가 아니랍니다."

"그래…… 그렇구나."

오라버니는 메마른 미소를 지으며 들고 있던 찻잔을 테이블에 내려놓았다.

"그럼 내가 성장하지 못했나 보군."

"……숙부님이 밉나요?"

"모르겠어. ······아니, 솔직히 말하면 미워. 다만 그 이상으로 왜 그랬냐고 소리치고 싶은 기분이야."

"그건······ 나도 마찬가지예요."

"······메를리스 너는 숙부님을 만난 적이 있니?"

"아뇨. 오라버니가 학원에 다니게 된 후로 딱히 만날 기회는······."

"······그래. 그렇다면 메를리스 너에게는 숙부님에 대한 기억이 별로 없겠구나."

"네, 솔직히 말하면 그래요. 이름을 들은 기억이 있는 정도죠."

"그렇구나······."

"······오라버니는 숙부님과의 추억이 기억에 남아 있나요?"

"어렴풋이. ······하지만 어린 시절 내 기억 속에 남아 있는 숙부님은 부드럽고 상냥한 분이었어. 항상 조금 난처한 미소를 짓고 있는, 그런 사람. ······한마디로 앤더슨 후작가 사람답지 않은 분이었지."

앤더슨 후작가는 아버님이 가주가 된 후로 친족들과 교류가 거의 끊겼다······ 라고 한다.

첫 번째 이유는 아버님이 영웅이라는 이름만 보고 몰려드는 자들을 성가시게 여겼기 때문.

그리고 또 다른 이유는······ 무엇보다도 어머님과의 결혼을 방해했기 때문.

게다가 나는 나대로 훈련에 매진하느라 도저히 친족들 앞에 나설 수 없는 상태였기 때문에 내게 숙부님과의 기억은 전혀 없다.

같은 가문의 이름을 쓰는 나와는 상관없는 타인······. 내 인식은 그 정도다.

"그만큼 앤더슨 후작가의 가주 자리가 탐났던 걸까. ······아니면 아버님의 존재 자체가 미웠던 걸까······."

오라버니는 느릿느릿한 어조로 말을 이었다.

"어쨌든 끝났군."

"……끝?"

오라버니의 말에 무심코 고개를 갸웃거렸다.

"그래. 어머님의 원수를 갚기 위한 싸움은 이걸로 끝이구나, 라는 생각이 들어서. ……뭐 나는 싸워 보지도 못했지만."

"아뇨, 끝나지 않았어요."

내 말에 이번에는 오라버니가 고개를 갸웃거렸다.

"우리 같은 슬픔을 겪는 사람이 한 사람도 없게 만든다…… 그 소망은 변함없이 이 마음속에 있어요. 그러니까 결코 끝이 아니에요."

오라버니는 웃었다.

몹시 즐겁게, 몹시 자랑스럽게.

"……그렇군. 한 방 먹었네……. 넌 정말 앞을 바라볼 수 있게 됐구나."

"흐음, 글쎄요? 아까도 말했지만 숙부님을 미워하지 않는다고 단언할 수는 없으니까요."

"그건 나도 마찬가지야. ……아마 이 괴로움은 평생 떨쳐 버릴 수 없겠지."

"……그렇겠죠. 하지만 오라버니는 나와는 달라요. 오라버니는 나처럼 미움에 사로잡히지 않고 계속 앞을 보며 걸어왔잖아요. 오히려 그 미움마저 밑거름으로 삼았죠."

"……지금 너는 미움에 사로잡혀 있는 것처럼 보이지 않는다만?"

"그렇게 만들어 준 사람이 있기 때문이에요. 어머님을 잃은 후 내게는…… 미움밖에 없었어요. 어머님을 빼앗은 산적들을 미워하고, 그래 놓고 아버님께 도움을 청하는 약한 백성들을 지긋지긋하게 여기고, 불합리한 세상을 계속 저주했어요. 하지만 이제는……
미움이 아닌 따뜻한 마음을, 그 마음을 가져다준 사람들이 있다는
걸 알아요. 지금도 미움을 완전히 버릴 수는 없지만…… 그래도 전
그들의 존재가 있다는 것만으로도 이 불합리한 세상을 용서할 수 있
어요."

숙부님을 결코 용서할 수는 없다.

나는 그만큼 착하지도 않고, 내게 어머님은 결코 그렇게 가벼운 존
재가 아니다.

솔직히…… 숙부님이 우리에게서 어머님을 빼앗은 장본인이라는
사실을 알고, 또 그 사실을 말해 주는 아버님의 초췌한 모습을 보고,
나는 한순간 세상의 부조리함에 또다시 탄식했다.

무엇보다도 어머님이 혈연에게 살해당했다는 사실이 충격적이었
고…… 피가 이어진 자의 목숨마저 빼앗는 인간의 깊은 죄업이 무
서웠다. 아무도 믿어선 안 되는 것 아닐까 라는 의문이 한순간 머릿
속을 스치고 지나갔다.

……하지만.

나는 이미 알고 있다.

줄곧 미워하고 저주했던 이 세상이 결코 불합리하고 잔혹하기만
하지는 않다는 것을.

타인과 접촉함으로서 생겨나는 따뜻한 감정이 있다는 것을.

그러니까 나는 더 이상 미움에만 사로잡히지 않는다.

증오는 나라는 존재를 형성하고 내 마음에 뿌리내린 감정이지
만…… 결코 그게 전부는 아니다.

오빠는 활짝 웃었다.

눈을 가늘게 뜨고 즐거운 듯이…… 뭔가를 떨쳐 버린 것처럼 후련

하게.

"……고마워, 메를리스. 네 덕분에 조금 마음의 정리가 됐다."

"다행이네요. 저도 오라버니와 얘기한 덕분에 마음이 조금 진정
됐어요."

그렇게 말하며 나도 미소를 지었다.

"그럼 이만 실례할게요."

내 방으로 돌아온 후 나는 읽다 만 책을 들고 다시 읽기 시작했다.

교양을 쌓기 위한 노력에는 끝이 없다.

세상에는 내가 아직 모르는 지식이 수없이 많고…… 그 지식들은
날마다 새롭게 바뀌고 다시 새롭게 탄생한다.

새로운 지식을 접할 때마다 고찰하고 자신의 것으로 만들어 가는
그 과정이…… 순수하게 즐겁다.

물론 지금 책을 읽는 것은 평소와 똑같이 행동하면서 동요한 마음
을 가라앉히기 위해서지만.

"……실례합니다, 아가씨."

노크 소리와 함께 할멈이 방 안으로 들어왔다.

할멈은 방에 들어오자마자 램프를 켰다.

책의 세계에 몰두하다 보니 어느새 해가 저물고 있었다.

"벌써 시간이 이렇게 됐네."

책에서 손을 떼고 기지개를 켰다.

뚜둑뚜둑. 뼈가 삐걱거리는 소리가 났다.

"할멈, 차를 끓여 줄래?"

"네, 알겠습니다."

할멈은 흐르는 듯한 손놀림으로 차를 끓였다.

"……음, 역시 맛있어."

그 익숙한 맛에 나는 안도의 숨을 내쉬었다.

순간 할멈이 삐끗 넘어졌다.

"괜찮아? 할멈."

"네, 네에, 괜찮습니다. 걱정 끼쳐서 죄송…… 아야야야."

일어서려던 순간, 할멈은 아픔에 얼굴을 일그러뜨리며 몸을 웅크렸다.

"전혀 괜찮지 않은 것 같은데. 누구 없어?"

벨을 울린 후 잠시 기다리자 안나가 들어왔다.

"호위대를 불러 줘. 할멈이 넘어져서 다쳤어."

"알겠습니다. 그리고 의사도 불러오겠습니다."

"그래, 부탁해."

"죄송해요, 아가씨……."

"미안해할 거 없어, 할멈. 지금은 할멈이 다친 것만 생각해."

그 후 곧 호위대 대원이 달려와서 할멈을 들쳐 업고 나갔다.

"……아무래도 다리가 부러진 것 같군요. 당분간 안정을 취해야 합니다."

"그렇군……. 당분간 할멈이 하던 일은 다 함께 나눠서 하라고 일러둬야겠네. 아버님께도 보고해야지. 할멈에게는 몸을 잘 돌보라고 전해 줘."

"알겠습니다."

"아아, 걱정되네. 할멈이라면 분명히 푹 쉬라고 해도 오히려 속상해할 거야……."

내 말에 안나는 쓴웃음을 지으며 고개를 끄덕였다.

"업무는 저희가 확실하게 인계받겠습니다. 그분이 제일 걱정하는 건 아마 메를리스 님께 폐를 끼치는 걸 테니까요."

"폐라니…… 할멈에겐 항상 도움만 받고 있는데."

어릴 때부터 교육담당으로 곁에 있어 준 할멈은 내게는 가족이나 마찬가지다.

어머님이 돌아가신 후로는 더욱더 마음의 안식처가 되어 줬다.

"어쨌든 먼저 아버님께 보고 드려야지. 안나, 아버님은 어디 계시지?"

"지금 집무실에 계신다고 합니다."

"그래. 그럼 잠깐 책상 위를 정리한 후 곧 갈 테니까 안나는 아버님께 가서 미리 전해 줘."

"알겠습니다."

안나가 떠난 후, 나는 또다시 책상으로 돌아왔다.

달려가고 싶은 기분을 억누르듯 숨을 내쉬었다.

내가 가면 할멈은 분명 자기 몸도 돌보지 않고 내게 신경을 쓰겠지……. 괜히 할멈을 무리하게 만들고 싶지 않다.

괜찮아……. 골절이라잖아. 부위에 따라서 나을 때까지 시간은 걸리겠지만 시간이 지나면 나을 거야.

스스로도 놀랄 만큼 동요하고 있는 마음을 진정시키기 위해 나 자신을 타일렀다.

그리고 조금 마음을 가라앉힌 후 나는 아버님의 집무실로 향했다.

† † †

어느 정도 시간이 지난 후에도 할멈의 상태는 좀처럼 회복되지 않았다.

뼈가 부러진 이상 그렇게 빨리 완치되진 않는다는 것을 머리로는 알면서도 걱정돼서 견딜 수 없었다.

"할멈, 몸은 어때?"

저택 안 고용인 거주 구역. 평소에는 거의 발걸음을 하지 않는 곳이지만 할멈이 걱정돼서 찾아가 보았다.

할멈은 나를 보고 한순간 놀란 듯이 눈을 동그랗게 떴지만…… 곧 온화한 미소를 지었다.

"아가씨가 와 주신 덕분에 내일 당장이라도 나을지 몰라요."

그렇게 말하는 할멈의 눈에는 그늘이 드리워져 있었다.

"……할멈."

나는 할멈을 부르며 살며시 그녀의 손을 잡았다.

깊은 주름이 새겨진 따뜻한 손.

항상 나를 지켜 주고 이끌어 주던 손.

할멈은 겹쳐진 내 손으로 시선을 떨궜다.

"정말 많이 크셨군요."

할멈은 다른 한 손을 또다시 내 손 위에 겹치고 천천히 어루만졌다.

"말괄량이지만 언제나 우리 고용인들까지 마음을 써 주시는 상냥하고 천진난만한 아가씨. 아가씨의 성장을 지켜보는 게 너무나 자랑스럽고 즐거웠답니다."

"……할멈, 꼭 헤어질 것처럼 말하지 마."

"죄송합니다. 조금 감상에 젖은 것 같네요."

그렇게 말하며 할멈은 보기 드물게 악동 같은 미소를 지었다.

"하지만 아가씨. 당분간 헤어져야 할 것 같아요. 여기 있어 봤자 아가씨께 도움도 안 되고……. 일단 앤더슨 후작령으로 돌아가서 정양하겠습니다."

도움이 되지 않아도 돼…… 그러니까 여기 있어 줘.

목구멍까지 튀어나온 그 말을 다시 삼켰다.

생각해 보면 당연한 일이다.

병이 나거나 다쳤을 때 영지로 돌아가는 것은.

특히 이번에는 크게 아파서가 아니라…… 잠시 쉬러 돌아가는 것뿐이다.

가족들 곁에서 느긋하게 요양하는 편이 오히려 더 나을 것이다.

게다가 할멈은 왕도에 온 후로 한 번도 영지에 돌아가지 않았다. 그게 계속 마음에 걸렸는데…… 그런 의미에서도 이번 귀향은 좋은 기회다.

"……다시 돌아올 거지?"

그런데도 나는 그렇게 묻고 말았다. 마치 떼를 쓰는 아이처럼.

할멈은 부드럽게 미소 지었다.

"그럼요, 물론이죠. 제가 돌아올 곳은 아가씨 곁뿐인걸요."

"그럼 할멈. 꼭 다 나아서 돌아와."

"네, 알겠습니다, 아가씨."

그 망설임 없는 대답에 나는 안도의 숨을 내쉬며 의자에 앉은 채 자세를 바로잡았다.

"언제 떠나?"

"내일이요."

"내일?! 굉장히 급하게 떠나네."

"다친 곳 말고는 아픈 곳도 없고 특별히 전용 마차를 마련해 주셔서요. 덕분에 편히 갈 수 있을 것 같아요."

"그래……. 그렇다면 안심이네."

"네. 다 나으면 곧장 돌아오겠습니다."

"응, 할멈. 나…… 할멈이 돌아오길 기다리고 있을게."

……다음 날 할멈은 앤더슨 후작가에서 준비해 준 마차를 타고 영지로 돌아갔다.

† † †

안나는 여느 때처럼 주인을 깨우기 위해 방으로 향했다.

어차피 그녀의 주인 메를리스는 무척 일찍 일어나는 편이라 그녀가 방에 도착할 때쯤에는 보통 이미 깨어 있다.

방에 도착하자 오늘도 메를리스는 이미 일어나서 가볍게 준비를 시작하고 있었다.

"안녕히 주무셨습니까, 메를리스 님."

"안녕, 안나."

이른 아침인데도 메를리스에게는 한 치의 빈틈도 없다.

화장도 안 했는데 여전히 예쁘구나……. 안나는 멍하니 메를리스를 바라보며 머릿속 한구석으로 생각했다.

"기다리시게 해서 죄송합니다. 준비를 도와드리겠습니다."

안나의 시중을 받아 순식간에 단장을 마친 후, 메를리스는 식당으로 향했다.

그 뒤를 따라 걸으며 안나는 물끄러미 메를리스를 관찰했다.

……솔직히 안나는 이 주인님이 불편했다.

더러움을 모르는 눈부신 아름다움. 마치 이 세상의 행복을 한 몸에 받고 있는 것 같은 사람.

괴로움도 슬픔도 아무것도 모르는 그 모습은 마치 자신과는 전혀 다른 세계에 사는 사람 같았다.

처음 만났을 때보다 그 인상은 한층 깊어졌다.

그와 동시에 의문이 들었다.

……메를리스는 왜 자신들을 받아 준 걸까.

그리고 왜 그녀는 자신들에게 시험하는 듯한 질문을 던진 걸까.

『……당신들은 그 꿈을 위해 얼마나 훈련을 했나요?』

지금도 귓가에 남아 있는 그 물음.

『누군가를 지키고 싶다, 그 뜻은 아주 훌륭해요. 하지만 그 뜻을 이루기 위해서는 훈련을 쌓지 않으면 그건 단순히 꿈같은 얘기에 불과하죠.』

……그녀의 입에서 흘러나온 그 말을 떠올릴 때마다 가슴속에서 화가 치밀었다.

아무것도 모르고 마냥 행복하게 살아온 주제에……. 아버지가 영웅이라고 자기도 뭐나 되는 줄 착각하고 있는 것 아닐까.

그런 생각마저 들 만큼.

……물론 안나는 그 마음을 겉으로 드러내지는 않았다.

에널린의 말대로 이 앤더슨 후작가에는 강해지기 위한 환경이 갖춰져 있다.

함께 호위대 훈련을 받는 대원들은 자신의 역량 부족을 인정하지 않을 수 없을 만큼 강했고 훈련도 매우 혹독했다.

그러니까 일시적인 감정…… 자신들을 이곳에 받아 준 주인에 대한 껄끄러운 감정 때문에 그 모든 걸 걷어찰 수는 없다.

"……호오, 오늘 출발하나. 준비는 끝났느냐?"

"네, 안나와 에널린이 도와줬어요. 그렇지, 안나?"

메를리스의 물음에 식당 옆에서 대기하던 안나는 퍼뜩 정신을 차리며 자세를 바로잡았다.

눈앞에는 그녀의 주인 메를리스와 동경하는 가젤 장군이 앉아 있었다.

"아, 네…… 네에. 언제든지 출발할 수 있도록 준비를 마쳐 놓았습니다."

"그래서 오늘 출발하려고요. 오렐리아 님도 가서 견식을 넓히고 오라고 권해 주셨고, 기분을 전환하기에도 좋은 기회니까요."

"그렇구나. ……루벨 지방은 군에 있을 때 가 본 적이 있다만 피서지로 인기 있는 곳인 줄은 몰랐구나."

"네. 인기 있는 곳은 한 번 가 보는 게 좋다고 하셔서요. 아무래도 얘깃거리 삼기 좋으니까요."

"그렇구나. 마음껏 즐기고 오너라."

"네, 고맙습니다, 아버님."

마침 식사를 마친 메를리스는 자리에서 일어서서 식당을 나갔다.

식당에 올 때와 마찬가지로 안나는 그녀의 뒤를 따랐다.

그 후 안나는 에널린과 함께 주인과 자신의 짐을 들고 마차에 올라탔다.

행선지는 루벨 지방……. 왕도 북동쪽에 위치한, 귀족들에게 인기 있는 피서지다.

메를리스가 마차가 올라타자 마차는 천천히 움직이기 시작했다.

"……메를리스 님."

맞은편에 앉아 있는 메를리스에게 에널린이 말을 건넸다.

"왜? 에널린."

"……새삼스럽지만 호위 수가 너무 적지 않나요?"

에널린의 말에 안나는 내심 고개를 끄덕였다.

이번에 그녀들을 따라온 호위대 대원은 두 명.

귀족, 그것도 앤더슨 후작가 같은 명문가의 영애가 외출할 때 대동하기에는 지나치게 적은 숫자다.

"이 정도면 충분해."

"하지만 만에 하나 문제라도 생기면……."

"괜찮아."

확신하는 듯한 단정적인 어조에 오늘 아침 마음속에 끓어올랐던 짜증이 또다시 슬쩍 고개를 들었다.

"어째서 그렇게 단정하시는 건가요?"

옆에서 에널린이 거듭 캐물었다.

에널린도 같은 짜증을 느끼고 있는 걸까, 평소보다 조금 딱딱한 목소리였다.

"어째서……냐고?"

그녀의 물음에 메를리스는 난처한 듯이 웃었다.

"근거는 없지만 괜찮을 거라는 생각이 들어서. 우리 호위대는 강해. 그 정도 역량이면 호위는 두 명으로도 충분해."

"그런…… 가요."

메를리스 말대로 호위대의 역량은 이 나라 최고다.

몸소 경험을 통해 그 사실을 알고 있는 두 사람은 더 이상 아무 말도 할 수 없었다.

그로부터 마차를 타고 중간중간 마을에 들르며 달리기를 3일……

드디어 목적지인 루벨 지방에 도착했다.

루벨 지방은 귀족들을 위한 피서지인 만큼 왕도에서 멀리 떨어진 마을인데도 길이 잘 포장되어 있고 거리도 아름다웠다.

메를리스는 숙소에 도착한 후 여행의 피로 따위는 전혀 느끼지 않는 것처럼 곧장 거리로 뛰쳐나갔다.

에널린은 호위대와 함께 메를리스를 따라가고 안나는 숙소에 남아서 짐을 풀었다.

짐정리를 하며 방을 둘러보던 안나는 살짝 한숨을 내쉬었다.

……지금까지 자신과는 인연이 없던 세계.

이 숙소도, 피서라는 것도, 지금 손에 들고 있는 물건들도 전부 다.

그래서 지금 자신이 놓여 있는 이 상황에 현실감이 느껴지지 않았다.

……아직도 눈을 감으면 떠오른다.

그 처참한 전쟁의 광경이.

그래서 그녀는 지금 이곳에 있는 자신에게 더더욱 위화감을 느꼈다.

담담하게 작업을 마치고 마음을 정리하기 위해 멍하니 의자에 앉아 있을 때였다.

"안나, 짐을 정리해 줘서 고마워. 지금 돌아왔어."

그녀의 주인 메를리스가 돌아왔다.

"시, 실례했습니다. 굉장히 일찍 돌아오셨……."

말하는 도중에 입을 다물었다.

짐을 풀기 전에는 아침이었는데 어느 샌가 창밖에 노을이 지고 있었다.

"시간이 흐르는 게 참 빠르기도 하지. ……슬슬 배고파. 나는 이 여관에서 식사할 테니 너희도 다 같이 나가서 식사를 하고 오렴."

귀족들이 많이 묵는 여관인 만큼 이곳 식당은 매우 훌륭하고 잘 훈련받은 종업원이 빈틈없이 식사 시중을 들어 주는 것으로도 유명하다.

"그렇군요……. 그럼 감사히 말씀을 따르겠습니다."

식당에 가기 전 메를리스의 단장을 도운 후, 안나는 에널린과 두 명의 호위대 대원과 함께 거리로 나갔다.

……그로부터 5일 동안.

안나는 메를리스와 함께 루벨 지방을 관광했다.

메를리스는 실내에서 느긋하게 쉬는 것보다 활발하게 움직이는 편을 좋아하는지 거리뿐 아니라 거리 주위에 펼쳐진 숲까지 정력적으로 돌아다니며 즐겼다.

그녀를 따라 두 사람도 이리저리 돌아다니다 보니 눈 깜짝할 사이에 5일이 지났다.

"즐거웠어. 나중에 꼭 다시 오고 싶을 만큼."

……그리고 여행을 마치고 돌아오는 길.

후후. 눈을 가늘게 뜨고 미소를 지으며 메를리스는 혼자 중얼거렸다.

"그거 다행이군요."

안나의 담담한 대답에도 메를리스는 눈을 반짝반짝 빛내며 말했다.

"응, 거리도 무척 아름답고 무엇보다 식사가 전부 굉장히 맛있었어. ……특히 신선한 생선으로 만든 요리는 정말 최고야."

메를리스와 안나가 여행의 추억 이야기를 나누는 동안 에널린은 줄곧 창밖으로 시선을 향하고 있었다.

올 때와는 다른 풍경……. 그것은 기껏 놀러 왔는데 다양한 풍경을 즐기고 싶다는 메를리스의 주장 때문이었다.

피서지에 갈 때는 사람들이 루벨 지방과 왕도를 오갈 때 주로 다니는 길을 이용했기 때문에 지나다니는 사람도 많았지만 돌아가는 길은 그렇지 않았다.

인적도 드물고 변화도 그다지 없는 단조로운 풍경을 그저 멍하니 바라보고 있는 걸까, 아니면 경계하고 있는 걸까.

에널린은 좀처럼 감정을 얼굴에 드러내지 않기 때문에 속마음을 알아차리기 어렵다.

"안나와 에닐린은 그곳에서 뭔가 마음이 끌리는 거 있었어?"

메를리스의 물음에 에닐린은 창밖에서 시선을 떼고 안나와 서로 얼굴을 마주 보았다.

"……글쎄요. 숲속을 걸을 때면 고향이 떠올라서 굉장히 그리운 기분이 들었어요."

먼저 입을 연 것은 안나였다.

그 말에 에닐린도 동감하듯 고개를 끄덕였다.

"……그렇구나. 두 사람은 우리 집에 오기 전에는 계속 고향에서 지냈어?"

"아뇨. 할머니가 거둬 주셔서 고향에서 떨어진 마을에 살았어요. ……뭐 그곳에서는 내내 훈련만 해서 그것 말고는 별 기억이 없지만요."

"……할머니는 두 사람의 꿈을 응원해 주셨어?"

"아뇨. 할머니는 여자의 몸으로 수련을 하는 저희를 몇 번이나 말리셨어요."

"어머나…… 그럼 할머니를 어떻게 설득했지? 혹시 말없이 떠난 거야?"

"할머니는 돌아가셨습니다. 몇 년 전부터 계속 건강이 안 좋으셔서 각오하고 있었죠."

"그렇구나…… 미안해."

"아뇨. ……할머니께는 감사하고 있습니다. 오갈 곳 없는 저희를 거둬 주고 남들처럼 살게 해 주셨으니까요."

"……그대로 마을에서 지낼 생각은 없었어?"

메를리스의 물음에 두 사람의 시선은 차갑게 얼어붙었다.

그 노골적인 감정에 메를리스는 웃었다.

"오해하지 마. ······두 사람의 꿈을 우습게 생각하는 건 아니야. 그저 알고 싶었어. 마을에서 평온하게 지내면서 다른 길을 선택할 생각은 없었는지."

"······없었습니다."

에널린이 단호하게 부정했다.

"벌써 세월이 많이 흘렀는데도····· 눈에는 그 전장의 광경이, 귀에는 사람들의 비명이 들러붙어 있습니다. 분명 평생 따라다니겠죠. ·····시간을 되돌릴 수 없는 이상 하다못해 우리 같은 사람이 더 이상 생기지 않도록 막고 싶다고, 계속 간절히 소망했습니다."

"······그렇구나."

메를리스는 마차 밖으로 시선을 향했다.

생각에 몰두하듯 미간을 찡그리며.

침묵 속에서 달리던 마차는 이윽고 어느 마을에 도착해서 멈췄다.

곧장 여관에서 여정을 푼 후 메를리스는 안나가 끓여 준 차를 마셨다.

"·····맛있어, 안나. 솜씨가 늘었구나."

"영광입니다."

순간 조용한 마을에 어울리지 않는 소란이 실내에 들려왔다.

"어머나, 너도 눈치챘나 보구나. ·····대체 무슨 일일까."

"······저와 에널린이 살펴보고 오겠습니다. 메를리스 님은 호위대 곁에서 떨어지지 마세요."

"그래, 알았어."

주인의 허락을 받은 두 사람은 서둘러 여관 밖으로 달려갔다.

굳이 여관에 들어오기 전과 비교하지 않아도 주위가 소란스러웠다.

"…대체 무슨 일이죠?!"

안나가 도망치는 사람 한 명을 붙잡고 물었다.

"……도, 도망쳐! 도적이다! 저쪽에서 도적들이 오고 있어!"

말을 마치기가 무섭게 남자는 안나의 손을 뿌리치고 또다시 달리기 시작했다.

"도적……. 전쟁이 끝난 지 한참 지나서 치안도 많이 좋아졌는데…… 아직도 그런 자들이 있나 보군."

"이 근방은 군 주둔지가 머니까. 게다가 교통의 요지라고도 할 수 없는 이 땅을 지키기 위해 나라에서 곧바로 움직일 리도 없지."

"……메를리스 님은 왜 이런 길을 선택한 거야……!"

아무리 이 나라의 다양한 풍경이 보고 싶어도 그렇지, 넓고 번듯한 도로를 두고 왜 굳이 이런 길을 선택한 거야. 안나는 노골적으로 분노를 드러냈다.

"지금은 그런 걸 따지고 있을 때가 아니야. 당장 메를리스 님을 지켜야 해."

"그래."

에널린의 말을 듣고 안나는 달리기 시작했다.

하지만 옆에 있어야 할 에널린은 보이지 않았다.

"에널린!"

뒤를 돌아보며 큰 소리로 이름을 불렀다.

"……아마 아무도 이 마을을 도와주러 오지 않겠지. 그러니까 난 이 사람들을 못 본 척할 수 없어. 그때의 우리와 똑같으니까."

"그건 나도 마찬가지야……!"

"하지만 지금 우리는 앤더슨 후작가에 고용된 몸이야. 메를리스 님에게 무슨 일이 생기면 안 돼. 그러니까 안나 너는 메를리스 님께 가."

에닐린의 말에도 안나는 좀처럼 움직이려 들지 않았다.

"빨리!"

"……곧 돌아올게!"

망설임은 한순간이었다.

안나는 가야 할 길을 똑바로 바라보며 곧 달리기 시작했다.

우왕좌왕 도망치는 사람들 사이를 가로지르며 안나는 오직 여관을 향해 달렸다.

"메를리스 님!"

여관에 도착한 안나는 노크조차 잊고 난폭하게 문을 열었다.

"……무슨 일이야?"

안나의 다급한 모습과는 대조적으로 메를리스가 냉정하게 물었다. 그녀는 조금 전과 다른 옷차림을 하고 있었다.

고급스러운 천으로 만든 드레스가 아닌, 검소하고 움직이기 편해 보이는 남자 옷.

머리는 하나로 올려 묶고 허리에는 검을 차고 있었다.

"메를리스 님…… 그 모습은…….."

"그보다 상황은?"

그렇게 물으며 메를리스는 안나를 바라보았다. 한순간 주춤할 만큼 날카로운 눈빛이었다.

게다가 말투도 평소와는 달랐다.

평소 우아하고 부드러운 음색이 지금은 마치 힐문하는 것처럼 딱딱하고 담담했다.

"아. 저어…… 아무래도 도적이 나타난 것 같습니다."

"……그렇군. 가자, 안나."

마치 아르메리아 공작가에 가자고 말하는 것처럼 메를리스는 지극히 일상적이고 가벼운 어조로 말했다. 안나는 혼란을 감추지 못하며 물었다.

"가, 가다니 어디를……?"

"당연히 밖으로 나가야지."

"아! 도망치시려는 거군요! 마차를 준비하겠습니다."

"마차는 필요 없어. 너 말은 탈 수 있니?"

"네, 네에……."

성큼성큼 걷는 메를리스 뒤를 안나는 허둥지둥 뒤쫓았다.

호위대가 그 뒤를 따랐다.

"그럼 따라와. 에널린에게 가자."

"아…… 안 됩니다! 도망치세요! ……주제넘은 말이지만 싸우지도 못하는 메를리스 님이 가 봤자 걸치적거리기만 할 겁니다."

"지금 이 순간에도 공포에 떠는 백성들이 있어. 그리고 그중에는 내 시녀인 에널린도 있어. ……당연히 가야지."

"하지만……!"

"……게다가 내가 싸우지 못한다고 누가 그랬지?"

"네……?"

"에널린을 구하고 싶으면 잔말 말고 따라와!"

날카로운 일갈이었다.

안나는 더 이상 아무 말도 못 하고 그저 메를리스의 뒤를 따를 수밖에 없었다.

마구간에 도착한 메를리스는 익숙한 손놀림으로 말을 달릴 채비를 하고 있었다.

너무 놀라서 멍하니 그 모습을 바라보던 안나는 곧 자신도 따라갈 준비를 시작했다. 어쨌든 여기 혼자 남겨질 수는 없다.

메를리스가 말을 타고 달리기 시작했다.

호위대 대원이나 안나는 간신히 따라가는 것도 벅찰 만큼 빠른 속도였다.

멀리서 말을 탄 세 사람이 안나의 눈에 들어왔다.

그중 한 명은 땅에 쓰러진 사람에게 검을 휘두르고 있었다.

순간 앞에서 달려가던 메를리스가 말의 속도를 더욱 높였다.

……이보다 더 빨리 달리란 말이야?!

그렇게 외치고 싶은 마음을 억누르며 필사적으로 뒤를 쫓았다.

앞장서서 달리던 메를리스가 검을 뽑아 들고 말을 탄 남자를 베었다.

"……뭐, 뭐야…… ."

세 남자가 차례차례 쓰러졌다.

너무나도 선명한 검의 궤적에 안나는 저도 모르게 넋을 잃고 말았다.

마치 춤을 추는 것처럼 아름다운 동시에 망설임 없이 목숨을 빼앗는 날카로운 검의 움직임은 마치 사신과도 같았다.

안나와 호위대가 따라잡았을 때에는 이미 모두 숨이 끊어져 있었다.

"괜찮아?"

땅에 쓰러진 마을 사람인 듯한 인물에게 메를리스가 말 위에서 물었다.

"……아, 네……네에."

여자는 떨면서 메를리스를 올려다보며 대답했다.

"그렇군요. ……여긴 눈에 띄니까 빨리 집 안으로 들어가세요."

"네, 네에…… ."

여자가 고개를 끄덕이자 메를리스는 또다시 말을 달리기 시작했다.

"고맙습니다……! 고맙습니다……!"

살았다는 사실을 인식한 여자는 눈물을 흘리며 메를리스의 등에 대고 몇 번이나 인사했다.

메를리스도 그 인사를 들은 걸까, 살짝 뒤돌아보며 미소를 지었다.

그리고 다음 순간, 그녀는 또다시 앞으로 달려갔다.

"기, 기다려 주세요……!"

안나의 외침에도 아랑곳없이 메를리스는 그저 앞을 바라보며 계속해서 달렸다.

마을 사람들을 습격하는 도적들과 마주칠 때마다 메를리스는 차례차례 그들을 베었다.

안나도 호위대도 그저 그녀를 뒤따라가는 것이 고작이었다.

"에널린이 없어."

마을을 한 바퀴 돌았지만 에널린은 찾을 수 없었다.

메를리스는 마을 외곽에서 말을 멈추고 상황을 확인하기 위해 주위를 둘러보았다.

침묵 속에서 들려오는 것은 마을 사람들의 울음소리뿐.

이미 싸늘하게 식어서 움직이지 않는 사람에게 매달려 있는 사람도 있고, 도망치다 손을 놓쳤는지 보이지 않는 사람을 찾아 헤매는 사람도 있었다.

그리고 숲을 향해 계속 이름을 외치는 사람이 있었다.

"다행이다! 무사했구나."

메를리스를 방해하지 않도록 잠자코 옆에 서 있던 안나에게 마을 사람인 듯한 남자가 말을 건넸다.

"저어, 무사하다니 무슨……."

"숲으로 갔었지? 도적들에게 잡혀간 아이들을 쫓아서."

"도적들이 간 방향은?"

"저, 저쪽입니다······!"

느닷없이 메를리스가 말을 거는 바람에 놀란 걸까, 아니면 그녀에게서 풍기는 위압감에 두려움을 느낀 걸까······ 어쨌든 남자는 잔뜩 조아리며 대답했다.

"······당장 뒤쫓아 가자."

"너무 위험합니다! 도적단의 규모도 모르는데······!"

"가까운 군 주둔지에 보고하려면 시간이 너무 걸려. 그리고······ 장소를 확인해 봐야 알겠지만 건물 안이라면 해결할 방법이 있어."

"하지만······."

"끈질기네. ······하지만 호위대 말도 일리가 있으니까 안나 너는 여기 남으렴."

"······아뇨. 메를리스 님이 꼭 가시겠다면 저도 데려가 주세요!"

"이건 명령이야."

"하지만······!"

한순간 두 사람은 서로를 노려보았다.

싸늘하고 무거운 공기가 내려앉았다.

······이윽고 먼저 굽힌 사람은 메를리스였다.

"여기서 말씨름을 할 시간도 아깝군. ······최소한 네 몸은 네가 지키도록 해. ······가자."

메를리스는 이미 달리기 시작하고 있었다.

안나와 호위대도 또다시 그 뒤를 쫓았다.

아무도 입을 열지 않았다.

부스럭부스럭. 풀이 부딪히는 소리와 말 울음소리만이 귓가에 울려 퍼졌다.

달빛 아래, 사람을 태운 말이 짐승길을 달렸다.

문득 메를리스가 말을 멈췄다.

"……여기야. 마을에서 이어지던 말발굽 자국도 여기서 끊어져 있어."

그렇게 중얼거리며 메를리스는 말에서 내려 물끄러미 건물을 바라보았다.

숲속, 마을에서 그리 멀지 않은 곳에 덩그러니 서 있는 건물 한 채.

안에서 웃음소리가 들려왔다.

메를리스는 기척을 죽인 채 발소리 하나 내지 않고 수풀 속을 돌아다녔다.

이윽고 일행은 에널린을 발견했다. 메를리스가 에널린 옆으로 살며시 다가갔다.

"……조용히 해."

반사적으로 공격을 하려던 에널린은 자기 옆에 서 있는 인물이 주인아가씨라는 사실을 깨닫고 움직임을 멈췄다.

"메를리스 님?! 왜 여기에!"

"너와 마찬가지야. 납치당한 아이들을 구하러 왔어. ……도적들은 여기 있는 거지?"

"네, 네에. ……하지만!"

"호위대는 한 명씩 따로 행동한다. 한 명은 에널린과 함께 뒷문으로 침입해. 끌려온 여자들을 최우선으로 구출할 것. 도중에 적을 마주치면 망설임 없이 죽여라."

"네? 네, 네에."

혼란에 빠진 에널린은 아랑곳없이 메를리스는 담담하게 지시를 내렸다.

"나머지 한 명은 안나, 그리고 나와 함께 정면 돌파한다."

"네, 네에."

"……다들 조금 전 마을 사람들의 외침을 기억하나?"

긴장이 최고조에 달한 그때, 메를리스가 작게 중얼거렸다.

그 물음에 에널린을 제외한 모두가 당황하면서도 고개를 끄덕였다.

"지금 이 순간에도 잡혀온 사람들은 공포에 떨며 도움을 기다리고 있다. 지금 이 순간에도 마을에서는 그들이 돌아오길 기도하고 있다. 그리고 다시는 돌아올 수 없는 사람에게 매달려 울고 있지. ……더 이상 저 도적들이 아무것도 빼앗지 못하게 해라."

메를리스에게서 뿜어 나오는 냉기를 머금은 살기에 모두가 부르르 몸을 떨었다.

그때까지 뭔가 말하고 싶은 눈치였던 에널린도 완전히 메를리스의 기백에 압도당하고 말았다.

"……살아서 해야 할 일을 해라."

"네!"

이윽고 호위대 한 명과 에널린은 뒷문으로 침입하기 위해 일행과 떨어졌다.

"……한 가지 물어봐도 될까요."

"뭐지?"

메를리스의 날카로운 시선에 몸을 움츠리면서도 안나는 용기를 내서 입을 열었다.

"왜 도적이라는 말에 과민하게 반응하시는 건가요?"

이럴 때 이런 곳에서 물어볼 말은 아닐지도 모른다.

하지만 안나는 궁금해서 견딜 수 없었다.

마을에서 도적들과 마주친 후로 그녀에게서 뿜어 나오는 위압감은 점점 날카로워지기만 할 뿐.

특히 그녀가 이 건물을 증오스러운 듯이 노려보았던 그때, 그녀가 풍기는 기운은 지독히 차갑고 무시무시했다.

안나의 물음에 메를리스는 한순간 놀란 듯이 눈을 크게 떴다.

"……어머니가 살해당했으니까."

그러나 다음 순간, 그녀는 작게 중얼거렸다.

"네……?"

생각지도 못했던 대답에 안나도 눈을 크게 떴다.

마냥 행복하게 자란 온실 속 화초 같은 아가씨.

그것이 안나가 생각하는 메를리스였다.

……하지만. 그렇다면 저 온몸이 떨릴 만큼 날카로운 살기와 무서울 만큼 정확한 검은 대체 무엇일까.

그 대답의 가장 큰 이유가 어머니가 도적에게 살해당한 거라면…… 지금까지 자신은 대체 그녀의 무엇을 본 걸까.

그런 의문이 안나의 마음속에 소용돌이쳤다.

"궁금한 게 있으면 이따가 대답해 줄 테니까 얘기는 나중에 해. ……가자."

곧 메를리스의 말이 안나를 상념의 소용돌이에서 현실로 끌어냈다.

그동안 메를리스는 소리 없이 건물로 접근했다.

그리고 눈에 보이지도 않는 속도로 입구에 서 있던 보초 두 명을 죽였다.

두 사람이 쓰러지는 순간 호위대 대원이 입구로 달려가서 그 두 사람을 받아 들고 조용히 눕혔다.

메를리스가 조용히 문을 열었다.

그리고 복도에서 마주치는 적들을 차례차례 격파하며 전진했다.

적들은 반응다운 반응도 못하고 차례차례 쓰러졌다.

그동안 안나와 호위대 대원은 그 모습을 그저 멍하니 지켜볼 수밖에 없었다.

순식간에 아무도 없어진 복도.

정적이 내려앉은 그곳과는 대조적으로 복도 안쪽 문에서 즐거운 웃음소리가 들려왔다.

……설마 방 밖이 이렇게 됐을 줄은 아무도 상상 못 할 것이다.

메를리스는 문을 열고 적이 그녀의 존재에 의문을 품기도 전에 곧바로 제일 가까이 있는 적을 베었다.

순간 조금 전까지 웃음소리가 울려 퍼지던 방 안에 복도와 마찬가지로 정적이 내려앉았다.

그 상황을 머리로 이해하기 전에 한 사람, 또 한 사람, 메를리스는 적을 쓰러뜨렸다.

그들이 자신의 동료가 차례차례 눈앞에서 쓰러지고 있다는 현실을 인식할 수 있었던 것은 그녀가 방 안에 있는 인간의 3분의 1을 처치한 후였다.

……저건 뭐지? 대체 무슨 일이 일어나고 있는 거지?

그런 마음의 목소리가 들려올 만큼 그들은 공포로 얼굴이 굳어 있었다.

"사, 상대는 한 명이다! 다 같이 공격해라!"

그리고 그 공포에 떠밀려 고함을 지르며 메를리스에게 달려들었다.

그것을 시작으로 방 안에 있던 적들이 일제히 메를리스에게 칼을 휘둘렀다.

역시 1대 다수는 불리하겠지……. 지금껏 멍하니 상황을 지켜보던 안나와 호위대 대원들도 그제야 비로소 움직이기 시작했다.

하지만 두 사람의 예측과는 달리 메를리스는 별반 어려움 없이 차례차례 적을 쓰러뜨렸다.

"히익, 으, 으아아! 사, 살려 줘!"

한 도적의 외침에 메를리스가 멈칫 움직임을 멈췄다.

그 순간을 좋은 기회라고 여겼는지 적들이 한꺼번에 달려들었다.

"……너희는 지금까지 살려 달라는 애원을 들어준 적이 있나?"

하지만 그녀는 그렇게 물으며 전방위에서 날아오는 공격을 멋지게 피했다.

"자비를 구걸하는 건 어리석은 짓이다……. 너희가 할 수 있는 건 지옥에서 계속 용서를 비는 것뿐이다."

다음 순간, 그녀에게서 더욱 농밀한 살기가 쏟아졌다.

끈적끈적하게 달라붙는 살기에 저항하듯 그 자리에 있는 모두가 식은땀을 흘렸다.

"……어떤 사정이 있건 너희는 선택했다. 선택하고 말았다. 검을 드는 것을. 검으로 약탈하는 것을. 그렇다면 너희 또한 검에 의해 무너지는 것도 각오하고 있었겠지……. 그렇지 않나?"

구슬이 굴러가는 듯한, 의연하면서도 가냘픈 목소리.

하지만 그것이 오히려 그녀의 말에 비장감을 더해 줬다.

그 물음에 도적들은 한 사람, 또 한 사람 그녀에게 등을 돌리고 도망쳤다.

"저리 비켜!"

그들과 입구 사이에 서 있는 안나와 호위대를 향해 도적들이 검을 휘둘렀다.

두 사람은 도적들을 맞이해서 싸웠다.

한편 도망치지 않은 자들은 또다시 메를리스에게 일제히 달려들었다.

그것은 공격이라기보다는 그저 공포에 사로잡혀 그녀를 어떻게든 멀리 떼어 내고 싶은…… 그런 간절함이 담긴 행동일지도 모른다.

적과 대치하면서도 안나와 호위대 대원의 의식은 자연스레 메를리스를 향해 있었다.

마을 안에서 싸울 때처럼 화려하고 날카로운 검의 움직임.

그리고 무서울 만큼 서늘한 살기.

조금 전에 인식할 수 있었던 것은 거기까지였다.

그만큼 그녀가 싸우는 모습이 너무 충격적이라 다른 것은 머릿속에 들어오지 않았기 때문이기도 하다.

하지만 무엇보다 가장 큰 이유는…… 여기까지 오는 동안 계속 메를리스가 앞장서서 달리는 바람에 두 사람은 그녀의 뒷모습밖에 보지 못했기 때문이었다.

방 안에서 종횡무진 움직이는 그녀의 모습을 보며 두 사람은 겨우 깨달았다.

무시무시한 싸움과는 대조적으로 그녀는 지금…… 어디에 쏟아 내야 좋을지 모르는 분노와 슬픔으로 울음을 터뜨릴 것 같은 표정을 짓고 있다는 사실을.

이제 더 이상 잃게 하지 않을 거야, 빼앗기게 놔두지 않을 거야……. 그런 외침이 들려올 만큼.

그 외침은 마치 기도와도 같았다.

차갑고 무시무시한 살기는 그녀의 슬픔을 뒤덮는 갑옷이었다.

……이윽고 메를리스는 눈 깜짝할 사이에 방 안에 있던 도적들을 모조리 쓰러뜨렸다.

1대 다수의 불리한 상황이었는데도 그 사실은 메를리스에게 아무런 장애가 되지 못했다.

그 증거로 그녀는 조금도 기뻐하거나 안심하는 기색 없이 곧장 방에서 나가기 위해 안나와 호위대 대원이 있는 쪽으로 발걸음을 돌렸다.

"……안나! 위험해!"

메를리스가 느닷없이 외쳤다.

시선을 옆으로 돌리자 조금 전까지 바닥에 쓰러져 있던 한 사람이 칼을 치켜들고 있었다.

……그는 안나가 쓰러뜨린 적이었다.

"……아?"

안나는 그 상황을 머리로 이해가지 못하고 한순간 멍한 표정을 지었다.

그 한순간의 틈이 생사를 결정짓는데도.

검이 허공을 갈랐다.

그 모습이 안나의 눈에는 지독히 느릿하게 비쳤다.

……하지만 그 검은 그녀에게 닿지 못했다.

무서울 만큼 빠르게 달려온 메를리스의 검이 안나 대신 그 검을 막았기 때문이었다.

그녀는 검을 막으며 천천히 자세를 바로잡은 후 공격해 온 남자를 걷어차서 거리를 벌렸다.

그리고 그대로 베어 버렸다.

"……괜찮아? 다치지 않았어?"

메를리스의 물음에 안나의 머리도 겨우 작동하기 시작했다.

"네, 네에. ……죄송합니다!"

"……어쩔 수 없지. 실전은 처음이지? ……오히려 무리하게 해서 미안해."

그렇게 말하며 그녀는 다시 다리를 움직여 방을 나섰다. 그리고 담담하게 일일이 문을 열어 잔당이 없는지 확인했다.

그렇게 메를리스는 도적단이 전멸할 때까지 싸움을 계속했다.

"여기가 마지막인가."

……그렇게 중얼거리며 메를리스는 마지막 방을 열었다.

방 안에는 납치당한 마을 사람들과 에널린, 그리고 호위대 대원들이 모여 있었다.

보초를 서던 도적은 이미 바닥에 쓰러져 있었다.

"메를……!"

에널린의 말을 가로막듯이 메를리스가 검지를 입술에 대며 고개를 저었다.

그 의도를 눈치챈 에널린은 알았다는 듯이 고개를 끄덕이며 입을 다물었다.

한편 잡혀 있던 여자들은 갑자기 나타난 메를리스 일행을 처음에는 수상하게 여기는 눈치였지만 메를리스가 이제 도적의 위협은 사라졌다고 설명하며 마을로 돌아가라고 말하자 울면서 기뻐했다.

그리하여 메를리스 일행은 그녀들을 데리고 도적들의 본거지를 떠났다.

† † †

식견을 넓히기 위한 여행이었는데 도적에게 습격당해 싸우게 될 줄은 대체 누가 상상이나 했을까.

어쨌든 무사히 도적을 섬멸한 다음 날.

사후 처리와 보고를 위해 왕국군 주둔지로 호위대 대원 한 명을 보

낸 후 우리는 여관에 머물렀다.

뭔가 도울 건 없냐고 마을 사람들에게 물었지만 염치없이 더 이상 도움을 받을 수는 없다며 고집을 부리는 바람에 아무 일도 할 수 없었다.

결국 여관에서 느긋하게 시간을 보내는 것 말고는 선택의 여지가 없었다.

어제 한창 소동이 벌어졌을 때, 우리가 뛰쳐나간 직후 이곳에도 도적이 쳐들어왔는지 여관 안은 어수선했다.

우리 짐도 몇 개 없어졌지만 그보다는 어제 얼굴을 마주쳤던 종업원들의 죽음이 더욱 마음을 우울하게 만들었다.

나조차 이런데 여관 사람들의 심정은 짐작이 가고도 남는다…….

우울한 기분을 떨쳐 내듯 나는 안나가 끓여 준 차를 마셨다.

아까부터 나를 힐끔힐끔 쳐다보는 안나와 에널린의 시선이 따갑다.

"……묻고 싶은 게 있겠지?"

그 시선을 견디지 못하고 내가 먼저 물었다.

"저어, 메를리스 님…….."

"메를리스 님은 어째서 그토록 강한가요?"

안나가 말꼬리를 흐리는 틈에 에널린이 냉큼 물었다.

에널린은 내가 싸우는 모습을 직접 보지 못했을 텐데? 아무래도 안나에게 당시 상황을 들은 모양이다.

"안나한테 못 들었어? ……어렸을 때 어머님이 도적들의 손에 죽임을 당했어. 그 후 복수를 위해 앤더슨 후작가 훈련에 참가해서 수련을 쌓았지. 결국 그 도적들은 아버님이 토벌해 버렸지만."

"그게 아니라! ……어째서 앤더슨 후작가의 영애인 당신이 그렇게 강한 건가요?"

내 대답에 안나가 답답하다는 듯이 목소리를 높여 물었다.

어딘가 절박해 보이는 표정이었다.

하지만 안나는 곧 이성을 되찾고 딱딱하게 굳은 얼굴로 고개를 숙였다.

"……실례했습니다. 메를리스 님의 싸우는 모습에 충격을 받아서 그만……."

"괜찮아. 그보다…… 왜냐고 물어봤자 아까랑 똑같은 대답밖에 할 말이 없어."

"그래도 묻지 않을 수 없었습니다. 같은 여자로서…… 그 강함에 이르는 방법을."

안나와 에널린의 눈빛은 날카로웠다.

긴박하고 무거운 공기에 무심코 한숨이 흘러나왔다.

"……호위대나 왕국군의 훈련 말고도 아침부터 밤까지 계속 혼자 훈련한 것뿐이야. 매일매일, 그저 그것만을 계속 되풀이했지……. 별거 아니야, 그저 그게 쌓이고 쌓여서 강해진 거야."

"왜 그렇게까지……."

그래도 납득할 수 없는 걸까, 안나는 또다시 물었다.

"아까도 말했다시피 복수를 위해서. 우리에게서 어머님을 빼앗은 자들을 남김없이 지옥으로 보내 주고 싶었어. ……계속 그것만을 위해 살아왔지."

"……가젤 장군님이 도적들을 토벌한 후 훈련을 그만두셨습니까?"

"아니, 그 후에는…… 더 이상 아무도 나처럼 소중한 사람을 빼앗기는 고통을 맛보게 하고 싶지 않아서 왕국군에 입대하려고 훈련을 계속했어."

내 대답에 두 사람은 놀란 듯이 눈을 크게 떴다.

"두 사람을 받아들인 건 너희를 본 순간 당시의 내 모습이 떠올랐기 때문이야. ……두 사람의 마음은 나도 아플 만큼 잘 아니까."

"……죄송하지만 메를리스 님."

안나가 머뭇거리며 입을 열었다.

"포기하셨나요? 그 꿈을."

"안나!"

그녀의 솔직한 물음에 에널린이 나무라듯 이름을 불렀다.

"괜찮아. ……포기한 건 아니야. 내게 왕국군 입대는 수단이지 꿈 자체는 아니었으니까."

"그렇다면 그 꿈은 뭔가요?"

"앞으로 아무도 나처럼 소중한 사람을 빼앗기는 괴로움을 맛보게 하고 싶지 않아. ……모든 사람은 무리라도 내 손이 닿는 범위…… 아니, 이 나라 사람들만은 지켜 주고 싶어. 그러기 위해서는 꼭 왕국 군에 입대하지 않아도 나밖에 할 수 없는 방법이 있을 거라고, 어렴풋이 그런 생각이 들었어. 나라는 한 사람에게는 어린 시절부터 갈고닦은 검술실력밖에 없지만 아버님의 딸이자 아르메리아 공작가의 약혼녀인 내게는 보다 큰 힘이 있고, 따라서 보다 많은 사람을 움직일 수 있으니까."

그때 나는 선택했다.

그들을 섬멸하고 마을 사람들을 구할 것을.

나는 그 선택을 후회하지 않는다.

설령 그들에게 그럴 만한 이유가 있었다 해도, 넓은 시야로 보면 임시방편에 불과한 해결법이라 해도, 그래도 그 상황에서 나는 무력의 힘으로 해결하는 길을 선택했다.

……그렇다, 그저 임시방편이다.

도적이 출몰하고, 그걸 토벌하고, 또 도적이 나타나면 또 토벌하고…… 쳇바퀴 돌듯 되풀이될 뿐이다.

근본적으로 도적이 나타나지 않도록 막는 대책이 필요하다.

메를리스는 그저 그들을 검으로 토벌할 수밖에 없지만…… 메를리스 레제 앤더슨은 다르다.

이제부터 유용한 인맥을 쌓으면 근본적인 대책을 마련할 수 있게 될지도 모른다.

"하지만 너희는 진심으로 응원하고 있어."

마지막으로 그렇게 말하며 말을 맺었다. 안나도 에널린도 입을 열지 않았다. 그저 생각을 정리하는 것처럼 먼 곳을 바라보고 있었다.

나는 차를 마시며 그런 그녀들의 모습을 관찰했다.

꼼짝도 하지 않는 두 사람을 바라보며 머릿속으로 다른 생각을 떠올렸다.

"……이제 슬슬 그들이 왕국군을 데려올 시간이군."

시선을 움직여 창문을 바라보며 중얼거렸다.

그때 문득 한 가지 생각이 떠올랐다.

"……에널린, 부탁이 있어."

내 말에 에널린은 퍼뜩 상념에서 깨어났다.

"지금 당장 내 옷으로 갈아입고 메를리스인 척해 주지 않을래?"

에널린은 잠시 아무런 반응도 하지 않았다.

……대체 무슨 소리지? 라고 말하는 것처럼 고개를 갸웃거릴 뿐.

"……그게 대체 무슨 말씀이죠?"

"이번에 내가 마을 사람들 앞에서 요란하게 싸웠잖아? 너희가 이상하게 생각한 것처럼 보통 귀족 영애는 검을 휘두르지 않는데 말이야."

"그거랑 제가 메를리스 님인 척하는 거랑 무슨 관계가 있나요?"

"······일단 지금까지 앤더슨 후작가에서 훈련을 할 때는 멜이라는 이름의 호위 겸 대역인 척했거든. 어제 싸웠던 사람은 멜. 그리고 메를리스 님은 여관을 빠져나가 마을에서 조금 떨어진 곳으로 피신했다······ 그렇게 둘러대는 거야. 왕국군 중에는 멜을 아는 사람도 있으니까 어떻게든 되겠지. 앤더슨 후작가의 영애가 검을 휘둘렀다는 것보다는 현실성도 있고."

마지막 말은 희망적인 관측이라는 걸 부정하지 않겠다.

······하지만 이대로 손 놓고 있을 수는 없다.

"그러니까 네가 메를리스인 척해 줘. 걱정 마. 어제 일 때문에 무서워서 아무도 만나고 싶지 않다고 버티면 돼. 여차하면 계속 부채로 얼굴을 가리고 있어도 되고."

"······전혀 괜찮지 않은 것 같은데요."

"지금 즉석에서 떠올린 계획이니까. 하지만 아무것도 안 하는 것보다는 낫겠지. 자, 빨리 옷 갈아입어."

나는 그 자리에서 옷을 벗었다.

그리고 어제 입었던 옷을 다시 걸쳤다.

당혹감을 감추지 못하는 에닐린을 설득해서 옷을 갈아입힌 후 마차에 태웠다.

······더 이상 이 마을에 머물러 봤자 도와줄 일은 없다. 호위대 대원이 노착하는 대로 왕국군 사람들에게 인사를 하고 마을을 떠나자.

마침 준비를 마쳤을 때 타이밍 좋게 호위대 대원이 왕국군 사람들을 데리고 돌아왔다.

호위대 대원은 내 모습을 보고 한순간 눈을 크게 떴지만 곧 상황을 눈치챈 듯했다.

……아무래도 그들은 훈련을 통해 멜을 알고 있었던 만큼 어제 싸우는 모습을 보고 사실을 알아차린 모양이다.

메를리스가 멜이라는 사실을.

"……어라? 멜?"

문득 왕국군 한 사람이 물었다.

낯익은 얼굴이었다.

"오랜만에 뵙습니다."

나는 그를 향해 머리를 숙였다.

그런 우리를 바라보며 왕국군 선두에 서 있는 남자가 눈짓으로 누구냐고 물었다.

"이 아이는 멜. 앤더슨 후작가 영애의 호위입니다. 어릴 적부터 임무를 수행하기 위해 가젤 장군께 훈련을 받아서 그런지 검술 실력이 매우 뛰어납니다. 몇 안 되는 인원으로 어떻게 도적단을 토벌했는지 의아했는데…… 멜이 있었다면 과연 수긍이 가는군요."

내게 말을 건넸던 남자가 선두의 남자에게 나를 소개했다.

"……그 정도인가."

"네. 적어도 가젤 장군의 훈련에 참가하고 있는 자들은 모두 실력을 인정할 정도입니다. 멜이 있으면 앤더슨 후작가 영애가 호위 몇 명만 데리고 여행을 떠난 것도 이상할 것 없지요."

"……방금 소개받은 멜입니다. 이렇게 와 주셔서 감사합니다."

"아니, 오히려 괜한 고생을 시킨 것 같아서 미안하군요. 마을을 지켜 줘서 고맙습니다."

"아닙니다…… 아가씨를 지키는 자로서 당연한 일을 한 것뿐입니다."

"훌륭한 직업의식이로군요. ……거듭 미안하지만 도적들의 본거지까지 안내해 주시겠습니까? 그리고 그때 상황을 자세히 알려 주셨으면 합니다만."

"아가…… 멜, 그건 내가……."

그 의뢰를 들은 호위대 대원이 재빨리 끼어들었지만 나는 그를 향해 고개를 저었다.

"호위님은 마차에서 기다리세요. ……아가씨께선 빨리 마을을 떠나고 싶어 하시지만, 동시에 먼 마을에 있는 주둔지까지 달려가서 왕국군 여러분을 모셔 오느라 지쳐 있을 호위님을 걱정하고 계신답니다. 그래서 특별히 호위님이 마차에 동승하는 걸 허락하겠다고 하시더군요."

"아니, 난 그렇게까지는……."

"……그리고 아가씨께서는 이번 일로 조금 두려움에 떨고 계신답니다. 안나가 계속 곁에 있긴 하지만 그래도 불안이 가시지 않나 봐요. 그러니까 지금은 곁에 있어 드리는 게 좋지 않을까요."

"……아가씨께서 그렇게 말씀하셨다면……."

"자세한 얘기는 마차에 타고 있는 안나에게 들으세요. 그리고 제가 왕국군 여러분을 안내해 드리게 됐다는 것도 전해 주시면 감사하겠습니다. ……그럼 여러분, 가실까요."

나는 그들을 도적들의 본거지로 안내했다.

그리고 그들에게 당시의 상황을 설명했다.

이미 끝난 사안이기 때문일까, 한차례 설명을 마치자 별다른 질문도 던지지 않고 비교적 빨리 풀려날 수 있었다.

마차를 세워 둔 곳으로 돌아온 후, 나는 창문 너머 전부 끝났다는 것과 이제 집으로 돌아가도 된다는 말을 전했다.

마차에 타고 있는 메를리스 님…… 아니, 에널린이 고개를 끄덕이는 모습이 창문 너머 어렴풋이 보였다.

"그럼 이만 실례하겠습니다."

……메를리스에게 인사를 하고 싶다거나 그녀에게도 이번 일에 대해 자세한 얘기를 듣고 싶다고 말하는 사람이 아무도 없어서 다행이다. 기껏 에널린을 변장시켰는데 딱히 나설 차례가 없어서 다행인 한편 괜한 짓을 한 것 같아서 그녀에게 미안하다. 그런 생각을 하며 말고삐를 잡은 그때.

"자, 잠깐만요!"

느닷없이 목소리가 들려왔다. 무슨 일이지……. 고개를 갸웃거리며 뒤를 돌아보자 어제 마을에서 구해 준 여자가 서 있었다.

어제는 말을 타고 있었던 데다 해가 저물기 시작할 무렵이라 얼굴이 거의 보이지 않았지만…… 이렇게 보니 굉장히 예쁜 여자였다.

"브리트니라고 해요. 어제는 정말 고마웠습니다. ……당신이 도와주지 않았더라면 지금쯤 저는 어떻게 됐을지……."

"도움이 되었다니 다행입니다."

"저, 저어…… 주제넘지만 보답을 하게 해 주세요."

"아뇨, 마음만으로 충분합니다."

"그런…….."

여자는 머뭇거리며 주위를 둘러보았다.

"저, 저어…… 오늘 출발하시나요?"

"네, 여기 있어 봤자 방해만 될 테니까요. 왕국군 분들이 도착했으니 이제 안심할 수 있겠죠."

"……그렇군요."

미안한 표정을 짓는 그녀를 바라보며 오히려 나야말로 미안해졌다.

"정말 신경 쓰지 마세요. 솔직히 아가씨가 이 마을을 지나도록 일정을 짜지 않았더라면 저는 이 마을에 오지 않았을 겁니다. 그리고 저는 아가씨의 호위. 제 역할은 아가씨를 지키고…… 위험이 닥치면 그 위험을 제거하는 것입니다. 이번에는 우연히 제가 없애야 할 적과 여러분을 위협하는 무리가 같았던 것뿐입니다. 그러니까 정말로 신경 쓰지 마세요."

"그래도 제가 여러분 덕분에 목숨을 건진 건…… 사실이니까요."

브리트니는 그렇게 말하며 부드러운 미소를 지었다.

그리고 다음 순간, 뭔가 생각에 잠긴 듯 미간을 찌푸렸다.

"아! 그럼 왕도로 가실 건가요?"

갑자기 뭔가를 떠올린 듯 환한 표정을 지으며 브리트니는 들고 있던 작은 바구니에서 종이를 꺼내 뭔가를 적기 시작했다.

"음?"

그녀가 건네준 것은 연락처가 적힌 메모였다.

"사실 전 가극단 단원이에요……. 혹시 왕도에 오시면 가극 티켓을 선물해 드릴까 해서요."

그렇군, 가수라……. 그래서 이렇게 미인이었구나. 나는 내심 고개를 끄덕였다.

"그렇군요. ……그럼 이 마을에는 여행 도중에 들른 건가요?"

"아뇨, 이 마을은 제 고향이에요. 부끄럽지만 오랫동안 돌아오지 못했다가…… 휴양을 겸해 잠시 돌아온 거랍니다."

"그랬군요……."

"당신 덕분에 전 살아서 또 노래를 부를 수 있게 됐어요. 정말 고맙습니다."

"……그렇군요. 그렇게까지 말씀하신다면 잘 받겠습니다. 당신의 노래, 기대하겠습니다."

"정말 고맙습니다!"

그 후 마을에 남아 있던 왕국군에게 작별 인사를 한 후 우리는 그대로 마을을 떠났다.

그로부터 이틀 후.

별 탈 없이 무사히 앤더슨 후작가에 도착했다.

뭐 도적들에게 습격당하는 게 오히려 드문 일이니까 당연하다면 당연하다.

자초지종을 보고하자 어째서인지 아버님은 쓴웃음을 지었지만.

돌아온 그다음 날부터 나는 멜인 척하고 훈련에 참가했다.

이제 안나와 에널린도 멜의 존재를 알았으니 배려할 필요가 없기 때문이다.

참, 그 두 사람과 호위대 대원에게는 멜과 메를리스가 동인일물이라는 사실은 아무에게도 말하지 말라고 단단히 입단속을 했다.

"……안나, 발을 내딛는 힘이 약해. 그러면 쉽게 반격당하거든."

"네! 죄송합니다!"

그 대신이라고 하긴 뭐하지만 두 사람은 훈련을 하는 틈틈이 지도를 해 달라고 내게 부탁했다.

나 역시 두 사람의 꿈을 응원하는 마음은 거짓 없는 진심이었기 때문에 흔쾌히 수락했다.

지금 나는 두 사람과 모의 시합 형식으로 싸우는 중이다.

"다시 한번 부탁드립니다."

에널린이 안나 앞으로 나서며 검을 겨눴다.

그 도전하는 듯한 시선이 나를 즐겁게 했다.

자연스레 입가에 미소가 번졌다.

에널린이 검을 휘둘렀다.

……음, 좋은 움직임이다.

아무 거리낌 없는, 상대의 목숨을 거두기 위한 망설임 없는 검.

실전 경험을 거치며 그녀의 검은 변했다.

상대를 제압하는 것이 아니라 상대를 정확하게 죽이기 위한 검으로.

적과 대치할 때 상대를 죽이는 것보다 생포하는 편이 훨씬 어렵다.

어지간히 머릿수가 많거나 역량이 차이 나지 않는 한.

……어중간하게 싸우다가는 자신의 생명은 물론 자신의 동료나 지켜야 할 사람들조차 위험에 빠뜨린다. 그래서 그녀는 선택한 것이다. 각오를 한 것이다.

상대를 죽일 각오를. 그리고 자신이 죽임을 당할 각오를.

검을 받아들이며 나는 그녀의 각오와 강한 의지도 함께 받아들였다.

"좋은 움직임이군."

내 말에도 에널린은 공격을 늦추지 않았다.

"……하지만 공격 패턴이 단조로워. 이러면 곧 적에게 움직임을 파악당할걸. 이런 식으로."

에널린의 움직임에 맞춰 검을 튕겨 냈다.

그녀가 쥐고 있던 검은 너무나도 쉽게 허공으로 날아갔다.

그 틈에 검 끝으로 그녀의 얼굴을 정면으로 겨눴다.

"……졌습니다."

그 말과 동시에 나는 검을 거둬들였다.

"오늘은 여기까지입니다. 이제부터 둘 다 자신의 움직임에 어떤 결점이 있는지 다시 한번 생각해 보도록 하세요."

말이 끝나기가 무섭게 크로이츠 씨가 즐거운 듯이 웃으며 다가왔다.

"멜, 아주 즐거워 보이는구나."

"……크로이츠 씨야말로 즐거워 보이는데요?"

"아니, 나는 널 따라 웃는 것뿐이야."

콧노래를 부를 것 같은 목소리로 그렇게 말해 봤자 전혀 설득력이 없다.

하지만 안나와 에넬린을 지도하는 게 즐거웠던 건 사실이라 더는 반박하진 않았다.

"두 사람을 지도하는 게 그렇게 즐겁냐?"

"네. ……오랜만이거든요. 저한테 진심으로 덤비는 사람은."

"어라, 그렇게 말하면 꼭 우리는 너랑 진심으로 싸우지 않는 것 같잖아."

"아뇨, 그렇게 생각하진 않습니다. 크로이츠 씨와 다른 분들도 진심으로 저를 상대해 주는 건 알고 있습니다. ……훈련 상대로서."

"그럼 저 두 사람은 진심으로 널 죽이려 든단 말이냐?"

크로이츠 씨가 두 사람에게 싸늘한 시선을 던지며 말했다.

내가 고개를 끄덕이면 두 사람을 용서하지 않겠다고 말하는 것처럼.

"그런 뜻이 아닙니다. ……뭐라고 표현해야 할까요……. 두 사람은 저를 라이벌이라고 생각하는 거 아닐까요? 절대 지고 싶지 않다는 의지가 마구마구 느껴져요. 자신들의 힘이 아직은 저한테 미치지 못한다는 걸 알면서도 틈만 나면 저를 쓰러뜨리려고 발버둥 치죠. 그 증거로 두 사람은 한번 가르쳐 주면 다음에는 그걸 확실하게 자기 걸로 만들어요. 그 승리를 향한 탐욕스러움과 진지함 덕분에 저도 몸이 기분 좋게 긴장하는 느낌이에요."

그 말에 크로이츠 씨는 쓴웃음을 지으며 한숨을 내쉬었다.

"그걸 즐기는 너도 알 만하다. ……그리고 그걸 감지한 너는 점점 더 방심 따위 해 주지 않겠지?"

"아뇨, 크로이츠 씨. 어디까지나 가정이지만…… 감지하지 못해도 방심해 줄 생각은 없어요."

내 말에 크로이츠 씨의 쓴웃음은 점점 더 깊어졌다.

"……감탄했습니다, 멜 씨."

그런 크로이츠 씨 뒤에서 불쑥 한 남자가 나타났다.

아, 이 사람, 이름이…….

"에이블 씨."

"무술을 대하는 멜 씨의 마음가짐은 정말 굉장하군요. 부디 저도 지도해 주시지 않겠습니까?"

"과분한 말씀 감사합니다. 하지만 무술이 본업인 분께 지도라니……. 훈련 상대라면 해 드리죠."

선 긋기는 중요하다.

지금껏 훈련을 하면서 지도 비슷한 걸 하고는 있지만 어디까지나 '비슷한' 것일 뿐.

훈련 상대를 하면서 조언을 해 주는 것뿐이라고 마음속으로 선을 긋고 있다.

……진짜로 '지도'를 하면 그건 월권행위.

당당하게 그런 짓을 하면 지도관의 체면을 짓밟는 기분이 들어서 아무래도 껄끄럽다.

"그 정도면 충분합니다. 그럼 부탁드립니다."

그렇게 말하며 에이블 씨는 검을 겨눴다.

그와 동시에 조금 전까지 가까이 서 있던 크로이츠 씨와 안나와 에널린은 우리 옆에서 떨어졌다.

한순간 눈을 감고 숨을 내쉬었다.

귓가에 들리던 소음이 내 안에서 먼 곳으로 쫓겨났다.

거기까지 정신을 집중한 후 눈을 떴다.

그리고 검을 겨눴다.

"……잘 부탁드립니다."

그렇게 말한 순간, 에이블 씨가 내 눈앞에 나타나서 검을 휘둘렀다.

……빠르다.

나는 그 검을 막으며 뒤로 물러서서 거리를 벌렸다.

"……역시 대단하군요, 멜 씨."

그 말에 답례하듯 이번에는 내가 그를 공격했다.

한순간 반응이 늦었지만 그는 곧 내 검을 받아쳤다.

더욱 깊게, 더욱 날카롭게……. 내 의식은 상대와 나의 움직임, 그리고 검 끝으로 차츰 집중됐다.

……동시에 마음속 깊은 곳에서 자연스레 환희가 솟구쳤다.

다음엔 어떻게 나올까?

다음엔 그의 공격에 어떻게 대응할까?

한 번 두 번 검을 주고받을 때마다, 때때로 그의 움직임에 위화감을 느끼면서도 즐거워서 견딜 수 없었다.

하지만 그 시간은 눈 깜짝할 사이에 끝나고 말았다.

내 검이 그의 검을 튕겨 내서 허공으로 날려 버렸기 때문이다.

"……졌습니다."

그가 곧바로 양손을 들며 선언했다.

"감사합니다."

나도 검을 거두며 머리를 숙였다.

"역시 대단하군요, 멜 씨. ……도저히 당해 낼 수 없었습니다."

"겸손의 말씀을. 저야말로 계속 조마조마했습니다."

"앞으로도 저를 상대해 주시겠습니까?"

"네, 물론이죠. 오히려 저야말로 부탁드립니다."

우리는 서로 미소를 지었다.

……싸우는 도중 언뜻 느꼈던 위화감.

마치 익숙하지 않은 검술을 덧씌운 듯한…… 언뜻언뜻 느껴지는
둔한 반응.

그는 분명 자신의 실력을 온전히 드러낸 것이 아니다.

……하지만 그게 뭐 어쨌단 말인가.

어차피 나도 마찬가지다.

평소 모의 시합에서는 진정한 의미로 모든 힘을 드러내지 않는다.
……그랬다가는 상대를 부숴 버릴 테니까.

어쨌든 이렇게 즐거운 모의 시합은 오랜만이다.

설령 그가 실력을 모두 발휘하지 않았더라도 그와 모의 시합을 하
는 것은 유익하다는 생각이 들 만큼.

"……그럼 당장 다시 한 판 부탁드려도 될까요?"

그가 떨어진 검을 주우며 내게 물었다.

"물론이죠."

나도 웃으며 대답했다.

그리고 우리는 오로지 검을 휘둘렀다.

……즐거운 시간은 눈 깜짝할 사이에 지나간다는 말은 사실인가
보다. 몇 번 시합을 하다 보니 어느덧 훈련 종료를 알리는 호령이 들
려왔다.

"너 정말 굉장하구나. 멜을 상대로 이 정도까지 싸울 수 있는 녀석은 거의 없는데."

해산한 순간, 왕국군 사람들이 에이블 씨 주위로 몰려들었다.

"아뇨……. 굳이 말하자면 그녀가 제 실력을 끌어올려 줬다는 표현이 정확할 것 같군요. 애초에 진지한 시합이 아니라 제가 조언을 받고 싶어서 모의 시합을 한 거니까요. 그녀가 진짜로 싸우면 저는 잠깐도 못 버티고 질 겁니다."

그 말에 에이블 씨는 쓴웃음을 지으며 대답했다.

"멜이 진짜로 싸우면 위험하니까—."

그 대화를 들으며 나는 감탄했다. 청산유수처럼 잘도 말하는군.

"수고하셨습니다, 멜."

그런 생각을 하고 있을 때 내 앞에 안나와 에닐린이 나타났다.

"두 사람 다 수고했습니다. 저는 저택으로 돌아갈 건데 두 분은 훈련을 계속하고 싶으면 그렇게 하세요. 아가씨께는 제가 말씀드리겠습니다."

"……고맙습니다. 그럼 그렇게 할게요."

"뭘요. 전 일단 저택으로 돌아가겠습니다."

에닐린을 남기고 안나와 함께 저택으로 돌아갔다.

방에서 땀을 닦고 안나의 시중을 받아 옷을 갈아입었을 때, 다른 고용인이 방 안으로 들어왔다.

"아가씨, 루이 님께서 오셨습니다."

"루이가? 오늘 온다는 얘기는 못 들었는데……. 혹시 뭐 전하는 말은 없어?"

"없습니다. 잠깐 들른 것뿐이라고 하시던데……. 어떻게 할까요?"

"곧 갈게."

그렇게 말하며 또다시 거울을 봤다.

이상한 곳은 없는지 자세히 살펴보고 마지막으로 손으로 빗어서 머리를 가볍게 정돈한 후 방을 나섰다.

어차피 그는 멜의 모습을 알고 있는데 이제 와서 조금 꾸며 봤자 새삼스럽기는 하지만.

문을 열자 정말로 루이가 있었다.

"미안해. 갑자기 찾아와서."

"아니야. 만나서 기뻐, 루이."

우리는 재회를 기뻐하는 것처럼 서로 끌어안았다.

"……그런데 루이. 갑자기 무슨 일이야?"

그의 품 안에서 고개를 들며 물었다.

"네가 여행 도중에 도적을 만났다는 얘기를 듣고……."

"아……."

쿡쿡 웃음이 흘러나왔다.

걱정했구나. 그 사실에 심장이 기분 좋게 간질거렸다.

"보다시피 나는 무사해."

"……응, 알아. 하지만 역시 내 눈으로 직접 봐야 직성이 풀릴 것 같아서."

"고마워, 루이."

꼬옥. 그의 가슴에 얼굴을 묻으며 등을 끌어안은 팔에 살짝 힘을 줬다.

그가 걱정해 준 것이 너무 기뻐서.

기쁘지만…… 그러니까 더더욱 말해야 한다.

"……만약 이런 일이 생기면 나는 또다시 검을 쥘지도 몰라. 그때마다 너를 걱정하게 만들겠지. ……그래도 너는 내 곁에 있어 줄 거야?"

"응. ……그런 것까지 전부 포함해서 그게 너잖아."

내 걱정과는 달리 그는 다정하고 따뜻하게 말했다.

"고마워, 루이."

못 당하겠네. 나는 그의 품안에서 쓴웃음을 지었다.

† † †

"림멜 공국의 유력 귀족은 다섯 가문. 필링 공작가, 그린들 공작가, 슬리거 공작가, 바스칼 공작가, 그리고 크로우 공작가. ……이 5대 공작가가 나라의 실권을 쥐고 나라를 움직이고 있다."

아르메리아 공작가 가주 로멜르의 서재.

수많은 책에 둘러싸인 그곳에는 현재 로멜르와 루이 두 사람밖에 없었다.

그래서 딱히 목소리를 높이지 않아도 그의 목소리는 뚜렷하게 울려 퍼졌다.

"현재 접촉을 시도하고 있는 건 온건파 필링 공작가와 그린들 공작가입니까."

함께 있던 루이가 확인하듯 물었다.

"그래. 정식으로 우리 나라와 동맹을 맺자고 넌지시 제안하고 있지."

"림멜 공국이 얻을 이익은?"

"하나는 가젤 장군의 위협에서 해방되는 것. 그리고 또 하나는 관세 완화. 조사 결과, 림멜 공국은 목축업이 발달하기 어려운 토양이기 때문에 그쪽 관세 완화를 간절히 바라고 있을 거다.”

“그렇군요……. 당근과 채찍 양쪽을 사용하실 생각입니까. 그럼 반대로 우리 나라가 얻을 이익은?”

“제일 중요한 건 불가침조약을 맺는 거지. 무위를 과시하고 있지만 이 나라는 현재 전쟁을 치를 만한 물자가 없다……. 안전을 보장받는 게 무척 간절하지. 무역 면을 따지자면 그 나라는 금세공과 보석 산출량이 많기로 유명하다. ……귀족들은 좋아할 거야.”

“그렇군요……. 진정한 목적은 불가침조약 체결. 무역 이익을 내세워 귀족들과 유력 상인들을 즉각 찬성으로 돌아서게 만들려는 것입니까. 우리 나라에서 조약을 받아들이기 쉽도록.”

루이의 추측에 로멜르는 고개를 끄덕였다.

“그럼 중립파 크로우 공작가는?”

“여러 가지 정보로 추정하건대 아무래도 그 가문은 가젤 장군을 두려워해서 어느 편도 들지 않고 있는 모양이야. 아마 그의 기반이 트와일 국과 타스멜리아 왕국에 인접해 있기 때문이겠지. ……강경파와 접촉도 없는 것 같더구나. 현재 그린들 공작가를 통해 타스멜리아 왕국과 동맹 이야기가 어떻게 진행되고 있는지 내용을 조금씩 흘리고 있는 중이다.”

“그렇군요. ……가젤 장군을 두려워하고 있다면 불가침조약은 오히려 크로우 공작가도 바라는 바일 테니까요.”

“그래. 덕분에 꽤 좋은 예감이 드는구나.”

“남은 건 강경파 슬리거 공작가와 바스칼 공작가입니까.”

루이의 말에 로멜르는 무거운 한숨을 쉬었다.

“그 두 가문은 정말 철벽이라서……. 지금 조금씩 접촉을 시도하고 있다만…….”

"그렇다면 좋은 소식이 있습니다. ……아무래도 바스칼 공작가는 약점을 잡혀서 슬리거 공작가에 꼼짝을 못하는 것 같더군요."

루이의 정보에 로멜르는 자리에서 벌떡 일어섰다.

"너 어떻게 그런 정보를……?"

"림멜 공국에 잠입시킨 첩자가 보낸 최신 정보입니다. ……빼돌린 장부를 확인한 결과 자금의 흐름이 이상하다는 걸 깨달았죠. 그래서 다시 조사해 보니 그 장부와는 다른, 공공연히 드러낼 수 없는 장부와 편지가 발견됐습니다. ……슬슬 왕궁에도 보고가 들어오는 중일 겁니다."

"그 약점이 뭐지?"

"바스칼 공작가는 이미 몰락 직전에 내몰릴 만큼 내정이 쪼들리는 모양이더군요. 결국 빚 때문에 옴짝달싹 못하게 된 바스칼 공작가가 주는…… 인신매매에 손을 댔습니다."

"인신매매?!"

"네. 자기 영지의 백성을 잡아서 다른 나라에 팔아넘기고 있다더군요. 물론 인신매매는 림멜 공국에서도 중죄. 그걸 슬리거 공작가에 들켜서 그 집안에 꼼짝도 할 수 없는 상태가 됐다고 합니다."

"좋았어! 물론 증거도 있겠지?"

"네. 첩자가 우리 나라로 들고 오는 중입니다. 자세한 얘기는 왕궁에서 들으시면 됩니다."

"그렇군. 당장 왕궁으로 가 봐야겠다……!"

로멜르는 그대로 일어서서 왕궁으로 달려갔다. 평소 그답지 않게 다급한 모습이었다.

그가 달려 나간 직후 마침 오렐리아가 불쑥 모습을 드러냈다.

"어라…… 로멜르는 나갔나요."

"어머님, 일어나셔도 괜찮으신 겁니까. 몸은……?"

"이제 괜찮아요. 내일은 메를리스 영애가 오는 날인데 계속 누워 있을 수는 없지요."

루이의 말에 오렐리아는 쓴웃음을 지으며 대답했다.

"그렇습니까."

고개를 끄덕이면서도 루이는 그녀를 가까이 놓여 있는 의자에 앉혔다.

"아마 아버님은 당분간 돌아오지 않으실 겁니다……."

"그렇겠죠. 그이는 한 번 왕궁에 가면 2, 3일은 돌아오지 않아도 놀랍지 않으니까요."

그렇게 말하며 오렐리아는 온화한 미소를 지었다.

"……루이도 왕궁에 갈 건가요?"

"네, 적당한 시기를 봐서."

"그렇군요……."

오렐리아는 고개를 끄덕이며 한숨을 쉬었다.

"알겠나요, 루이? 루이가 모든 것을 걸고 나라와 백성들을 위해 일하는 것은 분명 메를리스 영애도 알고 있을…… 아니, 각오하고 있을 거예요. 때로는 그 때문에 외로워질 거라는 것도. ……그러니까 루이. 그만큼 더더욱 메를리스 영애 한 사람만을 소중하게 여기지 않으면 안 돼요."

그리고 진지한 표정으로 그에게 말했다.

"왜 그러시죠, 갑자기."

"분명 그 아이도 나와 같은 기분을 맛볼 테니까요. 지금 미리 못을 박아 두는 거랍니다."

"……원래 그녀 말고 다른 사람을 쳐다볼 생각은 없습니다. 그녀는 제게 사랑하는 약혼녀인 동시에 같은 길을 바라보는 동지니까요.”

“그렇군요. ……그 말, 절대 어기면 안 돼요. 그녀는 내게도 귀여운 딸이니까요.”

“네, 물론이죠.”

“……오래 붙잡아서 미안해요. 루이도 슬슬 가 보고 싶겠죠?”

“네. ……사람을 불러드린 후에 가겠습니다.”

“괜찮아요. 여기까지 걸어왔으니까요.”

“그렇습니까? ……그럼 실례하겠습니다.”

그리고 루이도 방을 나갔다.

제8장
공작 부인, 사교계 데뷔

"합격이에요, 메를리스 영애."

시간은 흘러 내가 학원에 입학할 때까지 앞으로 1년 남짓 남은 어느 날.

어차피 준비는 일찌감치 끝냈기 때문에 딱히 학교에 들어가기 위해서 뭔가를 할 필요는 없다. 나는 여전히 평소대로 수업을 받는 중이다.

그런 와중에 오렐리아 님이 느닷없이 그렇게 말할 것이다.

"……오렐리아 님, 합격이라뇨?"

가볍게 고개를 갸웃거리며 물었다.

"어머나…… 메를리스 영애. 물론 영애의 예법 수업 결과를 말하는 거랍니다."

까르르. 오렐리아 님은 즐거운 듯이 웃었다.

……오렐리아 님이 이토록 즐겁게 웃는 모습은 처음 본다.

"이제 영애는 어디에 내놓아도 부끄럽지 않을 만큼 숙녀로서 완벽한 소양을 갖췄어요. ……정말 애썼습니다."

상냥함이 배어 나오는 그 웃음에 나도 자연스레 미소를 지었다.

"고맙습니다, 오렐리아 님."

"인사는 필요 없어요. 미래의 며느리를 위한 거니까요. ……무엇보다도 영애가 열심히 노력한 성과인걸요. 다시 한번 말하지만 정말 잘했어요."

"오렐리아 님이 이끌어 주신 덕분이죠. ……그리고 루이도 곁에 있어 줬고."

"어머나…… 정말 사이가 좋군요."

오렐리아 님은 쿡쿡 웃으며 말했다.

"입학 준비는 잘되어 가고 있나요?"

"네, 준비는 이미 끝냈어요."

"그렇군요. ……그렇다면 아무 걱정 없이 영애의 데뷔 준비에 집중할 수 있겠네요."

"데뷔, 말인가요."

드디어 때가 왔구나. 마음이 조금 무거워졌다.

사교계 데뷔는 최종적으로 각 가문의 판단에 맡기지만 보통은 12세부터 18세 사이에 치른다.

그중에서도 14, 15세에 데뷔하는 사람이 가장 많다. 나는 평균적인 나이에 데뷔하는 셈이다.

"지금부터 준비하면 학원 입학 전에 아슬아슬하게 마칠 수 있겠군요. 일단 재봉사를 불렀으니 지금부터 치수를 재고 드레스 준비를 시작해 볼까요."

"네? 지금 당장이요?"

아무래도 이대로 가면 아르메리아 공작가에서 드레스를 준비해 주게 될 것 같다.

……우리 집은 남자밖에 없어서 오렐리아 님이 골라 주신다면 정말 감사하겠지만.

"네, 그래요."

짝짝. 오렐리아 님이 손뼉을 쳤다.

곧 알프의 안내를 받아 한 여성이 방 안으로 들어왔다.

"이쪽은 마담 크레주르. 내가 아끼는 재봉사랍니다."

오렐리아 님이 소개하자 크레주르는 머리를 숙였다.

"그럼 마담. 영애의 치수를 재 줘요."

곧 크레주르는 내 옆에 서서 여기저기 치수를 재기 시작했다.

워낙 능숙해서 생각보다 시간은 걸리지 않았다.

"오렐리아 님, 혹시 원하시는 디자인이 있나요?"

"글쎄요……. 마담이 보기엔 어떤 색이 영애에게 어울릴 것 같나요?"

"어렵네요……. 피부가 굉장히 하얘서 어떤 색도 잘 소화해 내실 것 같아요. 하지만 모처럼 데뷔니까 젊음을 살려서 연한 색상은 어떨까요?"

그렇게 말하며 크레주르는 몇 가지 원단 샘플을 꺼냈다.

나는 시키는 대로 일어서서 그 원단을 어깨에 걸쳐 보았다.

몇 개나 되는 원단을 순서대로 걸쳐 보고 다시 벗기를 되풀이했다.

"어머나…… 전부 멋지네요. 메를리스 영애, 좋아하는 색 있나요?"

오렐리아 님의 물음에 나는 마음속으로 고민했다.

솔직히 종류가 너무 많아서 제일 마음에 드는 걸 고르기가 어려웠다.

"……마담, 저건 뭐죠?"

펼쳐 놓은 원단을 둘러보다가 문득 꺼내 놓지 않은 천이 궁금해서 손가락으로 가리키며 물었다.

"아…… 이건 아직 염색하지 않은 원단이랍니다. 실수로 가져온 거예요."

새하얀 천. 그게 묘하게 내 마음을 끌었다.

"이 원단이 좋겠어요."

"이 원단 말인가요?"

조금 당황하면서도 크레주르는 내게 그 원단을 대 보았다.

"그럼 허리 쪽에 얇은 물색 천을 덧대는 건 어떨까요? 그래요, 거길 조이고 그 천을 대면……."

오렐리아 님이 크레주르에게 지시를 내렸다.

크레주르는 그 지시를 충실하게 재현했다.

"어머나! 멋져라."

차츰 드레스의 형태가 잡히자 크레주르도 기쁨을 감추지 못했다.

"오렐리아 님, 옷자락에 은실로 수를 놓은 건 어떨까요? 작은 다이아몬드를 달아서."

"좋은 생각이군요."

"그리고 흰 천은 아예 몸에 달라붙는 얇은 천을 겹쳐서…… 움직일 때마다 흰 천이 살짝살짝 드러나는 형태로 만들면 어떨까요? 이런 식으로."

"그래요, 그게 더 멋지겠네요. 아예 허리끈도 흰색으로 하고…… 그래요, 그런 모양으로."

……그리하여 크레주르와 오렐리아 님의 열띤 토론 끝에 내 드레스가 결정되었다.

"그럼 저는 이제부터 옷을 만들도록 하겠습니다. 앞으로도 잘 부탁드립니다."

크레주르는 드레스가 정해지자 만족한 얼굴로 물러갔다.

……나는 보기 드물게 열중한 오렐리아 님의 모습에 압도당해서 드레스 결정이 끝날 무렵에는 조금 지친 얼굴로 의자에 앉아 있었다.

물론 아무리 피곤해도 자세를 흐트러뜨리지는 않았다.

"미안해요, 메를리스 영애. 실은 딸과 함께 드레스를 골라 보고 싶었거든요. 너무 신나서 그만 들뜨고 말았네요."

오렐리아 님은 그렇게 말하며 쓴웃음을 지었다.

"아뇨. 오렐리아 님이 봐주셔서 저도 안심하고 데뷔할 수 있는걸요. 고맙습니다."

"그렇게 말해 주니 마음이 놓이네요. 이제 액세서리를 준비해야 하는데……. 액세서리는 드레스가 완성되면 거기 맞춰서 고르도록 하죠."

"네, 그렇게 할게요."

"후후후, 벌써부터 기대되네요. 귀여운 딸…… 그것도 내가 손수 가르친 제자이기도 한 영애가 데뷔를 하다니."

오렐리아 님은 기쁜 듯이 눈을 가늘게 뜨며 미소를 지었다.

"과분한 칭찬이세요, 오렐리아 님."

마음속에 따뜻한 것이 흘러들어오는 듯한 느낌이었다.

나를 친딸처럼 생각한다는 오렐리아 님.

문득 이제는 세상에 없는 어머님이 오렐리아 님과 겹쳐 보였다.

……만약 어머님이 살아 계셨더라면 오렐리아 님처럼 내 데뷔를 설레며 기뻐해 주셨을까.

틀림없이 그랬겠지.

오렐리아 님은 내 마음을 읽고 동의하는 것처럼 한층 깊은 미소를 지었다.

† † †

집으로 돌아와서 훈련복으로 갈아입고 훈련에 참가했다.

물론 요즘 일상이 된 안나와 에닐린을 지도하는 것도 잊지 않았다.

"……그럼 멜. 잘 부탁드립니다."

마침 두 사람의 지도가 끝났을 때 에이블이 훈련장에 나타났다.

부드럽고 친근한 분위기와 싹싹한 웃음. 그에게서는 검을 쥔 자 특유의 날카로움이 느껴지지 않는다.

마음씨 좋은 청년 같은 느낌이다.

실제로 그는 이 훈련장의 많은 선배에게 귀여움을 받고 있다. 별 접점이 없는 안나와 에닐린도 그와 좋은 관계를 맺고 있는 모양이다.

"네, 저야말로."

하지만 거기 속아서 싸우다 방심해서는 안 된다. 나는 내심 웃으며 생각했다.

그의 역량은 틀림없이 남들보다 한 수, 아니, 두세 수 뛰어나니까.

그가 정면에 섰다. 나는 검을 겨눴다.

그도 말없이 검을 겨눴다.

조금 전까지의 부드러운 분위기는 사라지고 시선은 날카로워졌다.

한동안 서로 꼼짝도 하지 않고 상대의 움직임을 살폈다.

스윽……. 발을 살짝 움직이는 소리가 들려왔다.

순간, 나는 움직이기 시작했다.

동시에 그도 움직이기 시작했다.

카앙……. 검과 검이 교차한다.

너무 즐거워서 입가에 미소가 번지는 것이 느껴졌다. 검 너머로 보이는 그의 얼굴도 마찬가지로 미소를 짓고 있었다.

억지로 자세를 유지하지 않고 검과 함께 뒤로 물러섰다.

한순간의 틈도 놓치지 않으려는 것처럼 또다시 서로 상대의 움직임을 살폈다.

……우리가 싸우는 모습은 옆에서 구경하기에는 별 재미가 없다. 화려한 움직임도 전혀 없고 검을 부딪칠 때도 많지 않으니까.

그가 움직인 순간 그 공격을 막기 위해…… 아니, 오히려 그 공격을 이용하여 반격을 하기 위해 나도 움직였다.

몇 번 검을 부딪친 후, 이번에는 그가 자신이 불리하다는 것을 깨닫고 뒤로 물러섰다.

"……스톱, 스톱."

그런 공방을 몇 번인가 되풀이했을 무렵, 크로이츠 씨가 우리를 막았다.

"자, 이제 곧 훈련 끝날 시간이다. 철수 준비를 시작해라."

크로이츠 씨의 목소리에 움직임을 멈춘 우리는 서로 쓴웃음을 지으며 인사했다.

"고맙습니다, 멜."

"저야말로 고맙습니다, 에이블 씨."

훈련장을 떠나며 우리는 각각 수건으로 땀을 닦았다.

"그러고 보니 에이블 씨는 언제까지 제1사단에 계실 건가요? 여긴 임시로 소속된 거였죠?"

"아…… 사실 수습 기간은 벌써 끝났습니다. 그래서 원래는 이쪽 훈련에 참가하면 안 됩니다만……."

그는 빰을 긁적이며 쓴웃음을 지었다.

"다들 기껏 실력을 키웠는데 녹슬지 않게 훈련하러 나오라고 말씀해 주셔서요. 원래 업무가 있어서 자주 올 수는 없지만 모처럼 좋은 기회니까 되도록 참가하려고 노력하고 있습니다."

다들 너무 좋게 봐주셔서 몸 둘 바를 모르겠다고 그는 웃으며 말을 맺었다.

이렇게 얘기를 나눌 땐 정말로 그냥 착한 청년 같은데……. 싸울 때와는 정말 딴판이라고 생각하며 나도 웃고 말았다.

"원래 이 훈련은 누구나 참가할 수 있는 훈련……. 다들 인정한다면 괜히 눈치 볼 것 없어요. 그치만 원래 일이 있어서 바쁠 텐데……. 힘드시죠?"

"아뇨, 그렇지도 않습니다. 지금 소속되어 있는 부서는 바쁠 때만 빼면 비교적 자유로운 편이니까요."

"호오, 그런가요. 같은 왕국군인데도 부서마다 많이 다르네요."

"네, 그렇죠."

주위를 둘러보자 돌아갈 준비를 마친 사람부터 차례차례 훈련장을 떠나고 있었다.

사람이 줄어들면 줄어들수록 훈련으로 뜨겁게 달아오른 공기가 조금씩 식어 가는 것 같았다.

땀을 닦은 수건을 적당히 접은 후 또다시 에이블 씨를 바라보았다.

"다음에도 꼭 저를 찾아 주세요. 그때까지 열심히 훈련하고 있겠습니다."

"네, 물론이죠. ……멜이 훈련을 한다면 저도 더 이상 차이가 벌어지지 않도록 혼자 열심히 연습해야겠네요."

"겸손의 말씀을. ……그럼 전 이만 실례하겠습니다."

"네. 그럼 다음 훈련 때 만나요."

나는 에이블 씨를 남기고 안나와 에널린과 함께 그 자리를 떠났다.

† † †

……오렐리아 님의 지휘 아래 오늘을 위해 맞춘 드레스로 갈아입었다.

품위가 손상되지 않는 선까지 아슬아슬하게 노출한 목, 허리까지 몸의 라인이 드러나는 달라붙는 옷.

그와는 대조적으로 허리 아래는 엷은 물색 천을 풍성하게 겹쳐서 볼륨을 자아냈다.

마담 크레주르가 몇 번이나 아르메리아 공작가를 오가며 오렐리아 님과 의논해서 만들어 낸…… 타협 따윈 일절 없는 자신작이다.

액세서리는 어머님이 착용했던 팔찌, 그리고 아버님이 선물해 준 블루 다이아몬드 목걸이와 귀걸이를 착용했다.

옷을 갈아입은 후에는 머리를 묶고 화장을 했다.

"……멋져요, 메를리스 님."

모든 치장이 끝났을 때 안나가 "후아……." 하고 한숨을 쉬며 속삭였다.

……할멈에게 직접 전수받은 변장술……이 아니라 화장술에 거울을 본 순간 나도 그만 감동하고 말았다.

똑똑. 노크 소리와 함께 에널린이 방 안으로 들어왔다.

"……실례합니다, 아가씨. 루이 님이 도착하셨습니다."

"알았어, 지금 갈게."

자리에서 일어서자 평소보다 옷이 무겁게 느껴졌다.

한 걸음 한 걸음 걸을 때마다 옷자락이 공기를 머금어 점점 더 무거워지는 것 같은 기분이었다.

　에널린의 안내를 받아 방 안으로 들어가자 루이가 소파에 앉아서 기다리고 있었다.

　그도 정장으로 몸을 감싸고 머리도 정발제를 발라서 뒤로 빗어 넘기고 있었다.

　루이의 시선이 무심코 나를 향했다.

　순간, 그가 눈을 크게 떴다.

　"……아, 안 어울려?"

　갑자기 불안해져서 물었다. ……드레스는 오렐리아 님이 골라 주신 거니까 문제없다. 문제가 있다면 아마 내가 이 옷을 소화해 내지 못했기 때문일 것이다.

　침묵이 계속될수록 불안은 점점 부풀어 올랐다.

　"……예뻐."

　하지만 나의 불안과는 달리 그는 솔직하게 말았다.

　"뭐……?"

　한동안 그 말을 이해하지 못한 채 이번에는 내가 멍하니 입을 벌렸다.

　"정말…… 예뻐."

　그가 살며시 다가와서 내 손을 잡았다.

　그 온기에 나는 겨우 현실을 인식했다. 얼굴이 붉게 달아올랐다.

　"고…… 고마워."

　정중하게, 마치 공주님을 대하는 것처럼 그는 내 손을 잡았다.

　"……제게 그대를 에스코트할 영광을 주시겠습니까?"

　"기꺼이."

　그대로 그의 팔에 팔짱을 꼈다.

"잘 부탁드려요. ……루이 님."

그리고 우리는 앤더슨 후작가를 나섰다.

오늘은 내가 사교계에 데뷔하는 날.

마차를 타고 왕궁으로 향했다.

"아…… 긴장된다."

"걱정 마, 메리. 너라면 걱정할 필요 없어. ……우리 어머님께 합격점을 받을 정도니까."

"하지만 루이. 그러니까 나는 오히려 사람들의 기대를 뛰어넘어야 해. 뛰어넘지 못하면 스승님이신 오렐리아 님의 얼굴에 먹칠을 하게 될지도 몰라……."

"……이건 너의 첫 출전이야."

루이가 작게 중얼거렸다.

"무섭기도 하고 불안하기도 하겠지. ……하지만 그건 꼭 필요한 감정이야. 그 감정 덕분에 좀 더 신중하게, 한 번 더 생각하고 행동하게 될 테니까. 안 그래?"

그건 그렇다. 나는 고개를 끄덕였다.

그야말로 전장에 나갈 때 신병에게 들려주는 것 같은 말……. 덕분에 머리에 쏙 들어오고 이해하기도 쉬웠다.

"그리고 너라면 무너지지 않을 거야. 그만큼 열심히 노력했고 그걸 활용할 만한 배짱도 있으니까. 그래도 어쩔 수 없다면……."

"……없다면?"

"무슨 일이 있어도 내가 무마해 줄게."

루이의 말에 나는 작게 웃었다.

"그래…… 그렇구나."

살포시 그의 어깨에 머리를 기댔다.

"……내 미래의 남편님. 약한 소릴 해서 미안해. 하지만 괜찮아. 네가 있어 주면 난 괜찮아. 이 정도 두려움 따윈 이겨 내고 말 거야."

"역시 넌 굉장해, 메리."

나를 칭찬하는 그의 얼굴에는 자신만만한 미소가 떠올라 있었다.

머지않아 곧 왕궁에 도착했다.

"자, 메리."

루이의 손을 잡고 마차에서 내렸다.

에스코트를 하기 위해 루이가 내 허리에 팔을 감았다.

이 에스코트 자세는 상대와 호흡이 맞지 않으면 걷기가 힘들다.

하지만 나는 그를 전폭적으로 신뢰하기 때문에 그의 손에 의지한 채 안심하고 걸을 수 있었다.

복도에는 나처럼 사교계 데뷔를 맞이한 여성들이 줄을 서 있었다.

그 줄에 끼어서 우리도 여왕을 알현하기 위해 기다렸다.

곧 우리 차례가 돌아왔다. 나와 루이는 안내인을 따라 알현실로 들어갔다.

루이의 에스코트를 받으며 조용히 왕좌로 다가갔다.

고위 귀족의 자제들이 왕족을 알현하는 형식으로 사교계에 첫발을 디디는 것은 더없이 명예로운 일이다.

남성은 기본적으로 혼자 인사하고 여성은 누군가에게 에스코트를 받아 왕족을 알현한다.

에스코트는 일반적으로 가족들이 해 주지만 약혼을 했을 경우 약혼자가 하는 것도 가능하다. ……그래서 나는 루이에게 에스코트를 맡긴 것이다.

알현실은 이 나라에서 가장 지위가 높은 여성을 알현하기 위한 방답게 과연 아름답고 호화로웠다.

나란히 늘어선 대리석 기둥은 매끄러운 광택이 흐르고 금세공이 장식되어 있었다.

 바닥도 대리석이지만 왕좌까지 일직선으로 새빨간 융단이 깔려 있어서 아쉽게도 거울처럼 반들반들한 대리석 바닥을 자세히 볼 수는 없었다.

 그럴 수만 있다면 아름다운 내부를 찬찬히 둘러보고 싶지만 여왕을 알현하기 위해 걷고 있는 지금 그건 당연히 불가능했다.

 그래서 그저 앞을 보며 걷다가 지정된 위치에 멈춰 섰다.

 그리고 손가락 끝까지 신경을 곤두세우며 예를 표했다.

 "……고개를 들라."

 여왕의 말에 우리는 고개를 들었다.

 왕좌에는 한 중년 여성이 앉아 있었다. 위엄이 넘치는 당당한 모습은 그야말로 왕의 풍모였다.

 머리 위에는 그녀를 위해 만들었다는 여성용 왕관이 씌워져 있었다. 남성용보다 작고 가볍지만 충분히 화려하고 아름다운 왕관이었다.

 "앤더슨 후작가의 장녀, 메를리스 레제 앤더슨입니다."

 여왕 옆에 서 있는 시종이 내 이름을 고했다.

 "……직접 대답하는 것을 허락한다."

 "영광입니다."

 "메를리스 레제 앤더슨. 드디어 만났구나."

 "일전의 다과회에서는 큰 실례를 저질렀습니다. 이렇게 뵙게 되어서 정말 기쁩니다."

 방금 고개를 든 후로 여왕 폐하의 시선이 꽤나 따갑게 느껴지는데…… 혹시 나를 살펴보는 걸까, 아니면 뭔가 다른 의미가 있는 걸까.

어쨌든 위엄으로 가득 찬 그 시선에 조금만 긴장을 풀면 곧 위축될 것만 같았다.

"……아주 멋진 드레스로구나."

너무 갑작스러운 말이라 한순간 얼굴에는 드러내지 않았지만 내심 혼란에 빠졌다.

그 말을 있는 그대로 받아들여도 되는 걸까, 아니면…….

"감사합니다. 약혼자의 어머님이신 오렐리아 님께서 조언해 주신 드레스입니다. 폐하께서 칭찬하셨다고 전해 드리면 오렐리아 님도 무척 기뻐하실 겁니다."

"뭐…… 내 생각을 솔직하게 말했을 뿐이란다. 그대에게 정말 잘 어울리는구나. ……루이 경도 아주 자랑스럽겠는걸?"

……사교계 데뷔 인사를 드리는 알현이란 원래 이렇게 한 사람 한 사람 길게 하는 거였나? 형식적인 인사만 하고 끝인 줄 알았는 데…….

그런 의문이 머릿속을 스치고 지나갔다.

"……그렇습니다. 외람되오나 솔직하게 말씀드리자면 다른 영식들이 사랑하는 약혼녀에게 눈길을 빼앗기진 않을까 걱정돼서 견딜 수 없습니다."

사랑하는 약혼녀……. 그 말을 들은 순간 여왕 폐하 앞인데도 얼굴이 붉게 달아올랐다.

"사이좋은 한 쌍이구나. 메를리스 영애도 루이 공이 싫지 않은 것 같은데."

내 표정의 변화를 눈치챈 듯한 여왕 폐하가 쿡쿡 웃으며 말했다.

"네. ……저도 그를 사랑합니다. 그에게 어울리는 사람이 되기를 늘 간절히 바라고 있습니다."

"어울리는 사람이라니……. 저야말로 메를리스에게 어울리는 남
자가 되기 위해서 늘 노력하고 있습니다. 메를리스가 있기 때문에
노력할 수 있는 거지요."

"어머나……."

호호호……. 여왕 폐하는 즐거운 듯이 웃었다.

"정말 다정한 한 쌍이구나. ……흐뭇하기도 해라. 메를리스 영애,
그대의 앞날을 축복하노라."

여왕 폐하의 말에 우리는 또다시 머리를 숙였다.

그리고 예를 표한 후 알현실을 떠났다.

† † †

오늘 밤 무도회는 종종 사람들의 입에 오르내릴 만큼 주목받는 무
도회였다.

다름 아닌 '저' 앤더슨 후작 영애가 오늘 밤 무도회를 통해 사교계
에 데뷔하기 때문이다.

앤더슨 후작가……. 가주는 영웅으로 이름 높은 가젤 더즈 앤더슨.

그 직계이면서도 지금까지 한 번도 사람들 앞에 나선 적이 없는 영
애.

그녀가 바로 메를리스 레제 앤더슨이다.

보통 아무리 사교계에 데뷔하지 않았더라도 얼굴을 본 사람이 아
무도 없는 것은 있을 수 없는 일이다.

가까운 가문의 아이들끼리 친분을 쌓는 경우도 있고 아이들만의
조촐한 다과회를 열 때도 있기 때문이다.

하지만 화제의 소녀는 그런 모임에 참석한 적조차 단 한 번도 없었다.

가젤 장군의 위광 덕분에 크게 구설수에 오르지는 않았지만 한때는 사람들 앞에 모습을 드러낼 수 없을 만큼 추한 외모라는 소문마저 나돌았을 만큼 특이한 일이었다.

……그러나 사람들의 관심이란 시간이 흐를수록 점차 줄어들고 소문도 잠잠해지기 마련이다.

그녀의 존재도 차츰 화제에 오르지 않게 되었고 이윽고 사람들의 기억 속에서 사라져 갔다. ……아니, 그랬어야 했다.

그러나…… 그 수수께끼의 소녀는 '저' 아르메리아 공작가의 자제와 약혼하면서 또다시…… 아니, 전보다 더욱 화제의 대상이 되었다.

아르메리아 공작가…… 가장 권세 높은 귀족이자 대대로 재상을 배출한 가문.

그런 가문의 자제와 혼인으로 인연을 맺고 싶어 하는 것은 딸을 가진 가문이라면 누구나 당연한 일이다.

그러나 그는 아무리 열렬하게 구애해도 은근슬쩍 빠져나갈 뿐, 지금껏 어떤 영애와도 약혼하지 않았다.

그런데 설마…… 설마 앤더슨 후작가의 영애와 약혼할 줄이야!

그 영향은 결코 작지 않았다.

이 나라의 문벌과 무벌의 정점에 선 두 가문이 맺어지는 것이나 다름없으니까.

현재 누구나 좋은 의미로든 나쁜 의미로든 그녀를 주목하고 있다.

그녀를 포함하여 권세 높은 아르메리아 공작가의 덕을 보고 싶은 자.

막강한 권세를 자랑할 두 사람의 약혼을 저지하고 싶은 자.

두 사람의 약혼을 막고 자신이 그 약혼녀 자리를 차지하고 싶은 자.

그로 인해 오늘 무도회는 모종의 열기에 감싸여 있었다.

"……어라, 드랑바르도 백작. 꽤나 즐거워 보이는군요."

어째서인지 즐거운 표정으로 연회장을 관찰하던 드랑바르도 백작은 낯익은 인물의 인사에 일단 관찰을 중단했다.

"네. 화제의 두 사람을 보는 게 기대돼서요. ……제 아들은 이미 약혼녀가 있어서 순수하게 구경이나 하며 즐길 수 있으니까요."

"그건 그렇군요. ……그러고 보니 자제분은?"

"저쪽에서 약혼녀와 인사를 하러 다니고 있습니다."

"아, 그렇군요. ……부럽습니다. 자제분은 화제의 인물들과 같은 세대. 앞으로 교류할 기회가 얼마든지 있겠지요. 우리 아이는 아직 너무 어려서……."

"아……. 확실히 그건 잘된 일이지요."

두 남자가 그런 이야기를 나누고 있을 때, 문득 입구가 부자연스러울 만큼 조용해졌다.

조금 전까지 여느 무도회와는 다르게 다들 열기에 휩싸인 채 간신히 품위가 손상되지 않는 선에서 열을 올리며 화제의 두 사람에 대해 떠들어 대고 있었는데.

"……대체 무슨 일이죠?"

드랑바르도 백작이 주위를 살펴보며 상대에게 물었다.

상대방 남자는 그 물음에 아무런 대답도 하지 않았다.

그 반응을 의아하게 생각하며 드랑바르도 백작도 그가 바라보는 방향으로 시선을 향했다.

그리고…… 그 또한 얼어붙었다.

모두의 시선 끝에 있는 서 인물…… 그것은 화제의 중심 중 한 명인 루이 드 아르메리아의 에스코트를 받고 있는 여성이었다.

……메를리스 레제 앤더슨.

투명하리만치 하얀 피부에 하늘하늘 흔들리는 은실 같은 플래티나블론드.

장인이 심혈을 기울여 만들어 낸 인형 같은, 그야말로 완벽한 미모를 자랑하는 얼굴.

반짝반짝 빛나는 엷은 물색 눈동자가 유일하게 그녀가 인간이라는 사실을 말해 주고 있었다.

그녀의 그 상식을 벗어난 아름다움에…… 모두가 매료되어 아무 말도 하지 못했다.

그저 멍하니 그녀를 바라볼 뿐.

인사를 하려고 무도회장 입구 근처에서 그들이 등장하기를 이제나저제나 기다렸던 사람들도 그녀의 아름다움에 넋이 나가서 그들이 지나가는 것을 멍하니 지켜볼 수밖에 없었다.

쥐 죽은 듯 고요한 무도회장 안을 그들은 천천히 걸었다.

그저 걷기만 해도 마치 그림 같아서 모두가 꿈을 꾸는 듯한 심정으로 그녀의 우아한 모습을 바라보았다.

두 사람은 무도회장 중앙보다 조금 뒤쪽에 멈춰 서서 이야기를 나누기 시작했다.

때때로 서로를 바라보며 즐거운 미소를 짓기도 했다.

……정말 다정해 보이는군.

그 모습을 지켜보던 모든 사람이 일제히 그런 감상을 품었다.

이윽고 음악이 멈추자 모두가 앞을 향했다.

머지않아 뒤쪽에서 여왕 폐하가 나타났다.

그 뒤로는 제1왕자 에드거 르 타스멜리아의 모습도 보였다.

여왕에게 물려받은 짙은 감색 눈동자에는 강한 의지가 깃들어 있고 잘 단련된 육체는 옷 위로도 알 수 있을 만큼 탄탄했다.

위풍당당하게 등장한 그 모습에 겉으로는 드러내지 않아도 영애들은 화색을 감추지 못했다.

사실 왕세자 에드거에게는 약혼녀가 없다.

보통은 있을 수 없는 일이지만 마침 약혼녀를 고르기 시작할 무렵 당시 혼수 상태였던 부친이 돌아가셔서 상복을 입어야 했고, 결국 그대로 약혼녀를 고르지 못한 채 시간이 지나고 말았다…… 라는 사정 때문이다.

"모두 즐거워 보여서 다행이군요. 트와일 국과 정전이 체결된 후로 많은 시간이 흘렀습니다. 평화로운 세상에서 이 나라 아이들이 무럭무럭 건강하게 자라는 모습을 지켜보는 것은 무척 기쁜 일이지요. ……새로운 시대가 눈앞으로 다가온 것을 깊이 실감했습니다. 오늘 연회에는 다양한 세대의 분들이 참석했습니다. ……모두에게 의미 있고 즐거운 연회가 되기를 바랍니다."

여왕의 인사가 끝나자 악단이 곡을 연주하기 시작했다.

화제의 인물인 메를리스와 루이가 춤을 추기 시작했다.

두 사람이 춤을 추는 모습을 바라보며 과연 앤더슨 후작 영애와 아르메리아 공자라고 모두가 감탄했다.

이윽고 첫 곡이 끝나고 두 사람은 각각 다른 파트너와 춤을 추기 시작했다.

그 파트너를 보고 또다시 무도회장 안이 조금 술렁거렸다.

……놀랍게도 메를리스의 파트너는 에드거 왕자였다!

에드거 왕자가 적극적으로 춤을 신청했다는 사실에 모두가 놀라움을 금치 못했다. ……지금까지 에드거 왕자는 염문 한 번 뿌린 적이 없는 인물이었기 때문이다. 굳이 따지자면 그는 여성과 연애를 즐기기보다는 같은 남자와의 우정을 더욱 소중히 여기는, 그런 젊고 풋풋한 청년이었다.

그러나 메를리스에게는 루이라는 약혼자가 있었다……. 댄스곡이 끝나자 두 사람은 즐거운 듯이 두세 마디 대화를 나눈 후 헤어졌다.

그리고 메를리스는 또다시 다른 파트너와 춤을 추기 시작했다.

그 후로 몇 번 더 춤을 춘 후 메를리스는 루이를 따라 여기저기 귀족들에게 인사를 하러 다녔다.

"……오랜만입니다, 드랑바르도 백작님."

이윽고 두 사람에게도 메를리스와 루이가 찾아왔다.

"오, 루이 공자. 오랜만입니다. 오늘은 아름다운 약혼녀도 함께로군요. 정말 부럽습니다."

"감사합니다. ……소개드리지요. 약혼녀 메를리스입니다."

"처음 뵙겠습니다, 드랑바르도 백작님. 앞으로 잘 부탁드려요."

"물론이지요. 저야말로 앞으로 잘 부탁드립니다. 제 아들도 오늘 연회에 참석했답니다. 아쉽게도 지금 여기에는 없습니다만……."

드랑바르도 백작은 두리번두리번 주위를 살펴봤지만 결국 아들을 찾지 못했는지 아쉬운 표정을 지었다.

"댄 영식 말씀이군요. 학원에서 늘 많은 도움을 받고 있습니다."

"아닙니다, 오히려 아들이 도움을 받고 있겠지요. ……그러고 보니 메를리스 영애는 올해 학원에 입학하지요?"

"네, 맞아요. 댄 영식의 약혼녀 플라르 영애도 올해 입학하신다죠? 기대되네요."

잘 알고 있군. 드랑바르도 백작은 내심 감탄했다.

"……그러고 보니 드랑바르도 백작님. 얼마 전 부인과 함께 루벨 지방에 다녀오셨다죠?"

"네, 어디서 들으셨습니까? 사실은 아내가 그곳의 생선 요리와 도자기를 무척 마음에 들어 해서요."

"어머…… 맞아요. 그곳 생선 요리는 정말 일품이죠. 게다가 루벨 지방의 도자기는 붉은빛이 아름다워서 부인께서 마음에 들어 하시는 것도 이해가 되네요."

"호오…… 그렇습니까! 메를리스 영애는 도자기에 대해 잘 아시나 보군요?"

"부끄럽지만 잘 안다고 할 정도는……. 그저 지난번 여행을 갔을 때 봤는데 너무 아름다워서 다음에는 도자기를 수집해 볼까 생각하던 참이랍니다."

"오, 그렇군요. ……그럼 우리 집에 한 번 놀러 오시지 않겠습니까? 아내가 수집한 도자기가 아주 많답니다."

"어머나……! 정말 기대되네요! 폐가 되지 않는다면 꼭 가겠습니다."

"네. 그럼 초대장을 보낼 테니 꼭 와 주십시오."

"감사합니다."

"그럼 이만 실례하겠습니다."

두 사람은 나란히 머리를 숙인 후 드랑바르도 백작과 헤어져서 다른 사람에게 인사를 하러 갔다.

† † †

무도회가 끝난 후 메를리스와 루이는 마차에 올라탔다.

긴장에서 해방된 탓일까, 아니면 순수하게 피곤하기 때문일까, 메를리스는 옆에 앉아 있는 루이에게 기대고 있었다.

"……수고했어."

루이가 살포시 메를리스에게 말을 건넸다.

"고마워, 네 덕분에 많은 사람을 알게 됐어."

"아니, 나는 단순히 연결고리를 만들어 준 것뿐……. 그다음부터는 네 힘이야."

그것은 과장 없는 진심이었다.

오늘 밤 무도회에서 메를리스는 루이도 옆에서 혀를 내두를 만큼 뛰어난 수완으로 많은 귀족의 마음을 사로잡았다. 루이가 소개해 준 사람들 외에도 그들 부인들의 소개로 많은 여성과 가까워진 것이다.

……오늘만 해도 대체 몇 사람과 친분을 맺게 됐는지 모른다.

게다가 옆에서 보기에 결코 그녀가 먼저 적극적으로 다가간 것도 아니다.

그저 그녀와 친분을 맺은 자들이 그 친분을 과시하는 것처럼, 또는 그녀에게 도움이 되고자 자진해서 그녀가 인맥을 넓히도록 돕는 것처럼 차례차례 지인들을 소개해 준 것이다.

그 짧은 시간 동안 상대의 마음을 움켜잡는 모습은 놀랍기 그지없었다.

……타고난 능력은 아니다.

전적으로 루이와 약혼한 후 매일 노력해서 얻은 능력이다.

오렐리아가 내준 과제에 그치지 않고 메를리스는 스스로 지식을 넓히기 위해 적극적으로 화제의 책을 읽고 실제로 현지를 찾아가서 오감으로 느끼곤 했다.

그리고 오렐리아와 매일같이 이야기를 나누며 대화의 경험을 쌓아 온 것이다.

그 하루하루의 노력이 오늘 이곳에서 꽃을 피운 셈이다.

생각에 잠겨 있을 때 그녀의 무게가 살짝 더해졌다.

슬쩍 고개를 움직여 살펴보자 아무래도 그녀는 본격적으로 잠의 세계에 빠져든 모양이었다. ……이제 곧 도착인데. 조금 난처한 심정으로 쓴웃음을 지으면서도 그냥 내버려 뒀다. 마차는 얼마 후 앤더슨 후작가에 도착했다.

"……메리."

살며시 몸을 흔들자 그녀는 곧 눈을 떴다.

"안녕, 메리."

"루이…… 어라? 왜 루이가…….."

메를리스는 조금 졸린 듯이 몇 번이나 눈을 깜빡거리며 고개를 갸웃거렸다.

하지만 머지않아 정신이 들었는지 곧 몸을 일으켰다.

"미, 미안해……. 기껏 바래다줬는데 잠들어서."

"괜찮아. 그만큼 피곤해서 그렇겠지. 오늘은 일찍 자도록 해."

"으, 으응……. 그럴게. 고마워, 루이."

그녀를 에스코트해서 집 안으로 데려다준 후 그는 다시 마차에 올라탔다.

그리고 자신의 집인 아르메리아 공작가로 돌아갔다.

"오. 어서 오너라, 루이."

먼저 집에 돌아와 있던 로멜르가 거실 소파에 편하게 앉아서 루이에게 말을 건넸다.

"웬일이십니까? 요즘 집무실이 아닌 곳에서는 통 모습을 볼 수 없었는데."

루이의 말에 로멜르는 쓴웃음을 지었다.

"저도 함께 마셔도 될까요?"

그렇게 물으며 루이도 로멜르 맞은편에 앉았다.

"너야말로 웬일이냐. 네가 먼저 술상대가 되어 주겠다고 하다니."

"음, 뭐."

고용인이 가져온 술잔에 루이가 직접 술을 따랐다.

"……예쁘더구나, 메리. 아주 여기저기 약혼녀 자랑을 하고 다녔다면서?"

놀리는 것처럼 씨익 웃는 로멜르를 바라보며 루이는 무표정하게 술을 마셨다.

"여왕 폐하 앞에서도 자랑을 했다니 정말 대단해."

즐거운 듯이 몇 번이나 고개를 끄덕이는 로멜르를 향해 루이는 싸늘한 시선을 던졌다.

"정보 수집이 빠르시군요."

"……뭘 새삼스럽게."

"하긴. ……하지만 자랑할 만도 하지 않습니까."

후우. 어이없다는 듯이 루이는 짧은 한숨을 쉬었다.

"제 마음을 솔직하게 말한 것뿐 자랑을 할 생각은 없었습니다. ……여왕 폐하 앞에서만 빼고."

"위험한 소릴 하는구나."

"그럴 수밖에 없었습니다. ……근거는 없지만 여왕 폐하를 알현할 때 그분에게서 메리에 대한 집착 같은 걸 느꼈습니다. 솔직히 말하면 그래서 일부러 더 다정한 척한 겁니다."

"집착이라……. 잘은 모르겠지만 메리가 아이리야 님 마음에 쏙 든 모양이구나. 너라는 약혼자가 있는데 메리에게 춤을 신청하라고 에드거 왕자를 강제로 떠밀 만큼."

에드거 왕자에게는 아직 약혼녀가 없다.

무도회는 귀족 자녀들의 만남의 장이다……. 차기 국왕인 에드거 왕자가 굳이 적극적으로 나서서 상대를 찾을 필요는 없지만 함께 춤을 추거나 대화를 나누며 시간을 공유하는 것은 약혼녀 후보들의 자질을 파악할 수 있는 좋은 기회다.

그런 만큼 보통은 약혼자가 있는 메를리스에게 춤을 청하기보다는 약혼녀 후보들과 춤을 추는 것이 바람직하다.

특히 춤은 연주곡 수가 미리 정해져 있어서 그 곡의 수만큼밖에 기회가 없기 때문에 더더욱 그렇다.

"네. 그러니까 그때 그 직감은 정답이었습니다. 아르메리아 공작가의 적자인 저와 이미 약혼을 했다는 사실도 견제가 되겠지만 그걸로는 부족할까 봐 한껏 다정한 모습을 보여 드린 겁니다."

"그래, 확실히 필요한 행동이었구나. 네가 그 아이의 손을 놓고 싶지 않다면."

"네, 물론이죠. 설령 그녀가 원한다 해도 저는 이미 그녀를 놓아줄 수 없습니다."

그 말에는 절대적인 울림이 있었다.

그만큼 그의 진심이 담겨 있기 때문이다.

"……끈질긴 남자는 미움받는다?"

"남 말 할 처지가 아니실 텐데요……. 어머님께 들은 적이 있어요. 옛날 아버님이 어떻게 구애했고 그때 어머님의 심정은 어땠는지. 뭐라고 하셨는지 지금 말씀드릴까요?"

"자, 잠깐, 잠깐! 그것만은 참아 줘!"

"'그건…… 그래요. 내가 학원에 입학하기 전이었지요. 그때 나는……'."

황급히 말리는 로멜르를 무시하고 루이는 오렐리아에게 들은 이야기를 그대로 옮기 시작했다.

"내가 정말 잘못했다! 그러니까 제발 그것만은……!"

필사적인 사과에 루이는 겨우 입을 다물었다.

로멜르는 보기 드물게 초췌하기 짝이 없는 표정을 짓고 있었다.

"오렐리아는 하필 왜 루이한테 그런 얘길 한 걸까……."

로멜르는 투덜거리며 고개를 숙였다. 마치 격렬한 싸움을 벌인 후 기진맥진한 듯한 모습이었다.

"……언젠가 도움이 될 거라며 어릴 적 어머님이 장난삼아 들려주셨습니다. 기억해 둬서 다행이군요."

"넌 정말 아이답지 않은 아이였구나……."

"네. 어떤 분 덕분에."

"대체 누구냐, 그 녀석은?! 내가 가서 따져야지."

그 말에 루이는 미소를 지으며 썰렁한 눈으로 로멜르를 바라보았다.

그 눈빛을 본 로멜르는 더 이상 짓궂은 장난은 슬슬 위험할 것 같다고 판단했는지 헛기침을 하며 분위기를 전환했다.

"그건 그렇고…… 림멜 공국에는 내일 떠나기로 결정됐다."

"아…… 겨우 일정이 조정됐습니까. 그건 그렇고 급하게 출발하는군요."

"그래. 원래는 다다음 주였는데…… 피차 사정이 좀 안 맞아서 두 번째 후보였던 다음 주로 정해졌다."

"아버님께서 이번에 방문하실 곳은 온건파 두 가문이지요?"

"그래. 지난번 조사 결과를 이용해서 쐐기를 박고 오마. 그리고…… 이 일을 알고 있는 사람은 여왕 폐하와 외무대신, 실무 관계자 몇 명, 그리고 너뿐이다. 대대적으로 알리고 갈 수는 없으니까 호위를 확보하고 너에게 업무만 확실하게 인계해 두면 될 것 같구나. 그 문제는 전부터 이런 사태가 발생했을 때를 대비해서 자세히 업무 공유를 해 왔으니까 괜찮겠지?"

"네. 호위는 어떻게 하실 겁니까?"

"가젤의 추천으로 몇 명 확보했다. ……물론 가젤이나 메리를 데려가는 게 제일 좋겠지만."

"강한 호위가 있으면 인원을 줄여도 어느 정도 안심할 수 있으니까요. 은밀하게 행동하려면 그게 더 편하고."

"뭐 그렇지. 어차피 두 사람을 데려가는 건 무리니까 어쩔 수 없지만. ……어쨌든 내일부터 잘 부탁한다."

"네."

이윽고 루이는 술잔을 비운 후 로멜르에게 그만 가 보겠다고 말하고 자신의 방으로 돌아왔다. 방으로 돌아와서 타이를 느슨하게 풀고 의자에 앉았다.

이미 날짜가 바뀐 지 한참 지난 시간이었다.

평소 늘 깨어 있는 시간이지만 역시 무도회에 참석하고 온 날은 특히 피곤하다.

"……루이 님."

의자에 깊숙이 걸터앉아서 천장을 바라보며 멍하니 생각에 잠겨 있을 때 등 뒤에서 베른이 소리 없이 나타났다.

"베른이냐. 무슨 일이지?"

"저도 로멜르 님과 함께 림멜 공국에 갔다가 당분간 그쪽에 잠입할 예정이라 인사를 드리러 왔습니다."

"……그렇군. 이번에는 얼마나 있다 올 거지?"

"상황에 따라 다르겠지만 반년이나 1년 정도입니다."

"그렇군……. 요즘 계속 이쪽과 저쪽을 왔다 갔다 하더니 아예 저쪽에 눌러앉는 건가."

"네. 그것도 다 림멜 공국에서 타스멜리아 왕국을 정탐할 요원으로 선발된 덕분에 가능했던 일이죠. 그런데 제가 요즘 너무 눈에 띄게 행동했던 건 아닐까 반성이 되는군요."

"기껏 앤더슨 후작가의 훈련에 참가할 수 있게 됐는데."

"덕분에 저쪽에 발탁된 겁니다. 짧은 기간이었지만 제1사단 소속에 앤더슨 후작가의 훈련에도 참가했으니까요."

"가젤 장군의 명성은 헛된 게 아니었단 말이군."

"그렇습니다. ……훈련에 참가하며 느꼈습니다만 그 명성은 결코 허명이 아니었습니다. 장군은 물론 그 직속 부하들까지, 각국에서 경계하는 것도 고개가 끄덕여질 만큼 뛰어난 실력을 지니고 있습니다."

"그러니까 더더욱 그 가문을 지키지 않으면 안 돼. ……그게 곧 나라를 지키는 길로 이어질 테니까."

"그렇습니다."

베른의 수긍에 루이는 가볍게 한숨을 내쉬었다.

"영구 근신 처분이 내려졌다지만 벨스가 그대로 얌전히 지낼 리 없어. 이제부터 더더욱 그자와 그자 주위의 움직임을 주시해야 해. ……그러니까 네가 있어 주면 편할 텐데."

"죄송합니다. 둘 다 쉽게 할 수 있는 일이 아니라서요."

"그건 그렇지. 다른 자를 움직일 수밖에 없겠군."

"……그러고 보니 키워 보고 싶은 사람이 한 명 있습니다."

"뭐? 그게 누구지?"

루이는 무심코 몸을 앞으로 내밀며 물었다.

"에닐린이라는 메를리스 님의 시녀입니다. 이미 메를리스 님에게 지도를 받고 있어서 여성이면서도 나름대로 전투력을 갖추고 있고, 애국심도 강하고, 또 냉정한 성격입니다. ……여성이 아니면 잠입하기 힘든 곳도 있으니까 앞으로는 여성 첩자 육성에 좀 더 힘을 써야 한다고 생각합니다만, 그런 점에서도 그녀가 적임이지 않을까요."

"그렇군……. 다음에 네가 돌아오면 그때 타진해 보지."

"네, 그렇게 하시죠. 루이 님께서 제안하는 게 받아들이기도 쉬울 테니까요."

"알았다. ……이쪽 일은 이쪽에서 어떻게든 하지. 너의 무운을 빈다."

"고맙습니다."

베른은 정중하게 예를 표한 후 그 자리를 떠났다.

제9장
공작 부인, 학원에 다니다

무도회가 끝난 후 눈 깜짝할 사이에 시간은 흘러 어느덧 학원에 입학할 때까지 시간은 채 한 달도 남지 않았다.

　무도회에 참석한 후로는 그곳에서 알게 된 사람들의 집을 방문하느라 꽤 바쁜 나날을 보냈다.

　드랑바르도 백작가를 비롯하여 카르디나 백작가, 다나스 백작가, 마엘리아 후작가, 던글리 후작가, 필리스 후작가, 루돌프 후작가, 그리고 텔로즈 백작가 등등…… 어느 한 그룹에 치우치지 않고 그날 인사했던 모든 사람에게 초대를 받았고 그들 모두의 집을 방문했다.

　실제로 돌아다니며 각 가문의 이해관계나 권력관계를 직접 살펴볼 수 있었고, 또 각 가문의 사업과 재정 상태를 소문으로 들을 수 있어서 무척 많은 공부가 됐다.

　물론 소문의 진위는 알 수 없기 때문에 반쯤 흘려듣긴 했지만.

　또한 부인들은 정보에 민감하다는 사실을 경험을 통해 알게 됐다.

　역시 다과회나 파티는 그런 정보를 얻기 위해서라도 중요한 자리다.

……기껏 맺은 인연이 끊이지 않도록 학원에 입학하기 전에 다시 한번 이번에 친해진 사람들을 만나고 싶었다. 그래서 이번에는 내가 사람들을 모두 초대해서 우리 집에서 파티를 열 생각이다.

다만 파티를 주최하려면 많은 신경을 써야 한다.

각 가문이 주최하는 파티는 주최자의 센스가 가장 많이 드러나는 자리.

모임이 시시하면 도중에 자리를 뜨는 사람도 있고, 그런 일이 반복돼서 '센스 없는 사람'으로 낙인찍히면 아무도 파티에 참석하려 들지 않는다.

……그래서 대체 어떤 파티를 열면 좋을지 고민 중이다.

무도회…… 지난번에 다른 가문에서 열었다.

만찬회…… 재미없는 선택이지만 제일 무난하고 괜찮은 선택일지도 모른다.

그런 생각을 하며 파티를 준비하기 위해 필요한 것들을 잊어버리지 않도록 꼼꼼하게 메모했다.

문득 메모지가 떨어져서 뭔가 쓸 만한 건 없을까 하고 책상을 열어 안에 들어 있는 종이를 꺼냈다.

……종이를 펼쳐 보자 연락처가 적혀 있었다.

그것은 그 이름 모를 마을에서 구해 준 브리트니라는 가수에게 받은 것이었다.

그러고 보니 그녀는 지금 어떻게 지내고 있을까……. 그런 생각을 하고 있을 때였다.

노크 소리와 함께 안나가 방 안으로 들어왔다.

그리고 익숙한 손놀림으로 차를 끓여서 책상 가장자리에 놓았다.

"고마워, 안나. ……참, 안나. 너 브리트니라는 가수 기억나?"

"네, 물론이죠. ……그러고 보니 메를리스 님. 얼마 전 거리에 장을 보러 갔다가 우연히 그녀가 소속되어 있는 가극단을 봤어요."

"호오…….."

"에트와르라는 이름이었어요."

"에트와르!"

나도 모르게 일어서서 외쳤다.

내 반응에 안나는 눈을 깜빡거리며 놀랐다.

"유명한 가극단이야! 이번 신작 가극이 굉장히 평판이 좋던데."

왕도에서도 1, 2위를 다투는 유명한 가극단…… 그게 바로 에트와르 가극단이다.

새로 발표한 가극은 인기가 너무 많아서 좀처럼 표를 구하기 어렵다는 얘기도 들었다.

"그래! 바로 그거야! ……브리트니한테 파티에 참석해서 자리를 빛내 줄 수 있는지 부탁해 봐야지. 고마워, 안나."

개인 저택에서 파티를 열 경우, 가극단을 불러서 1막을 연기해 달라고 부탁하거나 화제의 음악가를 초빙해서 연주를 부탁하는 경우가 있다.

비슷비슷한 파티만 참석하다 보면 모두 질리기 마련. 따라서 파티에 어떤 이벤트가 있느냐도 중요한 포인트다.

……사실 나도 순수하게 에트와르의 가극이 보고 싶기도 했다. 나는 곧 브리트니 앞으로 편지를 쓰기 시작했다.

그렇게 필요한 것들을 수배하고, 초대장을 보내고, 준비를 진행하는 동안 눈 깜짝할 사이에 파티 당일이 되었다.

나는 마담 크레주르의 드레스를 입고 손님들을 맞이했다.

나 혼자 호스트 역할을 하는 것이 조금 망설여졌지만 이번에는 숙녀들의 모임인 만큼 앤더슨 후작가에서는 나만 참석했다.

손님들을 맞이하고 인사를 나누는 자리에는 아버님도 함께하긴 했지만.

"어서 오세요, 카르디나 백작 부인."

제일 먼저 도착한 초대 손님에게 인사를 건넸다.

"어머나……. 가젤 장군님, 안녕하세요. ……메를리스 영애, 오늘 초대해 줘서 정말 고마워요. 내가 너무 일찍 도착했나요? 오늘 파티를 너무 기대하다 보니 그만……."

"아니에요, 무슨 말씀을. 기대를 충족시켜 드릴 수 있을지는 모르겠지만 다들 즐거운 시간을 보낼 수 있도록 노력하겠습니다."

"후후, 겸손하시기는. ……그건 그렇고 굉장하네요. 설마 에트와르의 브리트니를 초대할 줄이야! 역시 메를리스 영애는 대단해요."

드랑바르도 백작 부인은 흥분한 얼굴로 말했다.

"우연이지요. 저도 그녀의 무대를 무척 기대하고 있답니다."

연락을 하고 나서 알게 됐지만 브리트니는 무려 에트와르의 간판 가수였다.

역시 파티에 부르는 건 무리겠지……하고 반쯤 포기했지만 브리트니는 "멜 님께 도움이 될 수 있다면 앤더슨 후작가의 초대를 기꺼이 받아들이겠어요."라며 흔쾌히 수락했다.

그리고 오늘, 브리트니는 이미 노래를 부를 준비를 하고 있다.

기대된다. 나 역시 그녀의 노래를 상상하며 그 후로 쉴 새 없이 도착하는 손님들과 인사를 나눴다.

초대 손님들이 모두 도착한 후 파티가 시작되었다.

아버님과 인사를 나누고 홀에 들어온 손님들은 곧 브리트니의 목소리에 도취되었다.

그녀는 화제의 가극 1막을 열연해 줬다.

그 가냘픈 몸 어디에서 그런 목소리가 나오는지 묻고 싶을 만큼 압도적인 성량과 요염한 목소리.

무엇보다도 감정을 듬뿍 담아 노래하는 모습은 극의 일부밖에 보지 못했는데도 내용에 빨려 들어 감정이입을 하게 만들었다.

브리트니가 노래를 마치자 모두가 자리에서 일어서서 박수를 쳤다.

그녀가 물러간 후에도 박수는 계속되었다. 잔뜩 흥분한 사람들의 모습에서 이 파티의 성공을 확신했다. 전부 그녀의 노래 덕분이다. 이제 나머지는 이후 다과회에서 내가 어떻게 처신하느냐에 달려 있다.

그런 생각을 하며 사람들을 살롱으로 안내했다.

"아까 브리트니의 노래는 정말 압권이었어요."

모두가 앞다퉈서 입을 열었다.

"맞아요. 저는 저도 모르게 눈물을 흘렸답니다."

"그녀는 이번 연극이 첫 주연이라고 하더군요. ……너무 대단해서 도저히 그렇게 보이지 않지만."

손님들은 차를 즐기며 조금 전 브리트니의 노래에 대해 이야기꽃을 피웠다.

"……그러고 보니 이번에 메를리스 영애도 학원에 입학하지요?"

"네. 그래서 앞으로는 한동안 여러분을 만날 수 없을지도 모른답니다."

"어머나…… 아쉬워라."

"그렇게 말해 주셔서 감사합니다."

"학원 하니까 말인데, 올해는 에드거 왕자님도 입학하시겠군요."

"그러게요. ……그래서 올해는 학원의 동향을 흥미진진하게 지켜 보고 있답니다."

"특히 에드거 왕자님은 약혼녀가 없으니까요. ……혹시 자기가 그분의 눈에 들지는 않을까 가슴을 설레는 분도 있다죠."

"어머, 그렇군요. 몰랐어요."

나는 일부러 장난스럽게 맞장구를 쳤다.

"하긴 모를 수도 있겠네요. 메를리스 영애에게는 멋진 약혼자가 있으니까요."

"그러게요. 루이 님이 약혼자라니, 내가 젊은 아가씨였다면 부러 워서 참을 수 없었을 거예요."

"어머나……."

호호호, 모두가 웃음을 터뜨렸다.

대화는 시종일관 화기애애하게 이어졌고 집으로 돌아갈 무렵에는 다들 만족스러운 미소를 짓고 있었다.

그리하여 내가 처음 주최한 파티는 성공을 거뒀다.

† † †

……파티가 끝나고 며칠 후.

나는 학원으로 가기 위해 마차에 올랐다.

무도회부터 오늘에 이르기까지 그간의 노도 같은 나날을 떠올리 며 마차에 몸을 싣고 달리다 보니 눈 깜짝할 사이에 학원에 도착했 다.

왕도 끄트머리에 자리 잡은 이 학원은 귀족 자제들만 다닐 수 있는 곳이다.

지식을 쌓고 귀족 간의 결속을 높이기 위한 사교의 장.

학원에 도착하자마자 안나에게 짐을 맡기고 강당으로 향했다.

가는 길에 루이를 발견했다.

"안녕, 루이."

그는 친구인 듯한 남학생 몇 명과 이야기를 나누고 있었다. 딱히 심각한 이야기가 아니라 가벼운 잡담을 나누고 있는 것 같아서 평범하게 말을 건넸다.

인사를 듣고 나를 발견한 루이는 친구들과 대화를 중단하고 이쪽으로 다가왔다.

"입학 환영해. 요즘 많이 바쁜 것 같던데 괜찮아?"

"네, 괜찮아요. 체력에는 조금 자신이 있으니까요. ……걱정해 줘서 고마워요."

오렐리아 님께 숙녀 교육 합격점을 받은 후로도 한동안 3일에 한 번꼴로 아르메리아 공작가에 드나들었다.

단순히 좀 더 많은 것을 배우고 싶기도 하고 오렐리아 님과 보내는 시간이 즐겁기 때문이었지만…… 요즘은 여기저기서 날아오는 초대장에 대응하기도 벅차서 통 찾아가지 못했다.

편지로 상황을 설명하자 오렐리아 님은 신경 쓰지 않아도 된다고 답장을 보냈지만.

아무래도 아르메리아 공작가 사람들에게 꽤나 걱정을 끼친 모양이다.

"그렇군. ……학원에 입학하면 초대장도 어느 정도 잠잠해질 거야. 건강이 상하지 않게 조심해."

"네, 그럴게요."

사람들의 눈이 있어서 평소보다 얌전한 말투를 써야 하는 게 답답하다.

지금 이 자리에 다른 사람들만 없었더라면 오랜만에 그를 만난 것이 좋아서 뛸 듯이 기뻐했을 텐데.

"교복 잘 어울려."

루이가 살며시 다가와서 내 귓가에 속삭였다.

그 말에 얼굴이 화르르 달아올랐다. ……아마 지금 내 뺨은 붉게 물들었을 것이다.

"고마워, 루이. ……루이도 그 교복 정말 잘 어울려. 굉장히 늠름하고 멋있어."

이 정도 거리면 다른 사람에겐 들리지 않겠지. 그렇게 생각하며 나도 편한 말투로 말했다.

"아, 으응……."

그런 대화를 주고받고 있을 때, 내가 말을 걸기 전까지 루이와 잡담을 나누던 남학생 두 명이 다가왔다.

"루이, 이제 슬슬 준비해야 해."

"……야, 도르나. 방해하면 안 돼."

도르나라고 불린 빨간 머리 소년을 나무라듯 초록색이 섞인 금발 머리의 청년이 말했다.

두 사람의 대화에 루이와 나는 서로 쓴웃음을 지었다.

"소개하지. 이쪽은 도르나 카타벨리아. 그리고 이쪽은 필립 사지타리아. 나와 같은 반 친구야. 이쪽은 내 약혼녀 메를리스 레제 앤더슨."

"만나서 반가워요. 저는 루이 님의 약혼녀 메를리스 레제 앤더슨이라고 해요."

인사와 함께 머리를 숙였다.

그리고 고개를 들자 두 사람은 어째서인지 멍한 얼굴로 굳어 있었다.

……왜 그러지? 고개를 갸웃거리며 도움을 청하듯 말없이 루이를 바라보았다.

루이는 기가 막힌 듯이 한숨을 쉬며 입을 열었다.

"도르나, 필립."

그저 이름을 부른 것뿐이었지만 두 사람은 겨우 정신을 차렸는지 움찔 몸을 떨었다.

"……실례합니다. 메를리스 님의 아름다움에 말문이 막혀서 그만……. 필립 사지타리아입니다. 앞으로 잘 부탁합니다."

그렇게 말하며 그는 정중하게 내 손을 잡고 손등에 입을 맞췄다.

필립 사지타리아……. 재무대신 사지타리아 백작의 아들인가. 머릿속으로 귀족 명부를 펼치며 추측했다.

"가…… 가젤 장군의 따님 메를리스 님을 만나 뵙게 돼서 여, 영광입니다. ……도르나 카타벨리아라고 합니다. 잘 부탁합니다."

도르나 님도 필립 님과는 반대편 손에 가볍게 입을 맞췄다.

이쪽은 카타벨리아 백작의 아들. 그의 아버님은 군무대신을 맡고 있다.

"정중하게 인사해 주셔서 고맙습니다. 저야말로 앞으로 잘 부탁드려요."

나도 인사를 건넸지만 역시 대답은 돌아오지 않았다.

"……루이 님, 그리고 보니 아까 도르나 님이 슬슬 가 봐야 한다고 말씀하시지 않았나요……."

"아, 그래…… 그렇지. 미안, 입학식 최종 확인을 해야 하거든. ……나중에 다시 만나."

"그래도. 나도 나중에 만나러 갈게요."

루이는 아직 굳어 있는 두 사람을 데리고 서둘러 강당 안으로 들어갔다.

혼자 남겨진 나는 밖에서 물끄러미 강당을 바라보았다.

이 학원의 주요 건물은 다섯 개……. 학습동, 강당, 식당, 도서관, 그리고 기숙사다.

정문을 통해 학습동 지상층을 똑바로 가로지르면 중앙을 도려낸 듯한 장방형의 회랑으로 이어진다.

아치형 기둥이 일정한 간격으로 늘어서 있는 엄숙한 분위기의 회랑을 지나면 입학식과 졸업식, 무도회 등 각종 행사와 파티가 열리는 강당과 식당, 그리고 도서관이 나타난다.

기숙사는 학습동을 가운데 끼고 서쪽은 여자기숙사, 동쪽은 남자기숙사. 각 건물은 학습동에서 긴 구름다리 식 복도를 통해 서로 오갈 수 있다.

나는 몇 걸음 물러서서 물끄러미 그 광경을 바라보았다.

멀리 장방형의 회랑을 도려낸 듯한 가운데 부분…… 그곳은 회랑으로 둘러싸인 중앙정원이다.

어두컴컴하고 온통 흰색으로 도배되어 색채가 빈약한 회랑과는 대조적으로 하늘에서 햇빛이 비치고 바닥에는 잔디가 덮여 있어서 눈이 시원했다. 기둥과 기둥 사이에서 멍하니 중앙정원과 그 너머로 보이는 건물을 바라보고 있을 때, 이윽고 학생들이 강당에 모이기 시작했다.

슬슬 시작하나 보군. 나도 인파에 섞여 강당 안으로 들어갔다.

강당은 전교생이 한꺼번에 모여도 여유가 있을 만큼 엄청난 넓이를 자랑했다.

안쪽에는 단상이 설치되어 있고 그 위로 시선을 향하면 선명한 색채의 스테인드글라스가 끼워져 있었다.

신입생들은 도착한 순서대로 앞쪽부터 의자에 앉기 시작했다.

"……우리 학원에 오신 것을 환영합니다, 학생 여러분. 여러분의 입학을 진심으로 축복합니다."

입학식은 학원장의 인사말로 시작되었다.

요약하자면 열심히 공부해서 지식을 쌓고 동시에 인간으로서 성장해서 국가에 공헌해라…… 뭐 그런 얘기였다.

학원장의 인사가 끝나고 뒤이어 오리엔테이션이 시작되었다.

그때 놀랍게도 루이가 단상으로 올라갔다.

왜 루이가……? 의아해하고 있을 때 사회를 맡은 교사가 그 이유를 설명해 줬다.

학원에는 교사와 학생의 중간 위치에서 학생들을 통솔하는 학생회라는 집단이 존재하는데 그 학생회를 이끄는 학생회장이 바로 루이라고 한다.

……아까 도르나 님이 "슬슬 준비해야지."라고 했던 건 바로 이것 때문이었구나. 나는 혼자 고개를 끄덕였다.

루이는 입학식이 끝난 후의 일정과 앞으로 학원 생활을 하면서 주의해야 할 사항 등을 설명했다.

그 당당한 모습에 학생들 사이에서 감탄과 환성이 흘러나왔다.

물론 그의 설명을 방해하지 않도록 작은 목소리이긴 했지만.

그의 인기를 엿볼 수 있어서 기쁘기도 하고 자랑스럽기도 하고……, 하지만 살짝 질투가 났다.

오리엔테이션이 끝난 후 우리는 학습동으로 이동했다.

학원은 학사과와 기사과, 신학과, 그리고 숙녀과로 나뉘어 있다.

공통 과목인 타스멜리아 왕국어와 역사는 모든 과가 합동으로 편성된 반에서 수강하고 다른 과목은 과별로 수업을 받게 된다.

각 과의 수업과는 별도로 원한다면 다른 과의 수업을 들을 수 있지만…… 기본적으로 숙녀과 학생은 다른 과의 수업을 들을 수 없다.

……그건 반대도 마찬가지다.

다른 과 학생이 숙녀과 수업을 듣는 경우는 절대 없다. ……즉 남성과 여성이 같은 수업을 들을 수 있는 것은 공통과목뿐이라는 얘기다.

참고로 합동반을 편성할 때는 신분이나 성적은 고려하지 않는다고 들었지만…… 과연 어디까지 진실일까.

그런 생각에 잠긴 채 나는 강당을 나올 때 나눠 준 반편성표를 보며 내가 배정받은 반을 찾아갔다.

교실에는 벌써 절반 정도의 학생들이 도착해 있었고 몇 명은 이미 아는 사이였다.

……그중에는 에드거 왕자도 있었다.

그와 친분이 있는 델리트리 백작 자제와 던글리 후작 자제가 함께 있는 걸 보면 역시 어느 정도 배려해서 반을 편성하는 모양이다.

……그럼 내가 이 반에 배정된 것도 아버님의 이름 덕분일까…….

교실을 둘러보다 에드거 왕자와 눈이 마주쳤다. 가볍게 인사를 한 후 적당히 빈자리에 앉았다.

머지않아 교사가 교실로 들어왔다.

"여러분, 입학을 축하합니다. 저는 이 반의 지도교사를 맡게 된 엘드란이라고 합니다. 잘 부탁합니다. 여러분은 앞으로 3년 동안 같은 반에서 공부하게 될 겁니다. 먼저 순서대로 자기소개를 해 보세요. 그럼 오른쪽 앞부터 시작해 볼까요."

지도교사의 말대로 순서대로 자기소개가 시작됐다.

다들 이름과 가문을 밝히고 인사말 한마디를 덧붙이는 무난한 인사가 이어졌다.

나도 다른 사람들을 따라서 무난하게 인사를 마쳤다.

다들 자기소개를 마쳤을 때 문이 열리고 직원으로 보이는 인물이 나타나서 엘드란 선생님과 한두 마디 인사를 나눴다.

"……여러분, 고맙습니다. 그럼 교내 견학 준비가 끝났으니 지금부터 학교 안을 안내해 드리겠습니다. 조금 걸어야 하는데 잘 따라오세요."

학생들은 모두 일어서서 엘드란 선생님의 뒤를 따라 걷기 시작했다.

"1층부터 3층은 일반 교실입니다. 아까 오리엔테이션에서 이미 루이 학생이 설명했지만 각 과목에 따라 사용하는 교실이 다릅니다. 쉬는 시간이 되면 다음에 수업할 교실로 이동하세요. 만약 교실이 변경되거나 휴강하는 등 전달 사항이 있으면 이쪽 보드에 붙여 놓겠습니다."

각 교실은 구도도 물품도 모두 똑같았다. 유일하게 다른 점은 교실 문 위에 달린 팻말에 새겨진 알파벳과 숫자 정도일까.

"4층은 특별교실입니다. 주로 역학과 과학, 생물학 실험실이 있습니다."

엘드란 선생님이 시험 삼아 문을 열자 실내에는 어마어마한 실험 기구가 가득 놓여 있었다.

생물학과 역학, 그리고 과학은 학사과의 선택과목이다.

해마다 선택하는 사람은 별로 없지만 귀족 자제 중에서도 차남이나 삼남 등 상속권이 없는 사람은 장래 학자가 되는 것을 목표로 삼는 경우도 있다.

따라서 학원에 다니다가 위의 과목들에 흥미를 갖게 된 사람은 이곳에서 본격적으로 공부를 한다고 한다.

……물론 그렇게 열성적인 학생은 1년에 한두 명 정도지만.

이 나라에서 가장 머리 좋은 사람들이 교사로 일하고 있는데 정말 아깝다.

하지만 열성적인 학생 입장에서는 소수 정예로 수업하는 행운을 누릴 수 있는 셈이다.

교사 입장에서도 수업을 듣는 학생이 적으면 적을수록 자신의 연구에 시간을 할애할 수 있어서 좋을 것이다.

그 후 또다시 1층으로 돌아와서 이번에는 회랑을 시계 방향으로 걷기 시작했다.

"이 도서관에는 나라에서 가장 많은 장서가 보관되어 있습니다. 개중에는 희귀본도 있어서 경비도 엄중하지요. 먼저 도서관 안에서는 화기 사용은 일체 금지입니다. 그리고 도서 반출도 이 책장에 있는 책들을 제외하면 금지되어 있습니다. 특히 그중 일부…… 희귀본은 전부 사슬에 묶여서 있어서 들고 나갈 방법도 없지요."

경비원이 감시하는 입구를 지나 도서관 안으로 들어갔다.

도서관 안에는 천장까지 닿는 책장이 늘어서 있고 그 안에는 책이 빈틈없이 꽂혀 있었다.

오래된 종이 냄새가 코를 간지럽혔다.

몇몇 책들은 정말로 사슬에 묶여 있었고 사슬 끝은 전부 책장에 연결되어 있었다.

가방을 들고 도서관에 들어온 사람은 밖으로 나갈 때 모두 짐 검사를 받기 때문에 사슬이 달리지 않은 책도 어차피 들고 나가기는 어려울 것이다.

도서관을 나와서 또다시 왼쪽 방향으로 걸었다.

그곳은 조금 전 입학식을 치렀던 강당이었다.

"여기는 조금 전 여러분의 입학식이 열렸던 강당입니다. 학년 말에는 이곳에서 무도회가 열리기도 하죠."

강당은 지나가면서 설명하고 끝났다.

다시 회랑으로 돌아와서 왼쪽으로 걷다가 곧이어 나타난 건물 입구 앞에서 걸음을 멈췄다.

다음에 나타난 건물 입구 앞에서 멈췄다.

"여긴 식당입니다. 자리는 기숙사별로 좌우로 나뉘어서 앉게 됩니다. 안으로 들어가서 오른쪽이 남자기숙사, 왼쪽이 여자기숙사. 개별적인 자리는 정해져 있지 않지만…… 제일 안쪽이 3학년, 가운데가 2학년, 그리고 1학년 순서로 크게 나뉘어져 있지요."

식당은 천장이 높아서 그런지 무척 넓게 느껴지는 공간이었다.

한참을 올려다봐야 하는 높은 곳에 일정한 간격으로 자리 잡은 스테인드글라스 창문이 햇살을 선명한 색으로 물들였다.

벽에는 학원관계자들의 초상화 몇 점이 장식되어 있었다.

"평일에는 반드시 점심과 저녁을 이곳에서 먹어야 합니다. 만약 식당에서 먹지 않을 경우 사전에 연락하세요. 아침 식사와 휴일은 별다른 규정이 없으니까 여기서 먹지 않아도 딱히 알릴 필요 없습니다. 참고로 아침 식사는 6시부터 8시까지, 점심 식사는 11시부터 2시까지 원하는 시간에 먹을 수 있습니다. 저녁 식사는 7시 정각에 시작되니까 주의하시기 바랍니다."

좌석은 긴 테이블 4개가 놓여 있고 그 테이블을 둘러싸듯 의자가 일정한 간격으로 놓여 있었다.

만찬용 테이블을 그대로 스케일만 크게 만들어 놓은 것 같아서 제법 박력이 있었다.

"마지막으로 예배당을 안내해 드리겠습니다."

다시 학습동으로 돌아와서 정면 현관으로 나왔다.

교문 쪽으로 걸어가자 곧 오른쪽으로 나무들에 둘러싸인 예배당이 보였다.

중앙 안쪽에는 신을 모시는 제단. 그리고 간소한 예배자용 긴 의자가 제단을 향해 나란히 놓여 있었다.

기둥에는 섬세한 조각들이 새겨져 있었다. 조각 속에는 신을 섬기는 하늘의 사자와 다릴교에 정식으로 인정받은 성인들이 곳곳에…… 그러나 번잡스럽지 않게 배치되어 있었다.

중후하면서도 부드러운 분위기를 풍기는 이 조용한 공간에 있노라니 이상하게 마음이 정화되는 듯한 기분이 들었다.

모두가 조용히 예배당을 떠나서 다시 학습동으로 돌아왔다.

"학생회장이 설명했던 수업표는 이미 여러분의 방에 배포되어 있습니다. 앞으로 일주일 동안 체험해 보고 자신이 소속된 과 이외의 수업을 듣고 싶을 경우 저한테 제출해 주기 바랍니다. 그럼 저는 이상입니다. 이제부터 각각 남자기숙사와 여자기숙사 안내 및 규칙 설명이 있겠습니다."

엘드란 선생님에 이어 한 쌍의 남녀가 나타났다.

"윌리엄이라고 합니다. 남자기숙사 기숙사장 겸 학생회 회계를 맡고 있습니다."

"저는 로라라고 해요. 여자기숙사 기숙사장 겸 학생회 서기를 맡고 있습니다."

학생들은 남자와 여자로 나뉘어서 두 사람 뒤를 따랐다.

긴 구름다리 복도를 걸어서 도착한 곳은 학습동과 높이가 비슷한 건물.

입구로 들어서자 곧바로 로비가 보였다.

"기숙사에서 나갈 때는 카운터 직원에게 열쇠를 맡기도록 하세요. 돌아올 때는 이름과 방 번호를 말하면 열쇠를 돌려줍니다. 또 도서관에서 설명을 들었겠지만 일부 책은 대여가 가능합니다. 반납할 때는 카운터 직원에게 맡기면 됩니다. 또 몸이 안 좋거나 집안 사정으로 수업을 쉬어야 할 때도 카운터 직원에게 말해 주세요. 그 밖에 편지를 보내거나 수업 교재를 구입할 때도 이곳을 이용하면 됩니다. 이곳에서 구입할 수 있는 물품은 카운터 책상 위 또는 각 방의 책상 위에 리스트가 놓여 있으니까 확인해 보세요. 리스트에 없는 물건을 부탁하거나 카운터 직원에게 무리한 요구를 하는 것은 엄격하게 금지되어 있습니다. ……안타깝게도 2, 3년에 한 번씩 그런 사람이 나타나서 정학 처분을 받곤 하죠."

카운터 직원에게 무리한 부탁을 하는 학생이 나타나는 것은 왠지 이해가 간다.

……이곳 학생들은 대부분 지금까지 집안에서 아무 부족함 없이 생활했다. 개중에는 기숙사에서도 똑같이 지내려다 뜻대로 되지 않아 불만을 품은 학생들도 있을 것이다. 카운터 직원은 그런 학생들이 불만을 토해 낼 가장 만만한 대상이다.

"가끔 직원에게 가문의 권세를 자랑하며 압력을 가하려 드는 경우도 있는데 발각되는 즉시 엄중한 처벌을 받게 되니까 조심하시기 바랍니다. ……이 학원은 왕립, 즉 왕의 명령으로 설립된 곳이며 각 직원들은 어떠한 압력에도 굴하지 않고 왕국과 직무에만 충실할 것을 맹세한 분들입니다. 또한 직원들은 우리 학생회와 정기적으로 파견되는 왕국조사관에게 그 맹세를 지키고 있는지 감시받고 있습니다. ……당연히 쉽게 굴하지 않을 겁니다."

직원이 학생을 감독하고, 학생회가 그 양쪽을 감시하고, 그리고 왕국조사단이 학원 전체를 감사한다는 말인가…….

학생과 교사가 유착하면 교육의 장이라는 의미가 근간부터 흔들리기 때문에 그런 엄격한 관리 체제를 택한 모양이다.

"이쪽은 의무실입니다. 항상 의사가 상주하고 있으니까 건강에 문제가 생기면 이곳에서 상담하도록 하세요."

로비 정면에서 오른쪽으로 꺾이자 온통 하얀 의무실이 보였다.

의무실 안에는 침대 3개가 놓여 있고 벽 쪽에는 뭔지 모를 약품들이 들어 있는 선반 2개가 자리 잡고 있었다.

들어서자마자 바로 왼쪽에는 의사용 책상이 놓여 있고 실제로 백의를 입은 의사가 앉아 있었다.

로라를 따라 가볍게 인사한 후 방해가 되지 않도록 서둘러 의무실을 나왔다.

그곳에서 더욱 안쪽으로 들어갔다.

"이쪽에는 목욕탕이 있어요. 목욕탕을 사용할 수 있는 시간은 16시부터 18시, 그리고 21시부터 22시까지입니다. 물론 각 방에도 간이 욕실이 딸려 있습니다. 이 앞은 세면장입니다. 그리고 빨래는 지하에 있는 세탁실에서 할 수 있습니다. 물론 학생이 직접 세탁을 할 필요는 없습니다. 책상 안에 방 번호가 적힌 하얀 봉지가 들어 있을 거예요. 그 봉지에 세탁물을 넣어서 방에 놔두면 학원 일꾼들이 방을 청소할 때 회수했다가 다음 날 돌려줄 겁니다."

설명이 끝난 후 왔던 길로 돌아가서 이번에는 로비 반대편으로 향했다.

"반대편은 카페테리아입니다. 가벼운 음식과 각종 음료수를 먹을 수 있습니다."

다리가 긴 동그란 테이블 몇 개와 의자 몇 개.

아무래도 이곳에서 먹는 것보다는 각자 방에 들고 가서 먹도록 만들어진 모양이다.

"지상층 설명은 이상입니다. 뭔가 질문은 없나요?"

로라 선배의 물음에 아무도 입을 열지 않았다.

우리를 둘러보며 질문하는 사람이 아무도 없는 것을 확인한 후, 로라 선배는 프런트 옆에 있는 계단을 올랐다.

위로 올라가자 응접실처럼 넓고 큰 방이 나타났다.

"여긴 1층 담화실이에요. 원하는 시간에 사용하면 됩니다."

담화실에는 소파가 잔뜩 놓여 있고 그 소파 사이를 누비듯이 사이드테이블이 놓여 있었다.

바닥에는 귀여운 꽃무늬 카펫. 벽은 엷은 분홍색을 배경으로 귀엽고 아름다운 종교화가 그려져 있었다.

"저 계단을 올라가면 각 방이 있는 층에 도착합니다. 다들 방 번호는 미리 연락을 받으셨겠지요."

그녀가 가리킨 곳과 그 반대편에는 각각 위층으로 올라가는 계단이 있었다.

"기숙사장의 방은 201호실이니까 혹시 상담이 필요하면 가볍게 찾아오세요. 그리고 가끔 소음 때문에 항의가 들어오니까 다들 정도를 지키면서 생활하도록 하세요. 방 안에서는 음식을 먹어도 괜찮습니다. 남성은 어떤 관계라도 방문이 금지되어 있으니 주의하도록 하세요. 그 밖에 자세한 규칙은 각 방에 있는 팸플릿에 적혀 있습니다. 다들 꼭 읽어 보도록 하세요. 이상 안내를 마치겠습니다."

로라 선배에게 박수를 보낸 후 신입생들은 자연스럽게 해산했다.

나는 프런트에서 열쇠를 받아 내가 배정받은 205호실에 들어갔다.

안나가 미리 방에 들어가서 짐정리를 해 놓은 덕분에 딱히 뭔가를 할 필요 없이 그대로 쉴 수 있었다.

방 한가운데에는 퀸 사이즈의 침대 하나가 놓여 있고 창가에는 책상, 그리고 문 쪽에는 화장대가 자리 잡고 있었다.

문 옆에는 옷장, 그 문을 사이에 끼고 반대편에는 또 다른 문이 있고 그 안은 욕실이었다.

만약을 위해 로라 선배의 말대로 책상에 놓여 있는 규칙모음을 훑어보았다.

……이제부터 기본적으로 시중을 들어 주는 사람 없이 생활해야 한다.

물론 나는 시중을 들어 주는 사람이 없어도 내 일은 내가 알아서 할 수 있기 때문에 별문제는 없다.

무도회가 열리거나 그 밖에 준비를 도와줄 사람이 꼭 필요할 경우 시녀를 부를 수도 있다. 그럴 경우에 대비해서 여자기숙사 별채에 고용인 전용 숙박시설도 있다고 한다.

규칙을 읽고 실내의 설비를 확인하자 마침 저녁 시간이었다. 나는 기숙사를 나가서 식당으로 향했다.

다들 시간에 맞춰 식당에 도착해서 자리에 앉아 있었다.

음식은 그룹별로 전채요리부터 디저트까지 각각 커다란 접시에 담겨서 식탁 한가운데 놓여 있었다. 아무래도 저 커다란 접시에 담긴 음식을 각자 덜어 먹어야 하는 모양이다. 나도 적당한 자리에 앉아서 식사를 즐겼다.

그 후 목욕을 하고 다음 날 준비를 마친 후 곧바로 잠자리에 들어 학원 첫날을 마쳤다.

† † †

숙녀과 수업은 마치 오렐리아 님에게 배웠던 것들을 복습하는 기분이었다.

합동 클래스의 기초학도 그건 마찬가지.

덕분에 어렵지 않게 따라갈 수 있어서 마음이 놓인다.

조금씩 경험하고 적응해 나가는 생활. 아직 특별히 친한 사람은 없지만 그래도 제법 괜찮은 첫출발이다.

"……저어, 메를리스 님이시죠."

담화실에서 느긋하게 차를 마시고 있을 때 갑자기 누군가가 말을 걸었다.

어디서 들은 적이 있는 목소리라고 생각하며 시선을 들자 눈앞에 샬리아 님이 서 있었다.

샬리아 루루 텔로즈. 과거 왕도에서 연쇄 유괴 사건이 벌어졌을 때 내가 구출한 소녀 중 한 명이다.

"네…… 맞아요. 당신은 샬리아 님이시죠."

"기억해 주셔서 영광이네요. ……다음 교실까지 함께 가실래요?"

"물론이죠."

그렇게 말하며 샬리아 님은 내 앞의 의자에 앉았다.

합동 클래스에서 같은 반 샬리아 님이 몇 번이나 내게 말을 걸려고 했던 것은 알고 있다.

……보통 사교계에서는 처음 보는 사이에 작위가 아래인 자가 먼저 말을 거는 것은 있을 수 없는 일이지만 이 학원 안에서는 그래도

상관없다.

안 그러면 언제까지고 반에서 친한 친구를 만들 수 없을 테니까.

어쨌든 말을 걸고 싶으면 언젠가 그녀가 먼저 말을 걸겠지 싶어서 알면서도 가만히 있었다.

……멜을 아는 그녀에게 섣불리 다가갔다가는 실수로 정체가 탄로 날 것 같았기 때문이다.

"메를리스 님, 진작 고맙다는 인사를 드렸어야 하는데 이제야 찾아와서 죄송해요."

"인사?"

"네. ……실은 예전에 메를리스 님의 호위분께 도움을 받은 적이 있어요. 몇 년 전 왕도에서 젊은 영애들을 유괴하는 사건이 있었잖아요? 사실은 저도 그때 유괴당한 사람 중 한 명이었답니다……."

당시 사건은 대대적으로 공표됐지만 피해자는 공개되지 않았다.

피해자인 소녀들이 호기심 어린 시선에 노출되지 않도록 배려하기 위해서였다.

그리고 같은 이유로 그녀들도 그 사실을 다른 사람들에게 숨겨 왔다. 그런데…….

뜻밖에도 멜이 아닌 나한테 아무렇지도 않게 털어놓다니. 이미 나와 멜을 동일인물로 의심하고 있는 것인지, 아니면 그녀가 그만큼 대담하고 강인한 건지…… 도무지 가늠할 수 없다.

"어머, 그랬군요……. 사건은 멜에게 들었어요. 영애가 무사해서 다행이에요."

"네? 아, 네에…… 그렇군요. 모두 멜 님 덕분이에요. 고맙습니다."

"아뇨, 그녀는 직무를 수행한 것뿐이에요. ……하지만 그 과정에서 도와드린 분께 감사를 받는 건 그녀에게 최고의 명예겠죠."

"메를리스 님은……."

그녀는 뭔가를 말하려다 결국 입을 다물었다.

"왜 그러시죠?"

"아니에요. ……그보다 모처럼 이렇게 만났는데 앞으로도 메를리스 님과 친하게 지내고 싶어요……."

"물론 저도 같은 마음이에요."

나는 샬리아 님의 말에 망설임 없이 고개를 끄덕였다.

지금 그녀와 대화를 나누면서 나도 그녀와 친해지고 싶다고 생각했다. 그녀의 꾸밈없는 말솜씨가 마음에 들었기 때문이다.

……솔직히 나는 그녀에게 처음부터 호감을 갖고 있었다.

뭔가 계기만 있으면 당장이라도 친해지고 싶을 만큼.

『"정말 고마워. 당신이 우릴 지켜 줘서…… 나는, 우리는 무사할 수 있었던 거야. 아무리 감사해도 부족할 정도야.』

『우릴 위해서 뒤집어쓴 오물을 어떻게 꺼릴 수 있겠어? 정말 고마워.』

당시 그녀가 해 준 말은 지금도 나의 보물이다.

내가 걸어가는 길을 누군가가 긍정해 주는 것이 얼마나 기쁜 일인지 알게 되었다. 그리고 내가 그 길을 걸은 덕분에 그들을 무사히 구해 낼 수 있어서, 아무도 잃어버리는 공포를 맛보지 않게 되어서 안심했다.

오히려 그 사건 덕분에 나야말로…… 그녀에게 구원받은 것이다.

"앞으로 잘 부탁해요, 샬리아 님."

† † †

"……잘됐군."

그것이 내 이야기를 들은 후 루이의 반응이었다.

"응. 그녀와 친해지고 싶었는데 좀처럼 내가 먼저 말을 걸기 힘들었거든."

"텔로즈 백작가의 영애라……. 언제부턴가 몸이 안 좋다면서 모습을 잘 드러내지 않게 됐는데 그 사건이 원인이었나."

"어라…… 그게 진짜야?"

"응, 마침 그녀가 모습을 드러내지 않게 된 시기와 일치해. ……네 얘기를 듣고 추측하자면 아마 본인의 뜻이라기보다는 부모님이 그녀를 걱정해서 밖으로 내보내지 않았던 거겠지."

"아, 그렇구나……."

지금 우리가 있는 곳은 교사를 가운데 끼고 예배당 반대편에 위치한 정원이다.

약혼한 사이인데도 나와 루이가 느긋하게 시간을 보낼 수 있는 곳은 거의 없었다.

학년도 다르고 합동 수업이 겹칠 때를 제외하면 이성과 접촉할 기회가 거의 없기 때문에 어쩔 수 없지만.

그러니까 이 정원은 굉장히 소중한 장소다.

그리고 의외로 밀회가 아닌 다른 이유로 이곳을 찾는 사람도 많다. ……기숙사와 학습동만 오가는 생활이 싫어서 때때로 이곳에 들러 자연을 접하며 기분 전환을 하고 싶은 사람들이다.

……그러니까 벤치를 차지하려면 꽤나 행운이 필요하다.

지금 우리는 정원 가장자리의 벤치에 앉아 있었다. 나는 그에게 몸을 기대며 그의 어깨에 머리를 얹었다.

"참, 새삼스러운 질문이지만 루이, 학사과 수업 말고 달리 듣는 수업 있어?"

"아…… 듣고 싶지만 아버님을 도와야 해서. 그리고 지금은 학생 회 일도 있어서 다른 과목 수업까지 듣긴 힘들어."

"아…… 역시 학생회 일이 바쁜가 보네?"

"바쁜 것까지는 아니지만 일정한 시간을 할애해야 하는 건 사실이 지. ……뭐 가끔 시간이 날 때마다 선택 과목 이외의 수업에 출석하 고 있지만."

"뭐! 그래도 돼?"

"응. 학생 수가 적은 수업은 언제든 학생을 환영하거든."

"흐응…… 좋겠다. 숙녀과는 거의 필수과목밖에 없어서 다른 수 업은 들을 수가 없는데. 무엇보다 여자는 다른 과 수업을 들으면 이 미지가 손상될까 봐 아무래도 나서기 어렵거든."

개인적으로는 열심히 하는 게 뭐가 문제냐고 생각하지만 평판이 제일 중요한 귀족 사회에서 여성은 특히 남의 눈을 의식하지 않을 수 없다. ……다른 사람과 다르다는 것은 좋은 방향으로 움직일 때 도 있지만 그렇지 않을 때도 있다는 뜻이다.

한 번 나쁜 방향으로 흘러가면 그 이미지를 떨쳐 버리기 힘들다.

왕국군의 경우도 그렇지만 이 나라는 여성의 선택지가 매우 좁다.

"일단 기사과 수업은 절대 들으면 안 되지."

"……내가 기사과 수업에 관심이 있다는 걸 용케 알았네."

"너를 아는 사람이면 누구나 그렇게 생각할걸?"

"우…… 그건 그래. 그치만 궁금하잖아? 아버님 말고 다른 사람은 어떻게 훈련하는지."

"기사과 수업은 아무래도 찬성할 수 없지만 다른 과 수업을 듣는 것 자체는 반대하지 않아. 네 판단에 맡길게."

토닥토닥. 루이가 내 머리를 쓰다듬으며 말했다.

전폭적인 신뢰가 담긴 그 말이 솔직히 기뻤다.

"……응. 루이라면 그렇게 말할 줄 알았어."

"내친김에 훈련 장소도 제공해 줄까."

"뭐?!"

생각지도 못한 루이의 말에 나도 모르게 벌떡 일어섰다.

"……이 정원 옆에 숲이 있지?"

"으, 으응……."

"사실은 그 안쪽에 지금은 사용하지 않는 건물이 있어. 원래는 기사과 훈련장이었는데 기사과 인원이 늘어서 너무 좁아지는 바람에 강당 뒤쪽에 새로운 훈련장을 만들었지. ……지금은 잠겨 있는데 그곳 열쇠를 내가 갖고 있어."

"그래? 그럼 거기를……?"

"응, 철거하는 데 예산을 들이기도 아깝고 아직까지 달리 사용할 예정도 없으니까."

"고마워! 루이!"

여기가 정원만 아니면 와락 달려들었을 것이다.

"……아, 그만 가 봐야겠군."

"어라…… 그래? 좀 더 함께 있고 싶었는데."

"그런 말 하지 마."

난처한 미소를 짓는 그를 보자 왠지 미안해서 고개를 숙였다.

"……또 만나."

그가 살포시 내 뺨에 입을 맞췄다.

나도 그의 뺨에 키스했다.

"응. ……도중까지 너랑 같이 가도 돼?"

"물론이지. 학습동까지 짧은 거리지만 함께 가 준다면 기쁘겠습니다."

그가 내민 손을 잡고 나란히 걸었다.

"……메를리스 님, 아, 안녕하세요."

"안녕하세요. 루드 님."

"아…… 메를리스 님. 안녕하세요."

"안녕하세요, 베릴 님."

지나가며 인사하는 같은 반 친구들에게 각각 인사를 건넸다.

"……인기가 많구나."

네다섯 번쯤 그런 인사를 되풀이했을 무렵, 루이가 작게 중얼거렸다.

보기 드물게 살짝 짜증이 배어 있는 낮은 목소리였다.

하지만 그와는 반대로 내 가슴은 설레었다.

……그 짜증의 밑바닥에 깔려 있는 감정을 생각하면 기뻐서 견딜 수 없었다.

그의 짜증이 깊으면 깊을수록 그의 사랑이 느껴졌기 때문이다.

"그냥 인사인걸? ……다들 같은 반 친구들이야."

나 또한 그가 다른 여자와 얘기하는 모습만 봐도 마음속에 검은 안개가 퍼진다.

내가 생각해도 중증이지만 그 안개는 내 의사와는 관계없이 생겨난다.

……물론 그 마음을 겉으로 드러내지는 않는다.

다른 여자와 얘기하지 마, 다른 여자는 쳐다보지 마, 도저히 그렇게 말할 수는 없다.

그의 행동을 막고 꿈을 향해 걸어가는 그의 길을 방해하고 싶지 않다…… 오직 그 마음 하나로 검은 안개를 억누르고 있을 뿐.

사실은 그를 나로 가득 채우고 싶다는…… 내게 빠져서 정신을 못 차릴 만큼 나로 가득 채우고 싶다는 욕심에 사로잡혀 있다.

……그러니까 더더욱.

그가 나와 같은 마음을 갖고 있다는 사실이 느껴져서 기쁜 것일지도 모른다.

"그리고 내가 너 말고 다른 남자한테 관심이나 가질 것 같아? …… 진짜 나를 알면 무서워서 도망칠 그런 남자들한테?"

내 말에 그는 작게 숨을 내쉬었다.

"……미안해. 내가 너무 속이 좁지."

"아니야, 오히려 기뻐."

"그래?"

그가 쓴웃음을 지은 것은 그런 나의 저열한 감정을 느꼈기 때문일지도 모른다.

하지만 그는 더 이상 아무 말도 하지 않고 또다시 내 뺨에 키스했다.

"그만 헤어져야겠군. ……또 만나."

"응, 루이. 잘 가."

나는 그가 헤어질 때 건네준 열쇠를 슬쩍 바라보았다.

슬슬 몸을 움직이고 싶었는데 마침 잘됐다.

오늘 수업은 이제 하나밖에 안 남았으니까 끝나면 빨리 훈련을 하자, 그렇게 생각하며 걷고 있을 때였다.

"……메를리스 영애, 잠깐 시간 좀 내줄래요?"

여학생 세 명이 말을 걸었다.

모두 처음 보는 얼굴이었다. ……아마 상급생인 모양이다.

"죄송하지만 전 이제부터 수업이 있어서요. 하실 말씀이 있으면 수업이 끝난 후에 해 주시겠어요?

"……선배 말을 무시하겠다는 건가요?"

"얘기를 나누고 싶다면서 상대의 사정은 조금도 고려하지 않는 게 선배들의 방식인가요?"

상급생 주제에 품위 없는 행동이라고 슬쩍 돌려 말하자 그 의미를 눈치챘는지 그들은 더욱 화가 난 표정을 지었다.

"수업이 끝나고 다시 찾아오세요. 그때는 받아들이죠."

조금 재미있어질 것 같군. 그런 삐딱한 생각을 하며 그 자리를 떠났다.

그들과 떨어져서 모퉁이를 돌았을 때 걸음을 멈췄다.

조금 전부터 느껴지던 시선의 주인을 확인하기 위해서.

그 인물은 나를 쫓아서 모퉁이를 돌다가 내가 노리던 대로 멈춰 서 있던 나와 부딪혔다.

"어머나……. 전하, 죄송해요."

나를 감시하던 인물은 의외로 에드거 왕자였다.

"아니…… 나야말로 미안하군."

나는 살짝 그와 거리를 뒀다. ……그는 대체 왜 내 뒤를 쫓고 있던 걸까?

"……그 여자들과 싸울 생각인가?"

뭐라고 말을 꺼내야 은근슬쩍 그 의문의 답을 알아낼 수 있을까 생각에 잠겨 있을 때, 놀랍게도 그가 먼저 입을 열었다.

"어머나, 전하. 설마 좀 전의 대화를 들으셨나요?"

"……지나가다 우연히."

그는 슬쩍 시선을 피했다.

……본인이 생각해도 궁색한 변명인가 보다. 무엇보다 그들이 내

게 말을 걸었던 곳은 기본적으로 숙녀과 수업을 하는 교실밖에 없는 층이었기 때문이다.

"싸우다니 과장이 심하시네요……. 그저 잠깐 얘기를 하자는 제안을 받은 것뿐이에요."

나는 굳이 그 사실을 추궁하지 않고 말을 돌렸다.

"3대 1인데 참으로 여유롭군."

"여유라뇨……. 전 그저 순수하게 선배님들이 무슨 얘기를 하고 싶은지 궁금한 것뿐이에요. 게다가 3대 1이라니……. 설마 선배님들께서 그런 야만스러운 짓을 하시겠어요. 역시 너무 과장이 심하신 것 아닌가요?"

"보통 여자들은 불러내기만 해도 겁을 먹지 않나?"

"어머나…… 전하, 농담도 잘하시네요. 설마 저와 '여성'에 대해 이야기를 나누고 싶으신가요?"

내 물음에 에드거 왕자는 뭔가 말하고 싶은 것처럼 입술을 달싹거리다가 결국 입을 다물었다.

"그럼 전하, 이만 실례하겠습니다."

그가 다시 입을 열기 전에 나는 그대로 그 자리를 떠났다.

† † †

"……메를리스 영에, 데리러 왔어요."

수업이 끝나자마자 상급생 여학생 세 명이 메를리스를 데리러왔다.

"어머나…… 선배님들, 수고스럽게 해서 죄송해요."

메를리스는 그 상황을 침착하게 받아들이며 덧붙였다.

그 상황을 지켜보던 샬리아는 위험한 분위기를 감지하고 그녀들의 뒤를 쫓기 시작했다.

그들은 대화도 나누지 않고 딱딱한 미소를 지은 채 걷고 있었다.

샬리아는 너무 멀지도 가깝지도 않은 거리에서 그 뒤를 쫓으며 그들을 관찰했다.

인적 없는 도서관 뒤에 도착했을 때 그들은 걸음을 멈췄다.

샬리아는 그들에게 들키지 않도록 건물 뒤에 숨었다.

"……전하?!"

순간. 건물 뒤에 숨어서 상황을 살펴보던 또 다른 인물을 발견한 샬리아는 저도 모르게 그 이름을 불렀다.

그나마 큰 소리를 내지 않은 것은 단순히 현재 자신이 처한 상황을 잊지 않았기 때문이었다.

"쉿."

에드거는 재빨리 검지를 입술 앞으로 가져갔다.

"이제 겨우 얘기를 할 수 있게 됐군요, 메를리스 영애."

다행히도 샬리아와 에드거의 존재를 눈치채지 못한 여학생 중 한 명이 입을 열었다.

"네. 기다려 주셔서 고맙습니다."

생긋. 메를리스는 미소를 지었다.

그 여유로운 반응에 오히려 그녀를 둘러싼 여학생들이 한순간 당황했다.

"……그런데 무슨 일이시죠? 정말 죄송하지만 전 선배님들이 무슨 얘기를 하고 싶은지 전혀 모르겠는데요."

"루이 님 때문이에요."

가운데 서 있는 여학생이 메를리스를 노려보며 말했다.

"어머나······. 루이 님 말인가요? 대체 무슨 일이죠."

메를리스는 잔뜩 화가 난 그녀들의 태도에도 딱히 두려워하는 기색 없이, 오히려 그걸 부추기는 것처럼 순진무구한 눈동자로 고개를 갸웃거렸다.

"영애······. 당신이 루이 님의 약혼녀라면 조금은 분별력 있게 행동하도록 해요."

그 부추김에 자극받은 걸까. 여학생은 평소 절대 내지 않을 듯한 낮은 목소리로 말했다.

"분별이라니 무슨 뜻이죠? 정말 죄송하지만 선배님들이 무슨 말을 하고 싶은지 도저히 모르겠어요."

"모르겠다고? 어머나······ 아르메리아 공작가에 시집갈 분이 그러면 안 되죠."

비웃는 것처럼 웃는 가운데 여학생을 따라 양옆에 서 있는 여학생들도 웃음을 터뜨렸다.

"충고 고맙습니다. 모자란 후배를 위해 무슨 뜻인지 가르쳐 주시겠어요?"

그러나 메를리스는 조금도 흥분하지 않고 그저 생긋 미소를 지었다.

"알겠나요?······루이 님은 바쁜 분이에요. 아무리 약혼녀지만 안 그래도 바쁜 루이 님의 시간을 빼앗는 건 문제가 있다고 생각하지 않나요?"

"맞아요. 그리고 영애, 루이 님께 너무 달라붙는 것 아닌가요? 루이 님의 평판에 흠집이라도 나면 어쩔 셈이죠?"

"······병약한 당신에게 아르메리아 공작가 차기 가주의 부인이라는 자리는 너무 버겁지 않나요?"

이때다 싶은 듯이 세 사람은 칼날처럼 비아냥을 쏟아 냈다.

비아냥은 점점 심해져서 차츰 참기 힘들 정도가 되었다.

뒤에서 관찰하던 에드거도 얼굴을 찡그리며 그들을 말리려고 몸을 움직였다.

"······잠깐만요, 전하."

그걸 말린 것은 샬리아였다.

"대체 왜······?"

에드거는 의아한 얼굴로 샬리아를 바라보았다.

"조금만 더. ······조금만 더 그냥 지켜봐 주세요."

두 사람이 그런 대화를 주고받는 동안 상황은 생각지도 못한 방향으로 흘러갔다.

후후······. 메를리스의 입에서 부드러운 웃음소리가 흘러나온 것이다.

"충고 고맙습니다. 그런 식으로 생각할 수도 있군요. 많은 공부가 되네요."

한순간 여학생들은 메를리스가 무슨 말을 한 건지 이해하지 못한 채 당황한 얼굴로 눈을 동그랗게 떴다.

"그게 무슨······."

"그리고 또 하고 싶은 말씀이 있나요?"

"뭐죠, 그 태도는. 감히 선배에게······."

분통을 터뜨리는 선배들을 향해 메를리스는 유쾌한 듯이 웃었다.

"선배? ······어머, 이상해라. 후배를 불러내서 폭언을 퍼붓는 게 선배다운 행동인가요?"

조금 전까지의 부드러운 음색이 아니었다.

······듣는 이가 오한을 느낄 만큼 싸늘한 목소리와 함께 메를리스

는 진지하고 날카로운 시선으로 그녀들을 바라보았다.

그 분위기에 압도당해서 아무도 입을 열지 못했다.

"……내가 공작가에 어울리지 않는다는 건 대체 뭘 보고 판단한 거죠? 감히 우리 아버님이신 가젤 더즈 앤더슨과 아르메리아 공작가의 가주 로멜르 지브 아르메리아 님의 판단을 부정하는 건가요? 당신들에게 과연 그럴 만한 힘이 있나요?"

"뭐…… 뭐야. 가문의 권세를 자랑하는 것 말고는 아무것도 못하는 주제에……."

"뭐…… 그렇게 받아들여도 할 수 없죠. 나를 부정하려고 단점만 찾아 헤매는 당신들에게 인정받을 만큼 대단한 걸 보여 주긴 힘들 테니까. ……당신들 같은 사람이 있다는 걸 알게 돼서, 그리고 그런 자들의 목소리를 직접 들을 기회가 생겨서 정말 감사하네요."

한순간 마음이 풀린 것처럼 메를리스는 부드러운 미소를 지었다.

"하지만…… 애초에 인정받을 필요 따윈 없어요. 누가 뭐라든 나는 루이 드 아르메리아의 약혼녀. 내가 그것을 원하고 그가 그것을 인정하는 한…… 당신들이 무슨 소릴 지껄이든 그 사실을 바꿀 수는 없어요."

그러나 곧 아까보다 더욱 날카로운 기운을 풍기며 당당하게 선언하자 그녀들은 그만 입을 다물었다.

"……역시."

그 모습을 바라보며 샬리아가 작게 중얼거렸다.

"역시? ……뭐가 역시지?"

그 말을 들은 유일한 인물, 에드거 왕자가 그녀에게 물었다.

"……네? 아……."

에드거의 존재를 잊고 있었던 걸까……. 그 물음에 그녀는 눈에 띄게 당황했다.

하지만 이윽고 포기한 것처럼 한숨을 쉬며 입을 열었다.

"메를리스 님이 어째서 태연하게 선배들을 따라갔는지 이제 알겠어요."

"무슨 소리지?"

"……그녀에게 여자들의 말다툼 따윈 사소한 일이니까요. 그야말로 시끄러운 파리가 귀에 거슬리는 소리를 내며 주위를 날아다니는 정도죠. 살짝 손을 휘두르면 쫓아낼 수 있는 벌레를 뭐 하러 무서워하겠어요. 역시 가젤 장군의 딸은 다르네요."

"……아주 즐거워 보이는군."

"네, 그래요. 그렇게 보여도 할 수 없죠. 동경의 대상 그 자체 같은 분이 눈앞에 있으니까요."

그녀는 노래하듯 속삭였다.

붉게 물든 뺨과 촉촉하게 젖은 눈동자. ……그 모습은 마치 사랑에 빠진 여인처럼 가련하고 아름다웠다.

에드거는 넋을 잃고 그 모습을 바라보았다. 심장이 세차게 뛰었다.

"저렇게 강한 여성이 되고 싶나……?"

그걸 감추듯이 에드거는 딱딱한 목소리로 물었다.

"강하다라……. 네, 그래요. 강하다는 게 저렇게 결코 꺾이지 않는 강인한 의지를 마음속에 품고 있는 거라면."

"그렇군……. 그 마음이 강하다고, 그대는 그렇게 말하고 싶나?"

"네, 그래요. 그분은 긍지를 갖고 자신의 발로 대지를 딛고 서서 타인을 살피고 지키는 분. ……마치 숲의 왕 늑대 같아요. 방금 보셨지요? 그 고귀한 모습을. ……같은 여자로서 동경하지 않을 수 없답니다."

"그런가……."

"그럼 전하, 이만 실례하겠습니다. 메를리스 님이 여자기숙사로 돌아가려나 봐요. 저도 이만 가 봐야죠."

"그, 그래……."

아직 멍한 표정을 짓고 있는 에드거를 남겨 두고 샬리아는 즐거운 듯이 돌아갔다.

† † †

나를 불러낸 선배들을 적당히 상대하고 기숙사로 돌아왔다.

담화실 소파에 편하게 앉아서 카페테리아에서 가져온 차를 마셨다.

매우 실례지만 정말 아무렇지도 않았다.

……애초에 바보같이 대놓고 남들이 다 보는 교실에서 나를 불러낸 것부터가 단순하기 짝이 없다.

오렐리아 님이 들려준 여자들의 싸움은 좀 더 교활하고 질척거렸는데.

그건 그렇고……. 눈을 감으며 생각의 물결에 몸을 맡겼다.

역시 루이는 여자들에게 인기가 많나 보다. ……갑자기 튀어나온 약혼녀가 마음에 들지 않을 만큼.

뭐 당연하다. ……가문의 권세, 재력, 그리고 그 자신의 기량을 생각하면.

앞으로는 선배들처럼 곧이곧대로 찾아오는 순진한 사람들만 상대하게 되진 않을 것이다.

그야말로 오렐리아 님이 말해 준 것처럼 더욱 교활한 술수를 부리는 사람이 나타날지도 모른다.

"……도망칠 생각은 없지만."

저도 모르게 속마음을 중얼거리며 나는 눈을 떴다.

……다행히도 내 말을 들은 사람은 없는 듯했다.

"메를리스 님, 잠시 얘기 좀 나눌 수 있을까요?"

그러나 안심한 순간, 샬리아 님이 말을 걸었다.

"아…… 네, 네에. 무슨 일이죠? 샬리아 님."

"고마워요. 조금 심각한 얘기를 하고 싶은데……."

"그럼 제 방으로 가시겠어요?"

"그래도 될까요?"

"네, 물론이죠."

혹시 들켰나……. 아무래도 그것 말고는 없다고 생각하며 나는 그녀를 방으로 안내했다.

"자, 이쪽에 앉으세요."

그녀에게 자리를 권한 후 나는 그 맞은편에 앉았다.

"그런데 무슨 일이죠?"

"단도직입적으로 묻겠는데…… 메를리스 님이 멜 님이죠?"

도저히 발뺌할 여지가 없을 만큼 그녀의 눈동자에는 확신이 깃들어 있었다.

"……확신을 지닌 분의 물음은 무섭군요. 그 어떤 부정의 말도 무의미하니까요."

"그 말씀은……?"

"네, 짐작하시는 대로 저는 멜이자 메를리스랍니다."

후우. 나는 한숨을 내쉬며 대답했다.

"그런데 언제부터 눈치채셨나요?"

"……처음부터."

"처음부터?"

생각지도 못한 대답에 무심코 앵무새처럼 되물었다.

"네, 처음부터."

그녀는 여유 있는 미소를 짓고 있었다.

"대체 어떻게……."

"정말 고마워. 당신이 우릴 지켜 줘서…… 나는, 우리는 무사할 수 있던 거야. 아무리 감사해도 부족할 정도야."

그녀는 그때 했던 말을 한 글자, 한 문구도 빠뜨리지 않고 똑같이 되풀이했다.

"그렇게 말해 놓고 어떻게 당신을 잊겠어요. 당신은 자신이 대역이자 호위무사라고 했지만…… 나는 계속 느끼고 있었어요. 멜은 당신을 꼭 닮은 사람이 아니라 당신 본인이라고."

그 말에 나는 그만 웃고 말았다.

학원에서 처음 대화를 나눌 때 당황한 표정을 지었던 것은 그 때문이었던 모양이다.

"미안해요. 눈치챘으면서 아무 말 없이 나한테 맞춰 준 거였군요."

"아니에요……. 당신은 내 은인인걸요. 당연하죠."

"하지만…… 그럼 왜 이제 와서 확인한 거죠? 아까 말한 대로 확신을 갖고 있었다면 굳이 확인할 필요는 없었을 텐데."

"정말 미안하지만 사실은 아까 선배들과 당신이 대화하는 걸 봤어요. ……멜 님에게는 필요 없겠지만 걱정이 돼서……. 여차하면 교사를 부르려고 했죠."

"그렇군요……. 괜찮아요. 걱정해서 그런걸요. 오히려 고맙죠."

"아뇨……. 내가 하고 싶은 말은 그게 아니에요. 나 말고 그 모습을 본 사람이 또 한 명 있어요."

"……혹시 에드거 왕자님인가요?"

"잘 아시네요."

"네. ……그 사람, 어째서인지 절 살피고 있는 것 같아서요. 왕족의 눈에 띌 만한 짓은 아무것도 안 했는데."

"혹시 멜 님을 찾는 것 아닐까요?"

"왕족이 멜을 찾을 만한 이유도 전혀 없는걸요. ……뭐 됐어요. 그걸 알려 주려고 일부러 확인한 거군요. 정말 고마워요."

"아니에요."

내 말에 그녀는 수줍은 듯이 부드러운 미소를 지었다.

잠시 넋을 잃을 만큼 청초한 모습이었다.

"뻔뻔스럽지만 앞으로도 친하게 지내 줄래요? 내게 친구가 되고 싶다고 말해 준 당신을 지금까지 속였던 거나 다름없지만……."

나는 의식을 현실로 되돌리며 제안했다.

요 수십 분 동안 대화를 나누며 나는 그녀와 좀 더 친해지고 싶다고 생각했다.

"속이다니, 절대로 그렇게 생각하지 않아요. 오히려 당연하죠. ……나야말로 당신의 비밀을 파헤쳐 놓고 이런 말을 하긴 뻔뻔스럽지만…… 앞으로도 잘 부탁드려요."

그날을 계기로 나와 샬리아는 더욱 친해졌다.

……쉬는 시간마다 항상 함께 붙어 다닐 만큼.

그녀 앞에서는 루이와 함께 있을 때처럼 나 자신을 꾸미거나 속일 필요가 없어서 편했다.

사실 여자 친구를 사귄 것은 처음이다. 너무 들떠서 냉큼 루이에게 소개할 만큼 기뻤다.

"그런데 메를리스. ……결국 전하는 무슨 생각이셨을까."

"그 뒤로 한참 지났는데 전혀 움직이질 않아서…… 솔직히 포기했어."

"그렇구나……."

"그보다 샬리아, 방학 때 어떻게 할 거야?"

"영지로 돌아가기 귀찮아서 왕도 별저에서 지낼 생각이야."

"어머, 정말? 그럼 방학 때도 만날 수 있겠네. 나도 계속 왕도에 있을 예정이거든."

"기대된다! 계속 가고 싶었던 카페가 있는데 너와 함께라면 아무 걱정 없이 갈 수 있겠네."

"……그런 거라면 맡겨 주십시오. 아가씨를 지켜 드리겠습니다."

"후후…… 꼭 귀공자 같아. 아니, 웬만한 남자는 비교도 안 될 만큼 멋있어."

"영광입니다."

그렇게 말하며 우리는 큰 소리로 웃었다.

† † †

방학을 앞두고 시험 기간이 다가왔다. 이 기간 동안 학생들은 필수 수강하는 전 과목의 시험을 치러야 한다.

시험에 합격점을 받지 못하는 것은 물론 명예롭지 못한 일이다.

……그러나 모두가 적극적으로 시험공부를 하는 것은 아니다.

특히 숙녀과의 경우 이 나라의 귀족이라면 수업 시간에 배우는 것쯤은 대부분 이미 알고 있기 때문에 악착같이 공부할 필요가 없다.

시험공부라고 해 봤자 기껏해야 전날 수업을 대충 복습하는 정도.

시험이 끝난 후 나는 혼자 정원을 걷고 있었다.

샬리아는 내일 시험 볼 과목이 자신 없는 과목이라 복습을 하고 싶다면서 먼저 돌아갔다.

"……여긴 웬일이시죠? 전하."

나는 인기척을 느끼고 뒤를 돌아보았다.

그는 도망치지도 숨지도 않고 그저 그곳에 서 있었다.

"잠시 그대와 이야기를 나누고 싶어서."

"그렇군요. ……이대로 여기서 이야기를 나눠도 될까요?"

아무래도 전하와 둘만 있기 껄끄러워서 던진 제안이었다. 그나마 푸른 하늘 아래에서 이야기를 나누는 게 나을 테니까.

"그래, 물론이지. ……다행히 지금은 시험 기간이라 지나다니는 사람도 많지 않고."

"그런데 전하, 무슨 일이신지요?"

"……어마마마의 명령으로 그대를 관찰하고 있었다."

마음의 준비를 할 시간도 없이 그는 대뜸 중요한 말을 던졌다. 나는 애써 마음을 다잡았다.

"아니…… 관찰이라는 말은 어폐가 있군. 그대와 가까워지라는 명령을 받고 그대를 관찰하고 있었다."

"저와 가까워지라는…… 명령을……. 그래서, 관찰 결과 어떠셨나요?"

내 물음에 그는 한순간 어리둥절한 표정으로 눈을 동그랗게 떴다. ……그리고 웃었다.

"관찰 결과라……. 진의가 뭔지는 묻지 않나?"

"글쎄요……. 관찰 결과를 들으면 무슨 목적으로 관찰하셨는지 알 것 같아서요."

"그렇군. ……그대와 나는 잘 안 맞을 게 분명해. 어마마마는 그대가 무척 마음에 드시는 모양이지만. 무엇보다 루이와 그대의 다정한 모습을 보면 도저히 그대와 어떻게 되긴 힘들 것 같군. ……어마마마는 내가 잘 설득하도록 하지. 진정 아르메리아 공작가를 적으로 돌리면서까지 나를 그대와 이어 주고 싶으시냐고."

"어머나…… 그렇군요. 그러니까 저를 왕가의 일원으로 맞아들이고 싶었다는 말씀이죠? 제 뒤에는 아버님이 계시니까요."

"뭐…… 굳이 말하자면 그렇지."

"……그런데 괜찮으신가요? 제게 그걸 솔직하게 말씀하셔도."

"그대는 내 아내가 되는 것도 왕비가 되는 것도 원하지 않잖아?"

"네, 물론이죠. 그렇답니다."

"그러니까 차라리 솔직하게 털어놓고 신뢰를 얻는 게 나을 것 같아서. ……가젤 장군의 딸이자 아르메리아 공작가에 시집갈 그대와 좋은 관계를 맺는 것은 차기 국왕이 될 내게는 꼭 필요한 일이지."

"그렇군요. 어디까지나 여왕 폐하의 생각일 뿐 전하의 뜻은 아니란 말씀이지요……."

감히 루이와 나를 갈라놓으려 하다니……. 한순간 분노가 치밀었지만 애써 마음을 가라앉혔다. 섣불리 감정에 휩쓸려서는 안 된다.

머릿속으로 상황을 정리했다.

여왕 폐하는 아버님의 이름을 최대한 이용하기 위해 약혼녀가 없는 전하와 나를 맺어 주기로 결심했다.

나와 아르메리아 공작가의 루이가 약혼했다는 걸 알면서도.

전하와 내가 가까워지면 혹시나…… 하고 생각한 걸까.

아무래도 내 사랑을 너무 가볍게 본 모양이다.

……전하의 뜻은 그렇지 않다는 것을 지금은 믿을 수밖에 없다.

어쨌든 이 이야기는 전하가 내게 사실을 털어놓은 시점에서 파탄 난 셈이니까.

"그래."

"그렇군요. ……과분한 평가 고맙습니다. 전하의 기대에 어긋나지 않도록 앞으로도 노력하겠습니다."

"그렇게 말해 주니 고맙군."

"……그런데 전하. 두 가지만 여쭤봐도 될까요?"

"뭐지?"

"전하와 제가 안 맞는다고 생각하신 이유는 뭔가요?"

내 물음에 전하는 마치 악동처럼 씨익 웃었다.

"……그대와 나는 닮았어."

"닮아?"

"그래. 사람은 정적인 사람과 동적인 사람, 또는 공격적인 사람과 수비적인 사람으로 크게 나눠지지……. 나는 극단적으로 공격적인 타입이야. 스스로 생각하고 행동하도록 가르침을 받고 자랐기 때문이기도 하지만…… 비교적 생각보다 먼저 행동에 옮기는 성격이지. 그리고 그대도 굳이 따지자면 그렇지 않나? 집 안에 앉아서 집을 지키는 것보다는 집을 나와서 적극적으로 적을 사냥하는 타입. 같은 동과 동 타입은 서로 의견이 다르면 거리낌 없이 다툴 수 있어서 친구로는 좋을지도 모르지만 함께 걸어갈 반려로서는 좀……."

"그렇군요……. 전하께서 왕이 되면 분명 수많은 의견을 하나로 모아야겠죠. 그렇다면 전하께서 그런 반려를 바라는 것도 더더욱 이해가 되네요. 하지만…… 적극적으로 적을 사냥하러 갈 것 같다는 말은 숙녀에게 좀 너무하지 않은지요?"

"비유일 뿐이야. 설마 그대가 정말로 적을 공격하러 갈 거라고 생각하진 않아. 그저 그 대담한 성격은 과연 가젤 장군의 딸답다고 생각한 것뿐."

……그 말을 듣고 나는 내심 안도의 숨을 내쉬었다. 내가 검을 들고 싸우는 것은 모르는 모양이다.

"호호호……. 아무리 비유라도 그렇지요. 여성에겐 좀 더 섬세하게 대해 주셨으면 좋겠네요."

"그건 그렇군……. 실례. 그렇다면 특별히 또 한 가지 질문은 뭐든 대답해 주지."

"네? 아, 그렇지……. 좀 전에 제가 두 가지 질문이 있다고 말씀드렸죠. 하지만 전하, 송구하지만 한 가지 진언 드리자면, '뭐든지' 라는 말을 너무 가볍게 입에 담아서는 안 된답니다……."

"뭐 그대라면 이상한 질문은 하지 않을 거라고 생각해서 한 말이다."

"그렇군요. ……또 하나는 한 사람의 여성이 아닌 한 사람의 백성으로서 여쭙고 싶은 것입니다. 혹시 전하께서는 이미 마음에 둔 분이 계신가요?"

"그걸 물어서 뭘 어쩌려는 거지?"

"그냥 흥미 삼아서요. ……아무래도 전하께서는 이미 원하는 분이 있는 것 같거든요."

내 말에 에드거 왕자는 소리를 내서 웃었다.

"용케 알았군. ……그래, 내겐 원하는 사람이 있어."

그는 내 귓가에 살짝 얼굴을 가까이 대고 작은 목소리로 속삭였다.

"어머나……!"

"다른 사람에게 말하면 안 돼."

"물론이죠. ……전하의 혼인은 이 나라의 가장 중요한 중대사 중

하나. 전하께서도 각별히 신경 써서 일을 진행하고 계시겠지요. 저는 미력하여 아무런 도움도 될 수 없지만 부디 무운을 빕니다."

그렇게 말하며 나는 거리를 두고 예를 표했다.

그것은 왕에 대한 신하의 예였다.

"그래. ……시간을 빼앗아서 미안하군."

"아닙니다. 그럼 저는 이만 실례하겠습니다."

그리고 나는 그 자리를 떠났다.

† † †

"그렇군……. 역시 왕세자비 후보로 너를 염두에 두고 있었나."

나는 곧 루이에게 이 사실을 털어놓았다.

조용히 내 말에 귀를 기울이던 루이는 내 이야기가 끝나자 제일 먼저 그렇게 말했다.

"역시라면…… 뭔가 정보가 있었어?"

나는 몸을 앞으로 내밀며 그에게 물었다.

예전에는 기사과 훈련장이었고 지금은 내 전용 훈련장으로 변한 이 방은 나와 루이 말고는 아무도 없어서 큰 소리로 대화를 나눠도 괜찮다.

이 학원은 여기 말고는 둘만 있을 수 있는 공간이 없어서 좀처럼 밀담을 나누기 어렵다.

"정보가 있었던 건 아니야. ……그날 알현실에서 그렇게 느꼈어."

"알현실?"

"그래. 네가 사교계에 데뷔하던 날, 알현 시간이 꽤나 길었지?"

"응……. 솔직히 이상했어. 한 사람 한 사람 다 이렇게 길게 알현을 하는 걸까 하고."

"그럴 리가 있나. ……무엇 때문인지는 모르지만 폐하는 그때 너를 몹시 마음에 들어 하셨어. 너한테 춤을 신청하라고 전하께 명령할 만큼."

"그렇군……. 그렇게 된 거였구나."

나는 힘을 빼고 그에게 기댔다.

요즘 그는 대체로 정해진 시간에 이곳을 찾아온다.

나도 그 시간에 맞춰 이곳에 오게 되었다.

……요즘 그는 나와 함께 있는 모습을 남들에게 보이지 않도록 조심하고 있다.

그것은 전에 선배들이 나를 불러냈다는 사실을 알게 된 그가 나를 지키기 위해 선택한 방법이다.

"뭐…… 전하께서 달리 마음에 둔 사람이 있다면 그걸로 됐어. 원하는 건 반드시 손에 넣는 분이야. 아무리 힘들어도…… 손에 넣으려고 노력하지. 그분은 그런 분이야."

"그럼 한마디로 나한테 자신의 뜻을 밝힌 걸까?"

"그래, 아마도. 동시에 나한테 너를 빼앗을 생각이 없다는 걸 알리고 너와 나 모두에게 신뢰받길 원한 거겠지."

"어머나…… 루이. 그런 걸 걱정하고 있었어?"

"응. 아무리 아르메리아 공작가라도 왕가와 충돌하면 무사하지 못할 테니까."

"어머, 질 생각은 없나 보네?"

장난기가 발동해서 그만 그렇게 묻고 말았다.

"글쎄……. 어쨌든 그만큼 너를 빼앗기고 싶지 않다는 뜻이야."

그는 한숨을 쉬며 쓴웃음을 지었다.

"후후후······. 나도 빼앗기게 놔둘 생각은 없어. 내가 돌아올 곳은 네 곁이야. 그러니까 절대 이 손을 놓지 마."

"그래."

맞잡은 손에 힘이 담겼다.

그 손을 바라보며 나는 자연스레 입가에 미소를 지었다.

† † †

무사히 시험이 끝나고 방학을 맞이했다.

시험 결과는 문제없었다. ······물론 이런 시험에 낙제할 정도면 오렐리아 님을 볼 면목이 없을 것이다.

나는 짐 가방 하나를 들고 교문 앞에서 마차를 기다렸다.

오늘은 모두 기숙사를 떠나야 하는 날이기 때문에 교문 앞은 마차를 기다리는 사람들로 가득했다.

"안나, 오랜만이야."

앤더슨 후작가의 문장이 새겨진 마차가 교문 앞에 멈추고 안에서 낯익은 얼굴이 나타났다.

"오랜만입니다, 메를리스 님. 메를리스 님이 돌아오시기를 다들 애타게 기다리고 있습니다."

마차에 올라타는 나에게 안나가 말했다.

"후후후······. 나도 기대돼. 다들 얼마나 강해졌는지도."

"그것도 메를리스 님께서 봐주시기를 진심으로 기대하고 있답니다."

강한 힘이 담긴 안나의 미소에 자연스레 미소가 떠올랐다. 온몸이 오싹오싹했다.

"어머나……."

이런저런 이야기를 나누는 동안 앤더슨 후작가에 도착했다.

"지금 돌아왔습니다."

"어서 오세요, 아가씨."

고용인들이 모두 나와서 나를 맞이해 줬다.

……겨우 몇 달밖에 지나지 않았건만 이 집을 떠난 것이 무척 옛날 일처럼 느껴졌다.

고용인들의 인사를 받으며 걸어가자 오라버니가 서 있었다.

학원을 졸업한 오라버니는 아버님의 뒤를 이어 영주가 되기 위해 경험을 쌓고 있다.

왕국군에 들어가지 않은 이유를 묻자 "나는 나라보다 좀 더 내게 가까운 것들을 확실하게 지키고 싶어."라고 한다.

오라버니가 고심 끝에 택한 길이라면 물론 나는 반대하지 않는다.

"학원 생활은 어때? ……나중에 천천히 들려주렴."

"네, 물론이죠."

나는 발걸음도 가볍게 저택 안으로 들어갔다.

† † †

"……역시 멜은 굉장해요. 오랫동안 여길 떠나 있어서 혹시나 했는데…… 실력이 전혀 녹슬지 않았군요."

안나는 바닥에 주저앉아서 숨을 고르며 말했다.

"응. 일단 그쪽에서도 혼자 연습은 빼먹지 않았으니까. 하지만 안 되겠네. 역시 마음껏 몸을 움직이지 못해서 체력이 조금 떨어진 것 같아."

"……그래도 멜한테 한 번도 이기지 못한 건 너무 한심해요."

에널린이 분한 얼굴로 말했다.

"두 사람이 열심히 훈련하고 있다는 건 알아. 둘 다 검이 빠르고 날카로워졌어."

그 말에 에널린의 얼굴은 조금 밝아졌다.

"……멜, 부디 다시 한번 부탁드립니다."

에널린이 안나 앞으로 나서며 검을 들었다.

나 역시 검을 겨눴다.

"참, 근데 에이블 씨는?"

에널린과 대련을 마친 후, 나는 검을 집어넣으며 주위를 둘러보았다.

오늘은 왕국군 사람들도 함께 훈련받는 날인데……. 에이블 씨의 모습이 보이지 않았다.

"그러고 보니 요즘 에이블 씨가 보이지 않네요."

"그렇구나……."

그와 모의 시합을 하는 것도 기대하고 있었는데.

"……에이블이라면 요즘 본업인 내근이 바쁘다면서 요즘 통 모습을 보이지 않더구나."

내 의문에 대답한 것은 크로이츠 씨였다.

"아…… 그러고 보니 에이블 씨는 원래 제1사단 소속이 아니었죠."

"그래."

"그럼 원래 어디 소속인가요?"

"……그러고 보니 그 녀석 어디 소속이더라. 작전과였나?"

"아니…… 보급과 아니었나."

크로이츠 씨가 자신 없는 표정으로 옆 사람에 확인하듯 물었지만 그 사람도 별로 자신이 없어보였다.

"그랬나. 이런 건 벨리스가 잘 아는데. 아무튼 아예 틀리진 않을 걸. 대충 그 비슷한 과겠지."

나는 한숨을 쉬며 웃는 얼굴로 얼버무리는 크로이츠 씨를 바라보았다.

"그렇군요. ……뭐 꼭 알고 싶은 건 아니니까 됐어요."

"미안하다."

"……아뇨. 정말 흥미 삼아 물어본 것뿐이에요."

그 후 왕국군 사람들과도 모의 시합을 벌인 후 훈련장을 뒤로했다.

내 방으로 돌아와서 땀을 씻고 독서에 몰두했다.

그리고 얼마 후……. 슬슬 샬리아를 만나고 싶다고 생각하며 책에서 눈을 뗀 바로 그때였다.

"실례합니다."

노크 소리와 함께 에널린이 나타났다.

"초대장이 도착해서 보고 드리러 왔습니다."

"……초대장?"

"네, 왕궁에서."

"왕궁? ……공식 행사는 한동안 없는 걸로 아는데……."

나는 에널린이 건네준 초대장을 펼쳐서 대충 훑어보았다.

"……림멜 공국 사람들이 이 나라에 손님으로 올 거래. 그 사람들을 환영하는 파티를 열거라는군."

"어머나…… 국빈들을 맞이해서 파티를 여는 건가요."

"그래. 분명히 루이도 초대받았겠지만 혹시 모르니까 미리 상한 다음에 참석해야지. 내일 루이를 찾아가야겠네."

"알겠습니다. 루이 님의 내일 일정이 어떻게 되는지 아르메리아 공작가에 확인하러 다녀오겠습니다."

"응, 부탁해."

"그럼 실례합니다."

에닐린이 떠난 후 나는 혼자 생각에 잠겼다.

……림멜 공국이라.

트와일 국과 타스멜리아 왕국, 두 나라와 국경을 맞대고 있는 나라.

……대체 왜 이 시기에 타스멜리아 왕국을 찾아오는 걸까.

그리고 이 일은 이 나라에 길이 될까 흉이 될까…….

뭔가가 일어날 것 같은 예감이 든다.

내 직감이 그렇게 경종을 울렸다.

만약 그 예감이 맞는다면…… 루이는 그 소용돌이 속에 반드시 말려들게 될 것이다.

"반드시 지키고 말 거야."

나는 새롭게 결의를 다지며 주먹을 움켜쥐었다.

후기

"……또 불려 나왔네요, 어머님."

"그러게……. 아무래도 작가가 우릴 의지하는 버릇이 생긴 모양이야. 참, 아이리스. 작가에게 받은 편지가 있단다. 그것 먼저 읽어 보렴."

"알겠어요. '여러분, 이 책을 읽어 주셔서 정말 고맙습니다. 요즘 늘 생각하는 겁니다만 본편을 완결할 수 있었던 것도, 그리고 이 스핀오프 시리즈를 출판할 수 있었던 것도 모두 여러분 덕분입니다. 솔직히 말씀드리면 이 책은 원래 제가 즐기기 위해 쓴 것입니다. 이런 걸 읽고 싶다─그렇게 생각하며 머릿속에 떠올린 이야기를 정리하기 위해 써 내려간 것이 바로 이 책의 시작입니다. 그래서 원래 인터넷에는 대충 10화 정도로 짧게 끝내고 나머지는 머릿속으로 즐길 생각이었습니다. 그 생각을 바꾼 것은 이 이야기를 읽어 주시는 여러분의 존재를 인식한 다음부터였습니다. 그때부터 머릿속에 있는 이야기를 전부 글로 써 보자고 생각을 바꿨습니다. 그러니까 이 이야기가 세상에 나온 것은 정말로 여러분 덕분입니다. 그리고 이 책을 출판하면서 힘이 되어 주신 많은 분 덕분입니다. 정말 아무리 감사해도 부족할 지경입니다.' 라고 하네요. ……우리 이야기가 세상에 나온 것은 읽어 주신 분들이 계시기 때문이군요. 자칫하면 저는 세상에 존재하지 않았을지도 모르겠네요……."

"어머나, 아이리스, 넌 당연히 존재하지. 너는 본편의 주인공이잖니? ······오히려 내가 문제지. 중요한 이야기만 간략하게 쓰고 끝냈더라면 나는 소설에 등장하지 못하고 작가의 머릿속에만 존재했을지도 몰라."

"과연 그럴까요. ······이 작가가 어머님을 얼마나 좋아하는데요. 그러고 보니 작가는 어떻게 됐나요? 어머님께 편지만 맡겨 두고 어딜 간 거죠."

"저기 하얗게 재가 되어 있단다. '······달아, 너무 달아······. 나한테는 너무 벅차.'라고 영문을 알 수 없는 소리를 중얼거리면서."

"······아······. 한마디로 아버님과 어머님이 너무 다정하다는 말을 하고 싶은 거 아닐까요?"

"흐응─? 뭐 됐어. 참, 아이리스. 너 얼마 전에 가족끼리 여행을 다녀왔다지? 어땠니?"

"정말 즐거웠어요. 영지 안을 한 바퀴 돌아보며 다양한 변화를 살펴볼 수 있었죠. 특히 아카시아 왕국과 무역이 활발해지면서 그곳의 농작물 몇 가지를 손에 넣었는데······ 그 농작물이 남부의 땅과 잘 맞았나 봐요. 농업이 활발해진 그 땅의 모습을 볼 수 있었던 게 제일 큰 수확이랍니다."

"······그건 여행이 아니잖니. 아이들이 불평하진 않든?"

"엘피스는 흥미진진해 보이던데요? 가끔 딘한테 질문을 하는 걸 보면. 루체도 평소 못 보던 풍경을 봐서 즐거워 보였고."

"······그렇구나."

"그러고 보니 어머님도 아버님과 여행을 다녀오셨죠? 어땠나요?"

"아, 물론 즐거웠단다. 그이는 몸이 안 좋을 때 말고는 푹 쉰 적이 별로 없어서······. 겨우 느긋하게 쉬는 법을 배웠다고 할까. 나도 남편과 느긋하게 즐길 수 있어서 무척 만족스러워."

"그렇군요……."

"그 얘기는 나중에 천천히 하자꾸나."

"네, 꼭. 일단은 어머님의 과거 이야기를 천천히 듣고 싶으니까요."

"후후후……. 그 이야기는 다음 권에서 천천히 해 줄게. 여러분, 제 옛날이야기를 들어 주셔서 정말 고맙습니다. 앞으로 조금만 더 함께해 주세요. 그럼 다음 권에서 또 만나요. 안녕히."

"안녕히."

공작 영애의 소양 7

2023년 10월 04일 제1판 인쇄
2023년 11월 30일 제1판 발행

지음 레이아
일러스트 후타바 하즈키
옮김 김진수

발행 영상출판미디어(주)
등록번호 제 2002-000003호
주소 07551 서울특별시 강서구 양천로 570(등촌동, NH서울타워) 19층
전화 02-337-0610

ISBN 979-11-380-3435-7
ISBN 979-11-380-3143-1(세트)

KOUSYAKU REIJOU NO TASHINAMI Vol. 7
ⓒReia, Haduki Futaba 2018
First published in Japan in 2018 by KADOKAWA CORPORATION, Tokyo.
Korean translation rights arranged with KADOKAWA CORPORATION, Tokyo.